CEUX QUI PARTENT

"Domaine français"

Les passages de *L'Énéide* de Virgile sont repris dans la traduction de Paul Veyne, texte établi par Jacques Perret. © Les Belles Lettres, Paris, 2013.

© ACTES SUD, 2019
ISBN 978-2-330-12432-8

JEANNE BENAMEUR

Ceux qui partent

roman

ACTES SUD

*À ceux des miens
que je n'ai pas connus
qui ont osé un jour le départ
et dans les pas de qui je marche.*

Plutôt que les racines, je cultiverais l'ailleurs, un monde qui ne se referme pas, plein de "semblables" différents, comme soi pas comme soi.

Barbara Cassin,
La Nostalgie. Quand donc est-on chez soi ?

"Divenire", sur l'album éponyme
de Ludovico Einaudi

Ils prennent la pose, père et fille, sur le pont du grand paquebot qui vient d'accoster. Tout autour d'eux, une agitation fébrile. On rassemble sacs, ballots, valises. Toutes les vies empaquetées dans si peu.

Eux deux restent immobiles, face au photographe. Comme si rien de tout cela ne les concernait.

Lui est grand, on voit qu'il a dû être massif dans sa jeunesse. Il a encore une large carrure et l'attitude de ceux qui se savent assez forts pour protéger. Son bras est passé autour des épaules de la jeune fille comme pour la contenir, pouvoir la soustraire d'un geste à toute menace.

Elle, à sa façon de regarder loin devant, à l'élan du corps, buste tendu et pieds fermement posés sur le sol, on voit bien qu'elle n'a plus besoin de personne.

L'instant de cette photographie est suspendu. Dans quelques minutes ils vont rejoindre la foule des émigrants mais là, là, en cet instant précis, ils sont encore ceux qu'ils étaient avant. Et c'est cela qu'essaie de capter le jeune photographe. Toute leur vie, forte des habitudes et des certitudes menues qui font croire au mot toujours, les habite encore.

Est-ce pour bien s'imprégner, une dernière fois, de ce qu'ils ont été et ne seront plus, qu'ils ne cèdent pas à l'excitation de l'arrivée ?

Le jeune photographe a été attiré par leur même mouvement, une façon de lever la tête vers le ciel, et de perdre leur regard très haut, dans le vol des oiseaux. C'était tellement insolite à ce moment-là, alors que tous les regards s'empêtraient dans les pieds et les ballots.

Ils ont accepté de poser pour lui. Il ne sait rien d'eux. On ne sait rien des vies de ceux qui débarquent un jour dans un pays. Rien. Lui, ce jeune homme plutôt timide d'ordinaire, prend toute son assurance ici. Il se fie à son œil. Il le laisse capter les choses ténues, la façon dont une main en tient une autre, ou dont un fichu est noué autour des épaules, un regard qui s'échappe. Et là, ces deux visages levés en même temps.

Il s'est habitué maintenant aux arrivées à Ellis Island. Il sait que la parole est contenue face aux étrangers, que chacun se blottit encore dans sa langue maternelle comme dans le premier vêtement du monde. La peau est livrée au ciel nouveau, à l'air nouveau. La parole, on la préserve.

Les émigrants parlent entre eux, seulement entre eux.

Le jeune photographe s'est exercé à quelques rudiments de ces langues lointaines d'Europe mais cela ne lui sert pas à grand-chose. Restent les regards, les gestes et ce que lui perçoit sourdement, lui dont les ancêtres un jour aussi ont débarqué dans cette Amérique, il y a bien plus longtemps. Lui qui est donc un "vrai Américain" et qui se demande ce que cela veut dire.

Après tout, ses ancêtres dont sa mère s'enorgueillit tant ont été pareils à tous ceux de ce jour brumeux de l'année 1910, là, devant lui. Ce jeune Américain ne connaît rien de la lignée de sa mère d'avant l'Amérique. Quant à son père, venu de son Islande natale à l'âge de dix ans, il ne raconte rien. Comme s'il avait honte de la vie d'avant, des privations et du froid glacial des hivers interminables d'Islande, le lot de tous les pêcheurs de misère. Il a fait fortune ici et épousé une vraie Américaine, descendante d'une fille embarquée avec ses parents sur le *Mayflower*, rien de moins. La chose était assez rare à l'époque pour être remarquée, on laissait plutôt les filles derrière, au pays, et on ne prenait que les garçons pour la traversée. Cette fille héroïque qui fit pas moins d'une dizaine d'enfants entre pour beaucoup dans l'orgueil insensé de sa mère. En deçà, on ne sait pas, on ne sait plus. On est devenu américain et cela suffit.

Mais voilà, à lui, Andrew Jónsson, cela ne suffit pas. La vie d'avant, il la cherche. Et dès qu'il peut déserter ses cours de droit, c'est ici, sur ces visages, dans la nudité de l'arrivée, qu'il guette quelque chose d'une vérité lointaine. Ici, les questions qui l'habitent prennent corps.

Où commence ce qu'on appelle "son pays" ?

Dans quels confins des langues oubliées, perdues, prend racine ce qu'on nomme "sa langue" ?

Et jusqu'à quand reste-t-on fils de, petit-fils de, descendant d'émigrés... Lui il sent résonner dans sa poitrine et dans ses rêves parfois les sonorités et les pas lointains de ceux qui, un jour, ont osé leur grand départ. Ceux dans les pas de qui il marche sans les connaître. Et il ne peut en parler à personne.

Il a la chance ce jour-là d'avoir pu monter sur le paquebot. D'ordinaire il n'y est pas admis. Les photographies se font sur Ellis Island. Et il y a déjà un photographe officiel sur place. Lui, il est juste un jeune étudiant, un amateur. La chance de plus, c'est d'avoir capté ces deux-là.

Eux deux sur le pont du bateau, la coque frémissante de toute l'agitation de l'arrivée après le lent voyage. Eux deux, ils ont quelque chose de singulier.

L'homme tient un livre de sa main restée libre. Ils sont vêtus avec élégance, sans ostentation. Ils n'ont pas enfilé manteaux et vestes sur couches de laines et tissus, comme le font tant d'émigrants. La jeune fille n'est pas enveloppée de châles aux broderies traditionnelles. Ils pourraient passer inaperçus, s'ils n'avaient pas ce front audacieux, ce regard fier où se lit tout ce qu'ils ont été.

Donato et Emilia Scarpa sont encore ce père et cette fille de Vicence, la ville courageuse qui a résisté en son temps aux Autrichiens avec seulement deux pauvres canons puis a plié devant le nombre. Eux deux, solidement campés dans la vie, contre vents et marées, sont encore porteurs de l'histoire de leur ville et de leur propre vie. Le jeune homme ne le sait pas mais c'est dans son regard à lui qu'ils peuvent se lire encore forts de leur passé et c'est précieux. Pour eux aussi, c'est une chance.

Tout ce que l'exil fissurera, tout ce qui sera ouvert puis refermé dans leurs cœurs, parce qu'on ne peut pas vivre le cœur ouvert sur le pays d'avant n'est-ce pas, parce que le fil a bien été rompu, ce fil relié au ponton et qui se tend au fur et à mesure que le bateau s'éloigne jusqu'à ce qu'il cède pour bien signifier que ça y est, on est parti. Parce que tout ce qui va distendre les attachements et faire de leur cœur un cerf-volant que plus rien ne reliera à une main familière, tout cela n'est pas encore à l'œuvre.

En cet instant suspendu, la main levée du photographe invite à la pause.

Ce n'est pas un conte et le temps ne s'arrêtera pas cent ans. Le jeune photographe n'a pas ce pouvoir. Même s'il immortalise. Et la jeune fille n'est pas une belle au bois dormant. Elle n'a que faire en cet instant du baiser d'un prince. Réveillée, elle l'est. Comme jamais. Et traversée en cet instant de deux envies contraires qui la tiennent aussi ardemment l'une que l'autre : demeurer et débarquer. L'ancienne vie avec ses douceurs, ses lenteurs et sa bonne sécurité connues est encore là, dans sa poitrine. La nouvelle, confuse, ignorée, toute confiée au rêve encore, cherche à prendre place. Depuis que le paquebot s'est arrêté, elle sent les deux et perd ce qu'elle veut vraiment.

Alors la demande du photographe, c'est bien.

Une pause.

Rester là, parfaitement immobile, encore préservée de tout et, en même temps, irrépressiblement attirée par l'envie de s'arracher à ce bateau et vivre. Vite.

Est-ce que toute sa vie désormais sera soumise aux deux envies contraires ? C'est cela alors "émigrer". On n'est plus jamais vraiment un à l'intérieur de soi.

La foule se hâte mais les appels autoritaires des officiels qui guident le mouvement enjoignent soudain de s'arrêter. Le jeune photographe tente de leur expliquer. Il y a déjà trop de monde qui attend sur l'île. Alors il ne faut pas quitter le bateau. Il faut attendre.

Encore ?

Il a parlé italien mais son accent est si épais qu'ils ont du mal à déchiffrer. C'est à cela que la jeune fille saisit d'un coup ce que sa langue est devenue : étrangère. Et de le sentir aussi brusquement et aussi fort, la voilà bouleversée. Alors quoi, n'avait-elle pas anticipé que c'est ce qu'elle serait, elle aussi, sur cette terre d'Amérique ? C'est le sort inévitable lorsqu'on change de pays. Et c'est bien elle qui a voulu ce départ, elle qui n'a plus supporté de voir son père peu à peu perdre sa force et sa joie après la mort de sa mère. Oui bien sûr, elle est intelligente et elle savait tout cela mais l'évidence de sa nouvelle condition c'est dans tout le corps que maintenant elle la ressent et c'est bien autre chose que ce qu'elle se disait, dans sa belle chambre de la maison de Vicence.

Le choc de l'arrivée, il vient de se faire, par son oreille et par sa propre langue. C'est un comble et c'est violent. Sa propre langue, méconnaissable dans la bouche d'un autre. Aplatie. Empesée.

Une vague de désarroi la submerge sans qu'elle ait pu s'en protéger, elle qui sait d'ordinaire si bien anticiper.

Comment continuer à être la fière jeune fille qui va de l'avant ? La fille de Donato Scarpa, le comédien qui a fait de l'Énéide son cheval de bataille, la fille de la belle Grazia morte trop tôt mais qui reste vive dans les cœurs de ceux qui l'ont aimée.

La belle langue c'est ce qui les a toujours tenus ensemble, tous les trois, puis tous les deux. Le lien indéfectible, sacré. Est-ce que cela aussi va se fissurer ?

Il faudra bien parler une autre langue, toujours une autre.

Il y a des moments où les questions qui nous habiteront toute notre vie sont là.

C'est un de ces moments que vit aussi Emilia là, en silence.

Entre la main levée du photographe qui propose l'immobilité, et le chaos du port, il y a son corps, jeune et déjà empreint de ce qui fera sa vie entière. Les questions qu'elle garde à la limite de la peau se glissent déjà au fond de ses poches comme autant de petits cailloux qu'elle retrouvera du bout des doigts, bien plus tard, quand elle ne s'y attendra pas. Elles ressurgiront à l'improviste, portées par ceci ou cela, des choses anodines pour d'autres mais qui remettront soudain sous ses pieds à elle le roulis du bateau et des images qu'elle croyait oubliées. Sera-t-elle toujours quelqu'un qui ne fait pas complètement partie ? Elle serre le bras de son père.

Non, ce n'est pas un conte qui attend là d'être conté. C'est bien plus. Et aucune bouche au monde ne parviendrait à le nommer.

Elle voudrait tant pourtant ne désirer qu'une seule chose, une seule : que l'envahisse tout entière le désir de rejoindre la vie des autres, la vie qui s'échappe qui court le long du bastingage, qui caresse furtivement une joue au passage, qui se rue pour être là-bas vite vite sur la nouvelle terre. Être prise dans le flot des autres, se perdre au milieu d'eux dans cette cohue animée, bruyante. Si bruyante.

N'être plus qu'un seul désir. Tout entière.

Chasser la peur.

Alors elle laisse les sons venir la chercher. L'accent terrible du jeune photographe vient d'ouvrir une brèche. Elle doit affronter. Il ne faut pas se fermer les oreilles, non. Toutes ces voix qui crient hèlent sermonnent les petits, cherchent qui le mari qui l'enfant, ou la mère, la sœur, la femme. Toutes ces voix sont celles de gens comme elle. Sur le paquebot, ils étaient mélangés, Polonais, Italiens, quelques Russes aussi, juifs pour la plupart fuyant les horreurs des pogroms.

On ne connaît pas les langues mais on reconnaît toujours l'intonation des voix qui appellent : la voix monte et se tient dans l'air comme un mince drapeau pour qu'on se rejoigne. C'est tout ce qu'on a. Oui, s'appeler les uns les autres, rassembler la famille éparse, que faire sinon faire corps, ensemble, face à l'inconnu.

Toutes ces voix qui tournoient autour d'elle l'étourdissent mais elle s'oblige à accepter le tourbillon.

Alors qu'elle se campe, encore un instant, près du corps puissant du père qui l'arrime à la vie d'avant, qui l'a toujours protégée de tout par sa présence sûre, par sa voix magnifique, le temps de la pause, elle prend force.

Il y a ceux qui restent et ceux qui partent. Toujours. Dans tous les grands textes. Et elle les connaît. Son père les a répétés tout au long de son enfance. Elle les connaît par cœur. Eux deux, désormais, font partie de ceux qui partent. Et elle pressent que le changement immense qui traverse les vies qui émigrent passera par elle, elle ne sait pas encore comment mais elle pressent oui, dans cet instant suspendu, que ce qu'on nomme le départ passe et repassera toujours par son corps à elle.

Sur le visage de la jeune fille maintenant, lentement, un sourire énigmatique.

Donato Scarpa serre sa fille un peu plus fort contre lui. Il n'aime pas qu'elle soit touchée par cette foule d'inconnus. Tout au long des trois semaines de voyage, il l'a gardée au plus près de lui. Il avait payé cher pour échapper à la promiscuité fétide des ponts surchargés. Mais Emilia, en fille soucieuse des dépenses depuis la mort de sa mère, avait refusé la première classe. La deuxième leur irait bien.

Lui, il a l'air un peu têtu de tous ceux que poursuivent sans relâche des pensées qu'ils ne peuvent partager avec personne. Il n'est pas de son temps, il le sait depuis toujours. Il l'a appris dès l'enfance, dans la maison obscure de ses parents, à la Contra delle Barche, au fond de la grande cour besogneuse où son propre père réparait les chaussures.

Son aliment contre la monotonie des jours d'enfance c'étaient les textes des anciens. Il avait appris à lire comme on se jette à l'eau, d'un coup, de tout son être, avec l'appétit de ceux qui savent que c'est là et seulement là qu'ils trouveront leur vie.

Le cordonnier était heureux que son enfant sorte d'une condition où la vie ne tenait qu'aux pieds des autres. Certes, on venait de loin pour son savoir-faire et son inventivité et ils ne manquaient de rien dans l'obscure maison mais la vie restait ancrée trop bas. Sa tête baissée sur l'ouvrage ne disait rien de ses songes. Ce n'était pas la tête baissée d'un lecteur, d'un rêveur. Et pourtant.

Il était fasciné par la capacité de Donato à tout apprendre, tout retenir des livres. Il ne le contraindrait pas à reprendre le travail derrière lui, non, il le laisserait libre d'aller vers l'étude. Son Donato aurait pu être curé mais il aimait beaucoup trop les femmes.

Un jour, Donato était à peine sorti de l'enfance, il avait vu une troupe jouer en se glissant dans le magnifique théâtre de Vicence et un rêve dans sa tête avait pris forme. Comédien lui aussi ? Passer sa vie à dire les textes qui l'occupaient tout entier. Son cœur avait battu fort et il avait attendu la sortie des comédiens longtemps dans l'obscurité d'une ruelle derrière le théâtre, juste pour les voir, pas leur parler, non, il n'aurait pas osé, mais les voir, là, devant lui, "en chair et en os" comme on dit. Et il les avait vus, silhouettes encapuchonnées, voix riantes. Il n'avait pas cherché à les suivre jusque dans le café où ils allaient se restaurer. Il avait ce qu'il voulait. Ces gens-là existaient bien. En vrai. Ils marchaient dans les rues, se parlaient, et riaient.

Ah ils riaient ! Ça, c'était ce qui manquait le plus dans la maison obscure du fond de la cour. Il était rentré, bouleversé, transporté d'une joie pure et dure comme le diamant. Rien ne le détournerait plus de sa route.

Sa mère s'était inquiétée. Une vie de comédien c'est quoi ? Et comment on élève sa famille en allant de ville en ville ? Mais Donato avait tenu bon et il avait prouvé que c'était possible. Il s'était marié et sa femme, l'étonnante Grazia, le suivait partout. Sa mère avait bien dû cesser ses plaintes mais les doutes demeuraient même si elle était aussi fière que le père lorsqu'ils pouvaient aller au théâtre l'écouter, bien placés, et qu'au retour elle avait encore les oreilles bourdonnantes des applaudissements que récoltait leur fils.

Elle avait quand même obtenu d'élever la petite Emilia tranquillement à l'abri de la maison sombre. On n'allait tout de même pas en faire une nomade des routes ! Elle s'était attelée à la tâche de lui donner une tête solide et du savoir-faire à la maison. Mais c'était peine perdue. La petite ne rêvait que du retour de ses parents. Elle passait son temps à les dessiner sur tout ce qu'elle trouvait et ses dessins peu à peu avaient pris des formes étranges. Elle peignait aussi des choses qu'elle seule voyait. Ainsi échappait-elle à son tour au quotidien de la maison.

La grand-mère n'y pouvait rien et lorsque la petite eut huit ans, ses parents finirent par l'emmener avec eux. Ils avaient sillonné la plaine du Pô et les provinces d'Italie. Portés ensemble par les textes anciens et l'attention chaque fois neuve des spectateurs.

Comme ces temps heureux sont loin ! Donato soupire. Non, le temps des contemporains n'est pas le sien, il le sait. Trop nourri de rêves que ses deux bras écartés large n'ont jamais pu contenir. Alors puisqu'il a senti, chez sa fille, le désir d'un ailleurs, d'une autre terre, il s'est dit qu'après tout, le temps de quitter l'espace familier était venu.

Il y a un moment pour le départ dans la vie.

Depuis la mort de sa belle Grazia, la vie se rétrécissait. S'il était toujours tenu par la lecture des textes, il perdait le goût de la scène. Sans Grazia à quoi bon faire vibrer les cœurs. C'est son cœur à elle d'abord qu'il avait toujours cherché à enchanter. La petite, elle, voulait de vastes horizons. C'est elle qui avait raison. En dehors d'elle, il n'avait plus personne. Les amantes de passage ne résistaient jamais au souvenir de Grazia. Il n'avait plus d'autre attachement. Alors, pourquoi pas ?

Maintenant qu'ils viennent d'accoster, pourtant, il sent que quelque chose sera là, derrière lui, toujours. Et c'est obscur. Qui peut se douter qu'une phrase de l'Énéide, au moment même de cette photographie, le taraude. Dans sa tête les mots viennent en latin, *et subjectam more parentum aversi tenuere facem* (En détournant la tête, selon la coutume ancestrale, *Énéide*, chant VI). Il connaît ce texte. Par cœur et l'expression est juste. La phrase est là, revenante, depuis la mort de Grazia. Et la revoilà, portée par tout ce chaos de l'arrivée. Oui, il voudrait détourner la face comme le faisaient les ancêtres lorsqu'ils allumaient le bûcher sous le corps du défunt. Un geste de pudeur devant l'acte de la fin. Ou d'horreur. Qui peut savoir. Détourner la face. La main et l'œil ne peuvent agir ensemble dans ce moment de l'adieu. C'est cela que dit le texte. Il faut apprendre les limites devant ce qui nous dépasse.

Alors qu'il offre son visage à l'œil du photographe, il voit un rivage lointain. Celui où fut brûlé le corps noyé du pauvre Misène alors qu'Énée, guidé par Hécate, s'apprête à pénétrer le royaume de l'ombre.

Et lui-même, Donato, est seul, sur le rivage où l'on abandonne tous ceux qu'on a aimés et qu'il faut quitter. Car émigrer, c'est laisser les ancêtres et ceux qu'on a aimés dans une terre où l'on ne retournera pas. En cet instant tout son corps le ressent douloureusement.

Quand on brûlait les corps, la fumée montait, lente, vers le ciel et on pouvait s'imaginer ensuite, dans certaines aurores brumeuses, n'importe où, que cette fumée précieuse était revenante, qu'elle était là, à nouveau, fondue dans la douceur de tous les matins. Même si on était très loin de la terre du bûcher. On pouvait alors saluer l'aube le cœur un peu plus léger d'être ainsi encore un peu accompagné. Oh l'impalpable fumée.

Mais le corps tant aimé de Grazia n'a connu ni l'envol ni la cendre. Il est sous la terre, là-bas, dans le cimetière de Vicence. L'étonnante Grazia, qui avait tout quitté d'une vie raffinée et promise aux beaux mariages entre enfants de riches marchands, elle, dont le père était un orfèvre réputé, est restée sous la terre, dans le cercueil en bois précieux.

Donato la revoit lui préparant ses costumes de scène avant chaque représentation, l'aidant à enfiler amples manteaux et tuniques, fermant d'une main fine et sûre le pli sur l'épaule en fixant la fibule d'or qu'elle avait tenu à lui offrir. Cette fibule qui avait appartenu à sa famille depuis toujours, dont on ne savait à quand remontait l'origine. Fibule parfaite, d'un dessin si léger et d'un travail d'une délicatesse rare. Minoenne, disait-elle, et le mot, à lui seul, posait sur ses épaules toute une civilisation.

La fibule est là, portée à l'intérieur de sa veste. Il la touche quand il ne peut échapper à la tristesse. Un talisman. Sur le pont du bateau qu'ils vont quitter, il adresse à Grazia une prière muette. Qu'elle les protège, où qu'elle soit, qu'elle veille sur eux comme elle l'a toujours fait. Elle lui manque tant. Elle, sa compagne, sa sœur, sa tant aimée.

Les costumes de scène sont tous là, soigneusement pliés dans sa malle. Les mains de Grazia sont toujours là, en empreintes invisibles sur les belles étoffes. Quand il les portait sur scène, c'était comme si sa main à elle caressait tout son corps. Et il se sentait plus fort.

Quand les reportera-t-il ? Où jouera-t-il ?

Leur Italie désormais c'est une image, comme on en porte dans les médaillons qu'on touche parfois du bout des doigts, pour s'assurer que les visages des absents sont toujours bien là, sur la poitrine.

Donato serre plus fort le livre qui ne le quitte jamais. Son Énéide. Sa boussole. Il y a toujours trouvé ce qu'il fallait pour chaque moment de sa vie, depuis si longtemps maintenant qu'il ne se rappelle plus quand il a commencé à y puiser. Ce livre, c'est le guide qu'il s'est choisi. Et qu'importe qu'on le prenne pour un fou ! Il a l'habitude !

Aucune photographie ne pourra montrer à quel point le livre a été lu et relu, annoté et touché avec ferveur parfois, avec lassitude aussi sur le paquebot quand les vagues roulaient les vagues et que le temps collait au temps. Pourtant jamais Donato n'aura été plus proche de l'aventure première que sur ce paquebot. Jamais il n'aura senti avec plus d'acuité ce qu'est l'arrachement à la terre natale, de tout son corps. Il lui aura fallu arriver à cet âge où il sent monter la vieillesse, où son cœur s'est engourdi. Maintenant seulement il le vit et il reconnaît le grand silence d'Énée à l'intérieur de lui-même.

Et il mesure le gouffre.

Le jeune photographe les remercie. Emilia lui fait un signe de tête. Donato regarde autour de lui. Où est-elle donc, l'Amérique ?

Le bateau a déjà contraint leurs pas trop longtemps. Et voilà qu'il faut encore attendre. Dans la foule et le bruit.

Eux, ce sont des marcheurs. Père et fille ont dans le sang le goût des échappées dans la campagne, des entrées sous les frondaisons fraîches, des odeurs aux variations subtiles selon qu'on marche dans l'ombre des forêts ou à la lumière crue et chaude des chemins découverts. Ils sont restés en mer bien plus longtemps que la durée annoncée par toutes les publicités qui poussent encore les Italiens à émigrer. Comme les grands oiseaux qui vont chercher l'asile propice pour faire leur nid, ils sont partis mais les hommes n'ont pas la liberté des ailes. La nature ne les a pas pourvus pour se déplacer au-dessus des mers et des terres. Il leur faut faire confiance à d'autres hommes pour être transportés.

Et pour être accueillis ?

Ceux qui revenaient au pays l'hiver depuis quelques années racontaient des choses qui se contredisaient. Pour certains c'était la merveille, l'Amérique. On n'attendait qu'eux pour travailler et tout était prévu. Aucun souci à se faire. Il y avait déjà des compatriotes qui s'occupaient de tout : trouver l'emploi, le logis, parler la langue à leur place et discuter avec ces Américains qui n'étaient pas comme eux pour toutes les choses matérielles. Ceux-là étaient des malins partis plus tôt et ils savaient se débrouiller. Ils en faisaient profiter les nouveaux venus. Mais d'autres disaient que ce n'était pas si simple, que les débrouillards prenaient plus qu'il ne faudrait au passage pour payer leurs services et qu'on ne pouvait rien dire, parce qu'on en avait besoin. Les Américains n'étaient pas si faciles à convaincre pour le logement et le reste. Déjà le bruit courait qu'on allait restreindre les arrivées d'étrangers. Il y en avait eu trop depuis quinze ans. Il fallait réguler tout ça. Ils avaient peur d'être envahis, dépassés… Toujours la même histoire.

Certains n'étaient même pas revenus au pays cet hiver-là de peur d'être refoulés au retour. L'Amérique commençait à fermer les bras, elle avait ce qu'il lui fallait. C'est ce qui avait décidé de leur départ, à eux deux. Il fallait y aller maintenant. Ne plus tarder.

Sentir le moment du départ, Donato l'avait appris par son livre.

L'histoire ne fait que répéter les mêmes mouvements. Toujours. Les hommes cherchent leur vie ailleurs quand leur territoire ne peut plus rien pour eux, c'est comme ça. Il faut savoir préparer les bateaux et partir quand le vent souffle et que les présages sont bons.

Tarder, c'est renoncer.

Il avait eu comme présage un rêve et il s'y était fié, comme son mentor Énée se fiait aux siens. Après tout, dans cette précipitation, tous ces changements qui arrivaient dans la vie de tous, depuis le début de ce siècle, et encore plus depuis que l'Italie s'unifiait, les rêves étaient bien aussi fiables que la vie même. Lui souvent ne savait plus que penser. Leur région avait été si déchirée. Alors le songe.

Dans le rêve, il avait vu une des toiles que sa fille peignait, qu'il admirait sans les comprendre, s'agrandir démesurément et devenir une sorte d'immense voile. Il n'en était même pas étonné. Il était assis au creux de son fauteuil, à la maison, au même endroit que d'habitude près de la petite fenêtre d'où il voyait tous les toits, et il lisait. La grande voile peinte s'élevait dans les airs. Elle était d'un rouge éclatant. Il l'avait regardée se déployer et il était retourné à sa lecture, comme si tout cela était normal.

Au matin, il était resté longtemps silencieux, habité encore par le rêve, et Emilia avait cherché à savoir ce qui causait ce silence inhabituel chez lui qui d'ordinaire puisait ses premières paroles dans l'arôme du café.
Il avait secoué la tête. Il était parti marcher. Seul. Toute la journée. Il était retourné sur les lieux de son enfance. Devant la maison de la Contra delle Barche, il avait marqué une longue pause. Un autre cordonnier s'était installé après la mort de ses parents. La vie se poursuivait. Il avait continué sa marche hors de la ville. Au retour il s'était arrêté sur la tombe de Grazia et y avait déposé les fleurs qu'il avait cueillies en pensant à elle, comme à chaque fois. Il avait écouté longtemps le vent frais qui venait toujours rendre la halte agréable dans la chaleur de l'été. Puis il avait soupiré.
Les morts ne parlent pas.
Ils se manifestent comme ils peuvent. Dans la couleur du ciel, la page d'un livre qui s'ouvre au bon endroit, le parfum inattendu qui vient surprendre les habitudes. Et le parfum de Grazia l'avait surpris, là, précisément, au moment du soupir et du départ. C'était une grâce. Rare. Retrouver son parfum le rendait heureux pour longtemps. Il avait su alors qu'elle les accompagnerait, à sa façon. Une douce veille pour lui donner la force d'emmener leur fille. Là-bas. Loin. Là où la voile rouge du rêve devait

les conduire. Il avait murmuré Merci en caressant la pierre chaude et avait repris le chemin de la maison. Sûr de lui.

Pendant la traversée, il a relu le texte de Virgile, en entier. De sa belle voix de comédien il a fait la lecture à Emilia, pour qu'elle s'imprègne bien de tout. D'autres venaient écouter cette lecture du crépuscule puis ils s'éloignaient vers leurs rêves, rassérénés par la belle langue et les chaudes vibrations de la voix de Donato.

Certains ne partaient pas. Quand Donato s'était tu, ils restaient ensemble respirer le silence que les mots avaient fait naître et ils partageaient ce trésor des émigrés : la langue tue, qui résonne dans les poitrines. C'était comme tenir une main dans la sienne, qu'on ne perdrait jamais.

Emilia, elle, couvrait des feuilles et des feuilles de dessins et de couleurs. L'habitude prise lorsqu'elle attendait le retour de ses parents chez sa grand-mère s'était muée en une véritable passion. Sa façon à elle de vivre, de se concentrer et d'entrer, par sa propre porte, dans le monde. Si d'aventure quelqu'un jetait un œil par-dessus son épaule, il était bien surpris, car elle ne cherchait pas à représenter quoi que ce soit. Elle laissait juste sa main chercher, seule, et donner à chaque couleur la forme de ce qu'elle-même ignorait, venu du plus profond d'elle. Et c'était beau. Étrange et beau.

Depuis toute petite, elle écoutait son père lire l'Énéide ou en réciter des passages entiers. C'était un homme plein de cette vie contenue et intense que donne la fréquentation des vrais textes, ceux qui changent votre existence. Il arrivait à faire vivre l'attente l'espoir fou la terreur et la désespérance tout aussi bien. Il savait faire partager la joie orgueilleuse des vainqueurs et l'humiliation des vaincus. Suspendu à sa voix chacun voguait avec Énée et comme lui se demandait pourquoi sa divine mère ne lui donnait pas la main, *dextrae jungere dextram*. Ce passage-là faisait partie de ceux qu'Emilia attendait. Petite, elle serrait fort alors la main de sa mère puis elle en serra l'ombre mais le texte toujours, dans la voix de son père, la bouleversait.

La voix de son père était finalement devenue sa seconde mère. Grazia, comme Creuse, l'épouse d'Énée, avait disparu. Une nuit d'orage terrible, son cœur avait cessé de battre. Toute sa courte vie, elle avait eu du mal à respirer et aucun médecin n'y pouvait rien.

Peut-être lui aurait-il fallu l'Amérique ?

C'est dans cette interrogation sur un pays nouveau où l'air était différent qu'était né le premier désir d'Emilia pour l'Amérique.

Partir c'était respirer autrement.

Elle avait imaginé l'air frais de cette Amérique si neuve. Voilà ce qu'elle s'était mis en tête. Et après tout Énée n'avait-il pas fait de même encore et encore, quittant des ports hospitaliers pour repartir vers la terre nouvelle ?

Son père l'ignorait mais il avait semé en elle le goût de l'ailleurs.

Elle connaissait le texte, presque aussi bien que lui. Donato disait que les textes, c'était mieux que tous les conseils. Cette enfant, il l'avait éduquée avec ces paroles-là. Elle en savait plus sur le désespoir d'une femme passionnée comme Didon que sur les chagrins des filles de son âge. Elle vivait au-dessus de son âge, dans des contrées où régnaient la passion et la folie, l'extase et la mort. Et tant pis pour ceux qui pensaient que Donato faisait folie sur folie depuis la mort de sa pauvre Grazia ! On disait qu'il faisait d'Emilia une fille que personne ne voudrait marier tant elle avait la tête pleine de chimères et dure avec ça ! Fière ! Pas docile ! Eh bien lui, il était sûr que si sa Grazia avait vécu plus longtemps, elle aurait été heureuse aussi de voir leur fille devenir cette jeune personne au caractère ferme, au cœur violent et à la langue précise. Car les textes ne gonflaient pas seulement le cœur de chimères, ils ouvraient grand la porte des rêves, les vrais, ceux qu'on met une vie entière à façonner et à vivre. Les vrais rêves, pas les illusions et leurs paillettes de contes de fées.

Le rêve de la vie nouvelle sur la terre nouvelle était de ceux-là.

Ce que beaucoup ignoraient c'est qu'Emilia avait appris bien des choses du monde en aidant son père à organiser les tournées, elle avait eu à affronter des réalités parfois rudes. Elle savait faire face. Elle avait pris très jeune le relais de Grazia et savait manier l'argent. Elle savait que la richesse permet les choses les plus fortes, mais ne les achète pas.

C'est parce qu'elle avait su ménager leurs ressources que Donato avait pu continuer à ne faire que ce qu'il aimait. Il avait ralenti les tournées, passant de plus en plus de temps à étudier les textes. Il l'avait enseignée. Et elle, avait trouvé tout naturellement sa place dans l'école quand sa vieille institutrice lui avait proposé de prendre la suite et de faire la classe aux petits. Son autorité, même sur les plus récalcitrants, était stupéfiante. Elle n'élevait jamais la voix. La passion qui émanait d'elle les entraînait tous.

Son sourire énigmatique aux lèvres, elle se demande quelle image d'eux révélera le cliché du photographe. Eux, verront-ils un jour cette photographie ? Ce n'est pas pour eux qu'elle a été prise. C'est pour le jeune photographe. Il cherche à les retenir auprès de lui, elle le voit bien. Et cet accent terrible, mon Dieu !

Oh oui, Andrew Jónsson essaie de les retenir puisqu'il faut encore patienter sur le paquebot. Leur histoire l'intéresse. Ces deux-là ne sont pas comme les autres Italiens, venus tout droit du Sud où la faim et la misère font des ravages. Il les questionne. C'est Donato qui fait les réponses. La jeune fille se contente de le regarder d'un air qu'il juge narquois. Ils viennent du nord de l'Italie, et par désir. Si ce n'est pas la nécessité de la misère qui les pousse, alors quoi ? Pensent-ils un jour retourner en Italie ?

Qu'ont-ils laissé là-bas ?

Tout. Simplement tout. Maison meubles vaisselle et le reste, ce qui ne se compte pas.

Peut-il comprendre cela ?

Emilia s'est détournée maintenant. La curiosité du jeune homme la ramène trop au moment du départ. Et elle sent l'émotion à nouveau.

Quand le fil s'est tendu puis rompu, une voix s'est élevée sur le bateau. Une voix de Calabre qui lançait un chant d'adieu. Les hommes ont repris, soutenant la voix de la femme qui s'élevait entre ciel et mer. Jusqu'à ce qu'elle s'éteigne. Puis le silence et les pas lents qui ont désassemblé le groupe compact des émigrants. C'est cela qu'il faudrait raconter au jeune Américain. Alors elle se tourne à nouveau vers lui et elle lui raconte, d'une voix qui tremble. Andrew Jónsson écoute. Il imagine, pris par le visage, la voix de cette jeune fille qui raconte. Ce qu'elle tente de dire, c'est, dans les cœurs, l'arrachement du départ. Des prières pour les uns, des serments de retour pour d'autres, pour d'autres encore, la promesse faite à soi-même de ne jamais revenir. Elle ne dit pas que Donato a soupiré, et qu'elle, elle a tourné son regard vers la proue parce que des larmes qu'elle n'attendait pas lui venaient.

Ils ont traversé l'océan.

C'est parce qu'Andrew Jónsson reste silencieux à son tour qu'elle ne tourne pas le dos à sa curiosité. Dans le regard du jeune homme, elle a lu autre chose que le simple désir d'en savoir plus. Il a tenté de vivre quelque chose de leur départ.

Alors elle reste et ils poursuivent la conversation.

Qu'ont-ils emporté avec eux ?

S'il savait ! Père et fille se regardent. Ils ne livreront pas le contenu de leurs bagages : les toiles d'Emilia, soigneusement roulées et protégées, et tous les costumes de scène du père. Quiconque ouvrirait leurs malles serait bien surpris. Rien d'utile.

Ils ont des économies et ils ne viennent ni travailler la terre ni s'embaucher sur les chantiers. Ils veulent demeurer en ville.

Pour quoi faire ?

Éduquer, monsieur. Éduquer. Donato s'enflamme. Donner à nos jeunes enfants, ici, l'école qui leur manque. Ma fille Emilia fait la classe depuis déjà deux ans et moi je connais tous les textes de notre littérature. Mais voyez-vous, c'est celui-ci qui est mon maître. Il montre le livre à la belle couverture rouge foncé. Énée, monsieur, l'homme qui est parti en laissant tout derrière lui. Tout. Aucun retour possible. Troie est dans les flammes. Il se retourne, sa femme Creuse a disparu, perdue dans le tumulte et le feu d'une ville mise à sac.

Mais Donato est interrompu par les ordres qui leur arrivent à nouveau, criés avec force. Il faut maintenant monter, et vite, dans les barges qui les attendent. Tout le monde se remet en route.

Emilia prend le bras de son père pour qu'ils rejoignent les autres. Elle le sait intarissable quand il commence à raconter. Le reste alors, il ne le raconte pas à voix haute. Il le dit tout bas et le jeune homme essaie de comprendre mais Donato continue pour lui seul. J'ai toujours préféré Énée à Ulysse pour cela. Énée est celui qui brûle les vaisseaux au fond de son cœur. Il part. Sans se retourner. Il devra faire souche ailleurs. Tout recommencer. Tout.

Le jeune homme tente de s'attacher à leurs pas. Il est pris par la belle voix grave de l'homme. Quelque chose de fort en lui s'est ému. Oh comme il aimerait savoir en cet instant ce que furent les premiers pas des siens sur le sol américain.

Ces deux-là, encore tout empreints de l'origine de leur voyage, il voudrait ne plus les quitter.

Mais ils sont vite bousculés par le groupe qui les entoure. Le jeune homme les perd. Ils sont montés sur une des grandes barges qui vont les conduire sur Ellis Island.

Il lève la main très haut, comme pour les appeler, et il reconnaît le livre à la couverture rouge brandi en réponse.

Il les retrouvera. Il n'a pas eu le droit de monter sur leur barge, il lui faut attendre que tous les émigrants soient déjà embarqués Mais il se promet qu'il les retrouvera.

Ses yeux glissent alors sur d'autres visages : des groupes portant leurs valises sur l'épaule, des enfants bien rangés par ordre d'âge. Des costumes venus de tous les pays d'Europe. Il voit un vieil homme toucher le bastingage, furtivement, encore une dernière fois parce que ce bateau est venu de la vieille Europe, qu'il a encore un peu de son pays sur sa peinture écaillée. Le jeune photographe poursuit seul sa quête des arrivées mais il sait que la seule photographie de ce jour sera celle de Donato et Emilia. On n'a pas deux fois la chance d'une telle prise.

Il espère qu'il a su saisir le sourire énigmatique de la jeune fille.

Est-ce que sa photographie œuvrera ? Le sourire énigmatique arrêtera-t-il quiconque le verra comme il l'a arrêté, lui ? Ce sourire et l'espace si mince entre la main de son père et son épaule à elle. Andrew Jónsson l'a capté. C'est peut-être dans cet espace que toute l'histoire à venir pourrait se lire. Et que chacun pourrait la pressentir, entraîné à son tour, mêlant sans même y prendre garde sa propre histoire à celle de la jeune fille. L'imaginaire peut s'arrimer à un sourire vieux de plusieurs siècles, pourquoi pas à un espace qu'on distingue à peine entre une main et une épaule ?

Le jeune photographe se dit que dans l'histoire de chacun, il y a ces failles dont aucun livre d'histoire ne parlera jamais. Oh, pas les failles de la grande histoire, non, mais celles qui fissurent implacablement la vie de ceux qui partent, et celles, peu spectaculaires, de ceux qui restent. Après tout, il suffit de bien peu parfois, une couleur sur un tableau, un sourire sur une photographie, un mot dans un livre, et nous voilà atteints dans l'une de nos failles, ramenés loin, loin, là où nous ne savions même plus que nous avions vécu et éprouvé. Et nous sentons se raviver et se réparer peut-être tout à la fois ce qui fut un moment de notre vie. Alors nous nous disons Comme c'est étrange, cette histoire, ou ce paysage, cette musique, sont si loin de ma vie et pourtant c'est aussi mon histoire, ce paysage c'est moi et cette musique, aussi. Alors pourquoi l'histoire secrète de quelqu'un ne serait-elle pas appelée, là, devant cette photographie ? Pourquoi ne se mêlerait-elle pas à celle de cette jeune fille au regard farouche, au sourire énigmatique ?

Oui, il espère que cette photographie de l'année 1910 aura cette force-là.

Debout, serrée par les autres, sur la barge, Emilia demande à son père s'il a bien tous les papiers. Il est parfois si oublieux. Il la regarde, offensé. Bien sûr qu'il a tout, là, dans la sacoche de cuir tenue à sa ceinture par des liens solides. Les papiers, il ne s'en sépare pas. C'est leur viatique.

L'étrangeté commence là, contre son ventre, il le sait aussi, parce qu'il faut prouver son nom, son âge, et d'où l'on vient. Chez vous, cela ne viendrait à l'esprit de personne de vous demander ces choses-là. Donato sent tout le froid de cette pensée qui le pénètre. Il serre son livre contre sa poitrine.
Un texte ne connaît pas de frontières.
Là, les mots familiers sur les pages, contre lui. Son vrai viatique, il est là.
Il faut que son cœur s'apaise. La main d'Emilia s'est posée sur son bras. Sa fille tant aimée, elle sent tout de suite lorsqu'il s'éloigne vers les terres sombres. Elle a appris à saisir, à la façon dont il serre les mâchoires ou redresse un peu trop la nuque, ces moments. Et elle est là. De tout son être, elle tente de lui insuffler sa jeunesse et sa force.

Ils s'efforcent tous les deux, accrochés l'un à l'autre, de ne pas avoir l'impression d'être poussés, comme du bétail, hors de la barge. Mais les ordres pleuvent sans ménagement.

À nouveau chez Emilia, le sentiment d'être envahie par tous ces cris, ces appels dans des langues qu'elle ne comprend pas. À nouveau, elle lutte contre la peur. Est-ce que désormais il faudra toujours lutter ? On dirait que tous les bruits sortent d'un coup de la gangue qui les a retenus pendant le lent voyage. Ils éclatent à son oreille. Au milieu des bribes de phrases de ceux qui se pressent autour d'eux, son oreille cherche à repérer la nouvelle langue, l'américaine. Elle tente de s'y arrimer. Cette langue-là est criée par ceux qui leur enjoignent de quitter la barge mais elle est parlée, oui parlée, pas hurlée, dans la bouche des marins qui font accoster la barge, elle l'est aussi dans la bouche de certains hommes, sérieux, en complet et veston sur le quai et de gens qui forment de petits groupes, plus loin.

Les langues des émigrés se mêlent à l'américaine mais elle s'efforce de l'isoler. Elle a déjà appris des mots avec ceux qui revenaient l'hiver au pays. Elle s'est exercée à les prononcer toute seule, le soir, dans son lit, ou quand elle marchait loin de la ville, sur les chemins. Les mots dans cette langue alors la ravissaient. Dans sa bouche à elle c'était l'ailleurs et elle était sûre que son visage prenait un autre air quand elle les prononçait. Elle s'imaginait alors marchant dans les rues d'Amérique, discutant avec des femmes, des hommes, librement. Elle rêvait d'y être déjà.

Alors maintenant il faut s'efforcer de discerner les sons de la langue qui doit devenir la sienne. Elle s'en fait le serment. Elle sera américaine. De tout son être. Et c'est par la langue que ça commence, elle le sait. Il faut parler comme les Américains, donner aux phrases le rythme et la musique que leur donnent les Américains. Apprendre apprendre apprendre. Ça, elle sait faire. Elle a une aptitude remarquable, comme son père, à tout retenir. Elle va s'y employer de toutes ses forces. Et elle n'en manque pas. Elle a la persistance de ceux qui ont dû surmonter tôt les épreuves. Quand elle décide quelque chose, elle y met toute sa force.

L'Amérique, elle l'a voulue parce qu'elle a senti que là, elle pourrait être libre. Là, le sort des femmes était différent. Tous les jours avant le départ elle se disait qu'elle s'habillerait autrement, se coifferait autrement, dénouerait ses cheveux, les couperait peut-être, et qu'elle irait dans les grandes rues avec les autres. Elle respirerait un autre air et ça changerait tout.

C'est ce qu'elle entendait dans les paroles de ceux qui rentraient l'hiver. C'est ce qu'elle vient chercher.

Elle s'est forgé une légende. Maintenant, il faut l'habiter et c'est plus dur.

Elle ne rêve ni de prince charmant ni de mariage. Elle rêve d'une vie indépendante, de gagner au plus tôt de quoi subsister et d'un endroit où dessiner et peindre nuit et jour si elle en a envie, sans se soucier d'homme à nourrir ni de maison à tenir. Elle veut n'avoir aucun compte à rendre à personne. L'argent de son père, elle veut y toucher le moins possible. Quant aux bijoux fastueux qu'elle a hérités de sa mère, ceux que Grazia ne portait jamais mais conservait dans une boîte de bois précieux pour elle, pour ce "plus tard" qu'elle n'a jamais connu, elle les écarte de ses pensées. Elle saura gagner son propre argent. Elle sait bien faire la classe aux petits et les intéresser. Par miracle, ce métier-là la passionne et elle n'a pas l'impression de perdre son temps quand elle éveille les jeunes esprits.

Ici, les émigrés italiens ont besoin d'institutrices et l'idée de confier leurs enfants à une Italienne ne peut que les rassurer. Avec elle, ils garderont aussi la langue du pays dans ce qu'elle a de plus beau. Elle peut aussi lire en latin. Son père a été un magnifique professeur. Il lui a laissé la liberté dont elle avait besoin pour aller dans les textes mais l'a toujours poussée à aller plus loin. À s'aventurer. À oser. Comme lui.

Emilia se fraie un passage au milieu des familles et des groupes. Quelques hommes seuls la regardent du coin de l'œil. Pour qui est-elle, celle-là ? Quel Italien l'attend en Amérique ? Les filles du pays sont devenues précieuses ici. On arrange des mariages de loin pour rester italien. Ils ignorent qu'elle, personne ne l'attend.

Donato passe devant, il lui prend fermement la main. C'est lui qui joue de ses larges épaules pour passer. Il veut encore être le guide.

Emilia est maintenant dans un vaste espace, à l'air libre, face au fameux bâtiment qui a été reconstruit sur Ellis Island il y a quelques années après l'incendie qui dévasta le premier. Elle est impressionnée par l'architecture et aimerait être plus libre de ses mouvements pour contempler l'édifice. Mais ils sont tenus à une certaine zone. On les a regroupés là, tous ceux des trois barges où ils étaient montés, avec d'autres qui attendent déjà depuis plus longtemps. Ensuite ils iront, femmes d'un côté, hommes de l'autre, passer les formalités qui leur permettront d'aborder vraiment l'Amérique, New York.

Donato est parti aux nouvelles. Comme toujours, il ne supporte pas l'attente. Elle l'a suivi des yeux, vu parlementer longuement avec un des gardes qui se tiennent face à l'édifice, faire de grands gestes puis il est parti plus loin et elle l'a perdu de vue. Elle craint qu'il ne se fasse remarquer.

Ici, il n'est personne.

Autour d'elle, les gens se sont entassés comme ils peuvent. Certains, trop fatigués, se sont même allongés sur le sol. Recouverts d'une couverture ou d'un manteau, avec la volonté de disparaître à tous les regards. Trouver un peu d'oubli, de repos.

Emilia reste debout. Elle ferme les yeux.

La déception est amère pour elle qui rêvait de mettre les pieds sur l'île, de passer les formalités en regardant ces inspecteurs dont on lui avait tant parlé droit dans les yeux et de se retrouver vite, ce soir même, sur le sol de l'Amérique, la vraie. Pas Ellis Island. Pas juste une petite île qui est là pour dire Vous n'êtes pas encore des nôtres. Il faut montrer patte blanche.

Elle n'avait pas imaginé l'attente.

Ne laisser aucune place au doute. C'est elle qui a voulu partir. Son père, seul, n'aurait pas bougé. Alors quoi ? Il serait devenu un vieillard qui ressasse l'Énéide au coin du feu ? Elle ne veut pas savoir qu'il vieillit, que la mort de sa mère l'a terrassé. Il doit rester celui qui embrase les cœurs. Et elle, elle doit devenir ce qu'elle a projeté : une femme qui n'aura pas la vie encombrée d'enfants des Italiennes.

Sa mère ne lui avait-elle pas montré le chemin, elle qui avait quitté la riche maison de son joaillier de père, les promesses d'une existence drapée de douceur, pour la vie nomade auprès de l'homme qu'elle aimait ? Elle repousse la voix, venue de loin, qui dit que Grazia en est morte, des routes et de la prétendue liberté. Elle la repousse de toutes ses forces. Elle est fatiguée et elle sent venir des larmes de désarroi. S'est-elle donc tant habituée à la présence constante de son père ? Ou est-ce qu'attendre, après avoir si longtemps déjà attendu sur le bateau, c'est trop ?

La peur est là, aussi, sourdement, que Donato ne fasse tout échouer au dernier moment. Il peut être si arrogant lorsqu'on ne le respecte pas comme il le souhaite. Et ici, il va falloir qu'il apprenne qu'ils ne sont plus ceux d'avant.

Elle appuie sa tête contre le mur derrière elle. Elle aimerait tant, en cet instant, pouvoir sentir le corps de sa mère, poser sa tête sur ses genoux, sentir ses mains lui caresser les cheveux. Elle se force à ouvrir les yeux. Non, elle ne se laissera pas gagner par ce chagrin-là. Elle le connaît trop bien et elle a besoin de toutes ses forces pour faire face.

Elle se récite un passage de l'Énéide qui dit l'audace de la première escale, celle où les navires sont laissés sans attache pour pouvoir débarquer. *Hic fessas non vincula navis tenent, unco non alligat ancora morsu* (Ici, point d'amarre pour retenir les vaisseaux fatigués, point d'ancre au croc mordant pour les assujettir, chant I). Il faut parfois accepter de ne même plus être sûr de pouvoir repartir. C'est le sort de ceux qui partent.

Une balle de chiffons vient heurter son pied. C'est un groupe d'enfants qui jouent. Oh comme elle voudrait encore avoir l'âge du jeu. Elle attrape la balle et la lance au plus petit des trois, un enfant au nez piqué de taches de rousseur. Il lui fait en guise de remerciement une sorte de révérence burlesque qui la fait rire. Fier du résultat, il recommence. Allons ce sont ces enfants qui ont raison. L'attente n'aura pas raison d'elle.

Elle se force alors à regarder alentour.

Pourrait-elle se rendre utile ? Se rendre utile, c'est se sauver. Elle a appris cela très tôt. Elle n'a pas cessé sur le bateau, dès qu'elle sentait l'angoisse la tarauder. Il y avait toujours un peu d'eau à aller chercher pour quelqu'un qui n'en pouvait plus, une histoire à raconter à des petits qui encombraient de leurs cris l'espace où d'autres tentaient de somnoler. Son père ne la quittait pas des yeux mais elle avait réussi à vaquer sur les ponts, lui toujours en sentinelle. Il lui avait interdit de se lier à quiconque. Elle ne s'est même pas fait une amie pendant la traversée. Et maintenant ils sont tous dispersés, mêlés à d'autres "arrivages".

Elle laisse son regard errer sur les corps fatigués autour d'elle, sur ces visages inconnus.

C'est alors que son attention est captée par une femme, assise sur sa valise, tenant en main un petit carnet et écrivant. La tête penchée de la femme, cet air si loin de tout, concentrée en elle-même, c'est cela qui retient son regard. C'est comme voir la ramure paisible et nue d'un arbre, l'hiver. Emilia ne détache plus les yeux de cette femme. C'est une vision reposante. Est-ce l'insistance de son regard ? la femme lève la tête, se tourne vers elle, l'air perdu comme si elle sortait d'un rêve. Emilia ne détourne pas les yeux. Elle la trouve d'une étrange beauté. Austère et pourtant sensuelle, les lèvres pleines et le corsage gonflé. L'austérité est dans sa mise simple, presque monacale, et dans sa façon de se tenir. C'est ainsi parfois que naissent les choses impalpables entre les êtres.

La vue d'Emilia semble rappeler d'un coup la femme au monde qui l'entoure. Elle lisse sa longue jupe d'un mouvement machinal autour de ses jambes, le carnet repose sur ses genoux légèrement écartés. Alors Emilia voit la détresse, immense, sur ce visage et, inexplicablement, elle se sent attirée. Son cœur bat fort. La femme ne fait aucun geste mais sa façon de la regarder suffit. Et Emilia ose s'approcher.

C'est son premier pas vers quelqu'un d'autre depuis qu'elle a quitté le bateau. Son premier pas, seule. Son pas d'Américaine.

La femme lui fait une place près d'elle et Emilia s'assoit. Elles se retrouvent serrées l'une contre l'autre. L'odeur des vêtements de la femme est fraîche, son parfum délicat, elle a dû se changer juste avant de descendre du bateau. Elles se saluent d'un signe de tête. Puis Emilia prononce son nom, lentement, clairement. Ici on ne sait pas d'où viennent les autres, s'ils peuvent vous comprendre. Elle attend. Puis la femme dit en se désignant du doigt. Esther. Esther Agakian.

Le nom de la femme vient de loin.

Emilia ignore que ce nom a voyagé sur les visages de jeunes hommes et de jeunes femmes, tous décimés. La famille Agakian. Ce nom a fermé des paupières qui auraient pu encore s'ouvrir sur tant et tant des merveilles simples de la vie. Il s'est échappé de mains jeunes lâchant soudain toute prise, doigts écartés ne retenant plus rien. Un nom porte avec lui tout cela qu'on ne voit pas et quand Esther le prononce, elle baisse la tête.

Non, Emilia ne sait rien des massacres de la lointaine terre d'Arménie mais elle sent l'infini chagrin de cette nuque penchée et, dans un élan silencieux, elle voudrait l'alléger.

La femme relève la tête et lui pose la main sur le bras. Un seul mot, en italien. *Sola ?* Emilia secoue la tête en souriant. Esther Agakian cherche sur la main d'Emilia un anneau. *Sposa ?* À nouveau Emilia sourit. *No no. Sono venuta con il mio padre.* La femme dit doucement *Bene bene…* Son accent est doux, elle murmure plus qu'elle ne parle. Emilia jette un œil sur le carnet. L'écriture est élégante, comme les mains qui ont tracé les lettres inconnues. Esther Agakian a suivi le regard d'Emilia sur le carnet et explique avec quelques mots d'italien qu'elle essaie, pour se donner du courage, de se rappeler tout ce qu'elle a vécu d'heureux avant. Elle répète Avant et son regard se perd à nouveau.

Alors Emilia ouvre son sac et se met à fouiller. Elle en sort son propre carnet, son carnet à dessin. Elle dit à Esther que ce qu'elle dessine ne ressemble à rien, elle le sait. Mais que la ressemblance, elle s'en fiche. Ce qu'elle dessine ce sont des formes et ça lui plaît. À la maison, dans le réduit qui jouxtait sa chambre, elle avait installé son petit atelier. Elle dessinait. Elle peignait. Quand elle travaille, elle oublie tout et c'est son bonheur. C'est cela qu'elle voudrait partager avec Esther Agakian. Elle n'a pris aucun cours et n'a pas de véritable culture artistique. Emilia ignore que d'autres comme elle, ailleurs dans le monde, s'essaient aussi à des formes nouvelles, oubliant les modèles pour la seule joie de la couleur. Elle avance à l'aveugle. Ici, où peindra-t-elle ?

À cette femme porteuse de la mémoire de ce qu'elle ignore, elle ose montrer son travail, dans un de ces élans de confiance qu'on ne maîtrise pas, quand la vie vous met au bord de toute chose et que c'est à nu qu'il faut apparaître, parce qu'il n'y a plus que cela qui vaille.

Esther prend son temps. Elle regarde les dessins, les couleurs venues sur le papier, ne cherchant pas forcément à épouser les formes dessinées, les débordant ou les soulignant parfois, comme si traits et couleurs avaient leur vie propre, et pourtant créant quelque chose de cohérent. Elle se dit qu'en les regardant, on ne peut que plonger dans l'inconnu. Imaginer. Laisser venir à l'intérieur de soi, portées par quelque chose qu'on ignorait encore mais que révèle la peinture, les émotions profondes qui nous habitent. Comme si ce pouvoir à éveiller en soi une vie retenue, inconnue, naissait de la fragilité même de l'étrange assemblage de traits et de couleurs.

Elle a le geste très lent de passer alors le bout des doigts sur un dessin et Emilia sait, à ce geste, qu'elle ne s'est pas trompée en osant. Les doigts de la femme s'attardent ensuite sur quelques lettres à peine esquissées, en haut du dessin, comme si la main de la jeune fille avait renoncé à écrire vraiment. Emilia serait bien incapable d'expliquer ce qui se passe lorsqu'elle trace ainsi des lettres qui ne vont pas au bout d'elles-mêmes. Son poignet renonce.

Comment expliquer que c'est dans tout son corps qu'elle sent le renoncement devant ce qui pourrait prendre sens, écrit de sa main, tracé sur le papier. Les mots ne l'attirent pas. Sa main retourne à ce qui ne s'écrit pas, aux formes et aux couleurs. Pourtant elle sait que ses lettres ébauchées ont lieu d'être, qu'elles disent sans doute ce qu'il y a de plus sûr en elle, un alphabet secret de sa propre vie, qu'elle ne cherche pas à déchiffrer, juste à tracer.

Quand elle peint ces lettres, elle a le sentiment de rejoindre quelque chose qui précède l'existence. Ne pas écrire vraiment, renoncer aux mots entiers, cela pourrait être la vie même, à l'état brut. Et c'est avec cette force-là qu'on mène son existence car c'est bien cela, n'est-ce pas, une existence humaine ? Toujours : le sentiment absolu qu'on pourrait renoncer mais voilà, on ne renonce pas. Le poignet s'abaisse, on n'écrit pas le mot entier mais on trace quelque chose. Quand même.

Et on quitte tout, sa maison, sa langue, son ciel pour cela : ne pas renoncer. Comme elles deux qui se rencontrent là, à Ellis Island.

Les doigts de la femme caressent les lettres ébauchées puis son regard se pose longuement sur Emilia. Alors la jeune fille sort de son sac, soigneusement roulée, une toile. Celle-là, elle ne l'a pas rangée avec les autres dans la malle. Il fallait qu'elle la garde avec elle, qu'elle sente qu'elle était là, toujours, à portée de sa seule main, pour son seul regard. C'est sa sauvegarde à elle.

Elle se rappelle très précisément le moment où elle l'a peinte : c'était le jour où son père avait été si étrangement silencieux le matin, où il était parti marcher et qu'elle était restée seule à la maison, dévorée par le besoin impérieux de partir. Partir. Quitter tout. Faire route nouvelle. Elle attendait. Le rouge s'était imposé. Il avait fallu couvrir la toile de rouge. Elle travaillait avec de l'huile et des pigments et là, elle avait trouvé la bonne texture tout de suite et la couleur, un rouge pur, profond, le rouge absolu, celui du sang qu'elle sentait battre en elle, qui faisait la vie dans ses veines. La couleur la portait, l'emportait, loin. Alors, lentement, étaient apparues des ébauches de petits personnages, à peine tracés, isolés les uns des autres et pourtant dessinant quelque chose ensemble. Ils étaient tenus par le rouge même.

Oui, ces petits personnages naissaient de la couleur. Ils ressemblaient à un étrange alphabet mais on pouvait facilement suivre la courbe d'un bras, l'aplomb d'une jambe. Ils étaient si petits. Comme elle, dans l'univers. Ils semblaient avoir si peu de chances d'arriver quelque part. Mais ils étaient là, marchant dans le rouge. Fragiles et intrépides. Quand même. Elle les traçait avec ferveur, pour la vie qu'elle savait fragile depuis l'enfance. Et en les traçant, elle prenait force. Ces petits êtres-là, c'était l'humanité même à laquelle pour la première fois elle se sentait appartenir.

Elle n'était pas seulement la fille de Donato et de Grazia. Pas même seulement une fille de Vicence ou d'Italie. Là, quelque chose de plus vaste avait pris place en elle. Elle était elle aussi une part de la grande humanité inconnue qui tente de vivre, c'est tout.

Ce jour-là elle était vraiment devenue, sans en avoir conscience, la peintre qu'elle était. Et quand son père était rentré, le visage fatigué mais paisible et qu'il avait annoncé que c'était décidé, ils partiraient, son cœur avait éclaté de joie. C'était le jour du rouge. C'était un jour comme il y en a peu dans une vie. Un jour de joie profonde et sauvage. De mise au monde. Elle savait que ses petits personnages reviendraient, encore et encore, qu'ils l'accompagneraient. Elle avait créé ses frères inconnus de route.

La femme près d'elle regarde longtemps la toile puis elle ferme les yeux. Elle prononce maintenant des sons tout bas. À nouveau elle semble repartie dans son monde, loin. Emilia n'est pas sûre de bien comprendre mais Esther répète plus fort et distinctement trois syllabes a-da-na. A-da-na ? demande Emilia. Esther acquiesce. Adana.

Elle ajoute des mots tout bas, dans une langue qu'Emilia ne comprend pas puis elle ferme les yeux. Emilia sent la main nerveuse serrer son bras. Très fort. La femme reprend, dans un italien sans hésitation Adana, *la mia citta. Tutti morti. Tutti*. Mon Dieu, voilà que les mots de la femme l'arrachent brutalement à la joie du rouge. La quiétude fragile est balayée d'un coup.

Ici les histoires se frottent et se heurtent comme les ballots et les valises. On ne peut pas se préserver. Non, on ne peut pas. Même si on se met à l'écart. Même si la tentation est grande de rester juste dans sa vie à soi, entre un passé qui lie encore à d'autres rives et un futur qu'on voudrait pouvoir rêver seul, à sa façon. Les visages des autres sont là, si près ; tous encore marqués sourdement des émotions intenses qui ont suscité le grand départ. Non, on ne peut pas rester indemne.

Les doigts de la femme agrippés à son bras, Emilia se retrouve au cœur de l'une de ces histoires, une parmi toutes celles blotties au creux des mains qui caressent encore les têtes des enfants, les histoires qui bruissent, indicibles, dans les cœurs, glissent dans les plis des longues jupes ou sous les lourdes semelles. Derrière le corps de cette femme, elle perçoit un gouffre.

Quelle est cette ville, Adana ? Pourquoi tous ces gens morts ? *Tutti morti* répète Esther, son regard brûlant fixé à terre. Qu'a vécu cette femme ? L'histoire d'Esther Agakian, elle n'est pas racontable, mais elle est devenue la moelle de ses os. Emilia est ignorante de l'horreur qui a commencé à ravager l'Arménie. Pourtant, c'est toute la détresse de cette histoire qui lui tient le bras. C'est cela aussi émigrer.

On a beau être qui on est, avec sa vie particulière, il va falloir faire corps avec d'autres, des inconnus. Emilia ne se dit rien clairement mais elle sent qu'ils sont désormais tous logés à la même enseigne. Ils ont fait route ensemble et qu'importe si ce n'était pas sur le même bateau. Ils se retrouvent aux portes de la même ville. L'histoire commune, elle a commencé sur la mer et elle continue à se vivre, ici.

Esther soupire fort. Emilia sent sa main lui broyer le bras tant elle serre. La voix d'Esther l'emporte avec elle. Une peine sans fond venue des pierres calcinées d'Adana charrie maintenant ses fragments de ténèbres entre elles deux. Quand le vent attise un feu de forêt l'été, les gens luttent tous ensemble comme on élève des digues contre les crues des fleuves. Mais quand ce sont d'autres êtres humains qui apportent la mort et la destruction, on est atteint au plus profond de soi parce qu'on est humain aussi. Et contre ça, on ne peut pas lutter. Alors même si on en réchappe, il n'y a plus rien après à quoi se tenir pour vivre encore. Dans les mains qui tiennent les torches enflammées, dans les poings qui serrent tout ce qui peut tuer, on a éprouvé la barbarie. Et on sait que la barbarie est humaine. Dans sa chair. On l'apprend là. C'est cela que lui transmettent la main et la voix d'Esther, dans un souffle : la connaissance de cette atrocité-là.

Emilia n'a que Troie en flammes pour modèle mais c'est un modèle puissant. L'air âcre mêlé de l'odeur du sang et du feu, elle en a ressenti l'horreur par les mots de Virgile. Mais c'était traversable, comme ce qu'on éprouve au théâtre parce qu'on sait que c'est du théâtre. On n'en meurt pas.

Tutti morti dit la voix. À Adana ce n'était pas du théâtre.

Si Emilia a été au plus profond d'elle-même fascinée, bouleversée par les récits des anciens, elle était toujours portée par la voix de son père ou par le silence paisible de sa lecture, au chaud chez elle. Et elle pouvait même avoir envie de connaître la suite. Mais ici. Mais maintenant. Aucun pont. Aucune passerelle. Le vertige. *Tutti morti*. Elle peut imaginer les yeux ivres du spectacle de la mort enfin libre, jouissant de la liberté de détruire sans limite. C'est ça la barbarie, c'est cette jouissance-là ? De la main d'Esther à sa peau l'horreur des *tutti morti* se propage et au-delà des images c'est le terrible doute sur l'humanité qui irradie.

Et que peuvent deux femmes, l'une jeune l'autre plus, devant cela ?

C'est la plus jeune qui agit. Emilia prend la longue main d'Esther, elle desserre les doigts un à un. Ça, elle peut le faire. Alors, avec cette femme que plus rien ne protège tout contre elle, elle se sent investie de quelque chose qui la dépasse. Elle repense aux moments où les simples compagnons d'Énée acceptent les plus hauts périls, investis d'une bravoure qu'ils ne se connaissaient pas. C'est son tour maintenant.

Parce qu'il faut bien traverser la rivière sans fond pour rejoindre.

Parce qu'on ne peut pas rester chacun sur sa rive sinon à quoi sert d'être là, ensemble, vivants.

Il faut bien lutter contre la peur d'être aspirée par une histoire. Écouter jusqu'au bout, malgré le péril des mots. Parce que les mots sont puissants, elle le sait. Ils peuvent marquer pour toujours. Est-ce qu'entendre la douleur des autres, c'est devoir la porter sur son dos et ne plus jamais, plus jamais, connaître la légèreté de l'oiseau ?

Emilia a le sang qui bat à ses tempes. Son père l'a toujours préservée de tout de sa voix grave et puissante. Les mots écrits, ceux des livres, enseignent mais ils préservent aussi, même s'ils racontent les choses les plus folles et les plus cruelles, parce qu'ils ont été écrits par quelqu'un qui a pris le temps de les penser.

Ici, à Ellis Island, il n'y a plus de filtre.

Il faut se confronter à la douleur sans bord. Celle qui parle directement par le corps qui la supporte.

La douleur qui n'est pas écrite n'a pas de forme, elle peut envahir tout l'air et on peut en être envahi simplement en respirant.

Bien sûr Emilia a peur. Mais il faut traverser. La belle sécurité de sa vie passée, c'est fini. Maintenant elle aussi est une émigrante. Il faut faire face. Avec courage.

Il faut inventer ce nouveau pas.

La main d'Esther est abandonnée sur ses genoux. Elle la prend dans la sienne et caresse chaque doigt, comme elle le ferait pour un enfant qui s'est blessé. La femme tout contre elle ne sait plus rien du présent, elle est égarée, envahie par des images et des sons des appels des plaintes connus d'elle seule. Si près le passé. Toujours là, sous la peau, vivant. Vivant. Et elle ? Sa tête se penche sur cette main, la sienne, une main qu'une jeune fille inconnue caresse en silence, précautionneusement, avec tout le soin dont elle est capable, et il est grand.

Cette jeune main qui touche la sienne, c'est une bénédiction.

C'est toutes les fêtes d'il y a très longtemps quand les enfants étaient heureux et sans souci à Adana, quand elle donnait sa main, jeune elle aussi, à d'autres filles jeunes pour danser et que la musique les entraînait, joyeuses, joyeuses.

Oh mon Dieu, c'est cela aussi le monde, ces deux mains. Dans le cœur d'Esther, un élan. Quand le retrouvera-t-elle, ce monde-là ? Existe-t-il encore quelque part ? Y a-t-il encore des lieux pour la joie et la confiance des mains qui se tiennent ?

Emilia continue à caresser lentement les mains douces d'Esther. Elle ferme les yeux.

Un jour elle a peint une toile, jamais elle n'aurait pensé alors que cette toile éveillerait la mémoire éperdue d'une femme à des milliers de kilomètres de ses couleurs et de ses pinceaux. Mais c'est bien elle qui a peint cette toile et qui l'a montrée, oui. Alors si la couleur a eu la force de réveiller la mémoire, elle, elle peut avoir la force de traverser et rejoindre cette femme qui pleure, là-bas sur sa rive d'Adana, parmi les morts. C'est cela aussi peindre. Elle ne réfléchit plus. De tout son être maintenant elle approche la peine de cette femme. Se rendre à cet appel, c'est prendre sa part. C'est tout.

Dans la vie, il y a des choses qui se font toutes seules, *da sola*, c'est ce que répétait sa mère quand elle parlait de sa rencontre avec son père, des choses qui ne s'apprennent nulle part, c'est l'archaïque élan qui pousse un être humain vers un autre. La jeune fille, d'ordinaire si réservée, retrouve alors le geste que son père fait si souvent, pour la protéger, l'arracher à toute souffrance. Elle passe son bras autour des épaules d'Esther Agakian.

Emilia n'a jamais pris dans ses bras une femme ou un homme qui pleure. C'est toujours elle qui a été l'enfant. Il y a des moments dans la vie où on grandit d'un coup.

Elle respire l'odeur fraîche des cheveux bruns relevés en bandeaux autour du beau visage, elle sent le parfum d'une peau. Et une émotion profonde l'envahit.

Entre ses bras, elle serre les épaules minces, le buste frissonnant. Par ce geste se forme la pensée que le corps vieillissant de sa mère, elle ne le connaîtra jamais, ne le serrera jamais comme elle serre le corps de cette femme inconnue. Elle revoit comme si elle était là, devant elle, Grazia souriante, portant la robe jaune qui découvrait ses épaules magnifiques. Jeune. Toujours jeune. Cette image se mêle maintenant à ce qu'elle ressent là, Esther entre ses bras. Et elle songe. Un jour, elle dépassera l'âge que sa mère avait lorsqu'elle est morte. Où sera-t-elle ? Qui sera-t-elle ?

Alors elle sent qu'elle, elle est bien vivante. Sa vie entière reste à faire, à inventer, au gré de ce que ses bras embrasseront. Dans son cœur, un immense élan. C'est la terre entière qu'il faudrait tenir dans ses bras.

Quelque chose de puissant est à l'œuvre sans qu'elle s'en rende compte. Le souvenir de sa mère est en train de prendre place autrement en elle. Toute peine pénètre l'autre peine. Et miraculeusement l'allège. La raison ne peut pas expliquer cela.

Elle ouvre les yeux. Esther, la tête appuyée contre son épaule, parle. Sa voix est basse mais chaque mot résonne contre sa poitrine, lui parvient comme si le son était porté par la peau d'un tambour lointain. Vibrant et étouffé.

La peinture d'Emilia, son corps tout contre le sien, ont réveillé la mémoire. Le moment où la vie n'était plus rien sous ses yeux à elle. La vie, cette nuit-là, à Adana, c'était juste la promesse de tous les gestes à venir qu'on arrête du tranchant d'un sabre, la promesse de toutes les pensées à venir qu'on écrase à coups de botte. Un visage, ce n'est plus rien contre les pierres de la route et les cœurs dans leur petite église incendiée, là-bas, à Adana, quand ont-ils cessé de battre ? Quand les poitrines ont-elles cessé de chercher le souffle, de respirer ? Elle, Esther, a dû faire la morte pour rester en vie. C'est maintenant le paradoxe de toute sa vie. Morte ? Vivante ? Sous les corps des autres, ceux qui avaient été massacrés avant même de pénétrer dans l'église, elle a réussi à garder la vie. Elle a rampé quand tout a été fini. Comme une bête.

Plus rien ne pourra effacer cela, ni le poids des corps sur elle, ces autres qui étaient les siens, ceux qu'elle connaissait depuis toujours, qu'elle aimait, dont il a fallu se défaire pour pouvoir respirer. Simplement respirer. C'est dans son cœur qu'elle doit désormais les porter. Lourds. Si lourds.

Une couverture de corps morts entre elle et le monde.

Devant le rouge de la toile de la jeune fille et devant ces étranges petites personnes, si petites dans l'univers, comme elle, comme tous ceux qui ne verront plus le jour, la couverture des morts s'est écartée. Un peu.

Il avait fallu mettre tout à distance pour pouvoir préparer le départ, s'embarquer pour une vie nouvelle.

Une vie vraiment ? et nouvelle. Comment, nouvelle ?

La mémoire est là. Elle ose la laisser faire parce que les bras d'une jeune fille sont un rempart bien plus puissant que toutes les murailles du monde. Parce que le corps d'Emilia est bien vivant. Dans ses bras, tout contre son souffle, elle se sent vivante elle aussi.

Les larmes qu'elle n'a pas pu verser, toutes ces larmes qu'elle a retenues pour aller de l'avant, c'est maintenant qu'elle peut les verser. Elle pleure pour tous ceux qui ne peuvent plus pleurer leurs morts. Sa poitrine est étroite pour les contenir. Elle pleure comme jamais elle ne l'a fait, elle, Esther, la belle femme qui n'avait pas d'enfants, la femme qu'on respectait parce que d'elle émanaient une force et une sagesse peu communes et que chacun pouvait venir y puiser.

Le jour du massacre, tout s'était inversé. C'étaient les autres qui lui avaient permis de survivre. Par leurs corps entassés sur elle, elle avait été protégée.

Aujourd'hui elle les remercie et c'est une longue litanie de prénoms qui lui vient maintenant aux lèvres. Elle cite chacun d'eux dans l'air de cette petite île où tant de gens comme elle, fuyant la misère ou l'horreur, sont réunis. Emilia écoute cette étrange prière, les sons inconnus,
Maro
Anouchie
Yeznig
Zakar
Rouben
… un silence entre chacun pour dire Il a vécu.

Emilia se laisse emporter par la litanie murmurée.

Toute la fatigue des jours passés se mêle maintenant à l'émotion et enveloppe la jeune fille.

Elle revoit les moments d'avant le voyage, dans son pays à elle, quand il a fallu choisir ce qu'on emporterait et ce qu'on laisserait, quand elle est allée, son bouquet à la main, une dernière fois sur la tombe de sa mère. Elle a enfoui un morceau de la toile rouge, soigneusement découpé, dans la terre. Pour que sa mère la protège.

Emilia berce d'un mouvement lent Esther et les paroles de la berceuse que lui chantait Grazia reviennent tout bas.

Il y a dans le monde des moments arrachés à tout, des îles.

Elle pose doucement sa joue sur les cheveux d'Esther. C'est comme si cette femme lui permettait de sentir tout ce qui l'occupe, elle, depuis des jours et des nuits sans qu'elle n'en soit plus accablée.

C'est dans ce moment d'abandon qu'un homme les découvre. Il s'était approché lentement, ému par le chant d'Emilia. Lui, il est musicien. Il joue du violon. Pour tous ici, c'est un bohémien.

Il fait partie du groupe au verbe haut qui se tient à l'écart des autres, près du quai. Une vingtaine d'hommes et de femmes, quelques enfants. Les anciens au centre, les jeunes autour comme pour délimiter un territoire nouveau. Ils ont déjà fait de la musique et les femmes ont esquissé des pas de danse sur le sol. Partout où ils posent le pied, le monde est à eux, voilà ce que semblaient dire ces pas. Et personne ne possède rien. Jamais. Quelle hardiesse dans leur allure !

Cet homme-là s'est éloigné du groupe. Il est jeune et son regard est attentif et doux. Il n'a pas encore sorti son violon sur cette drôle d'île où tout peut arriver. Il ne s'est pas joint à ses camarades. Retenu par quoi ?

Lui, il a envie de voir les autres. Tous ces gens qui parlent bas, pris par l'attente. La grande diversité des visages, des vêtements, des corps, l'attire.

C'est tous les voyages réunis en un seul, se dit-il, et il aime ça.

La voix de la jeune fille l'a guidé. Elle chante tout bas mais il a l'oreille fine, si fine que c'est toujours lui qu'on envoie faire le guet si besoin, depuis qu'il est enfant. D'abord il a pensé qu'il avait sûrement sous les yeux une mère et sa fille. Mais il a vite noté que les vêtements ne semblaient pas venir de la même vie. La mise de la fille est sobre et de cette qualité faite pour durer. Celle de la femme n'attire pas le regard d'emblée mais le tissu de la longue jupe a des reflets moirés, soyeux, qui retiennent la lumière et les bottines sont d'un cuir très fin. Aucun bijou mais l'élégance est raffinée. Ces vêtements-là ont une délicatesse qui les rend plus difficiles à conserver longtemps. Ce sont deux mondes différents.

Il a l'habitude d'observer. Dans sa vie de bohémien, savoir à qui on a affaire fait partie des premières leçons. Il voit qu'il n'y a pas d'homme auprès d'elles et il les plaint parce que sans homme ici, la vie ne sera pas facile.

Il aimerait leur parler, leur jouer quelque chose pour alléger la peine qui va de l'une à l'autre mais il n'ose pas. Entre elles deux coule un fleuve trop sombre.

Alors il s'assoit, un peu plus loin. Et il contemple les deux femmes, à sa façon, sans en avoir l'air. La jeune fille berce la femme et c'est un geste si lent et si doux que peu à peu c'est autour de son propre corps qu'il rêve de la caresse de ces bras-là. Il ferme les yeux et il imagine. Il a toujours su imaginer. Son imagination le guide si clairement que bientôt, il voudrait passer ses bras à lui, comme il sait si bien le faire, autour de la jeune fille et l'éloigner de la peine et du chagrin. Il voudrait l'entraîner dans une danse où l'on retrouve toute la joie d'être au monde. Vivants. Libres. On est sur la terre d'Amérique et bientôt on va connaître de nouvelles routes, de nouvelles joies.

Ici les gens sont moins méfiants que dans la vieille Europe, c'est ce qu'il croit, ce jeune homme, c'est ce que croient ceux de son clan. Il est plein d'une espérance sans limite. Sans limite comme ce nouveau pays.

Eux ils n'ont rien laissé car ils ne possèdent rien. Les ancrages familiaux, les doux jardins qu'on voit refleurir chaque printemps, le linge qu'on repasse au fer si chaud que l'odeur emmaillote toute la pièce, et que la simple buée fait des maisons un lieu caché du monde, tout cela, il ne connaît pas. Alors il ignore la tristesse des départs.

Il suffirait que la jeune fille le regarde pour qu'il ose aller vers elle. Il prie pour qu'elle le regarde. Intensément. Mais rien. Elle est tout occupée à chanter lentement sa berceuse. Il se lève alors et passe devant elles deux pour rejoindre les siens.

Elle ne lève pas les yeux.

Il sort son violon de son étui. C'est le violon de son grand-père. Quand il était petit, son grand-père lui disait qu'avec le violon on pouvait attraper les étoiles, on pouvait arrêter la course du lièvre et on pouvait entrer dans le cœur des femmes. Il n'a jamais oublié ces paroles même si son grand-père est mort depuis longtemps.

Le vieil homme l'a élevé, seul. Sa mère était une étrangère et n'aimait pas les routes. Un jour, elle était repartie vers son village. Il avait ainsi appris dès l'enfance qu'on ne possède pas les gens qu'on aime, même s'ils vous mettent au monde. Son père s'était nourri les poings de la rage de cet abandon. Il se battait partout où ils allaient. Les anciens l'avaient mis en garde mais cet homme-là ne pouvait pas vivre autrement.

Un jour, dans une ville dont le jeune homme n'a jamais su le nom, le père n'est pas rentré. On lui a raconté qu'il était parti avec un autre groupe sûrement, loin, mais lui a bien compris que cette fois il avait rencontré la lame d'un couteau plus aiguisé que le sien. Il était encore enfant. Tout ce qu'il se rappelle c'est que cette ville était enfoncée dans une forêt et que le givre sur les arbres faisait d'étranges dessins. C'est là qu'il avait perdu le goût de la parole. Il ne pouvait que contempler le givre. Ils avaient poursuivi la route et lui ne savait pas où son père avait trouvé un trou dans la terre pour finir. Alors le trou, il l'avait fait entrer dans sa bouche. Devant le silence de l'enfant, le grand-père avait sorti le violon et il jouait pour lui. L'enfant écoutait sans se lasser. Ils se parlaient avec les yeux. Parfois les paupières du vieil homme se fermaient sur la musique et Gabor entendait les paroles de grand vent dans la tête du grand-père.

Un jour le vieil homme lui avait mis le violon dans les mains. Gabor avait appris. Comme si sa vie en dépendait. Il était rentré dans le monde avec le violon et ne l'avait plus quitté.

Partout, dès qu'ils arrivaient tous, on attendait que Gabor joue. C'était la façon de saluer chaque étape et de trouver la joie car si l'histoire de Gabor était triste, sa musique, elle, réveillait la joie. Le grand-père disait qu'il était "choisi" pour cela.

Quand le grand-père est mort, on a gardé sa roulotte pour Gabor. Il était assez grand pour se débrouiller.

Peu à peu c'est Masio, le chef du clan, qui l'a accueilli à sa table. Il aime le garder auprès de lui. Il dit lui aussi que Gabor est "choisi". Mais Gabor retourne toujours à la roulotte solitaire le soir. Souvent il dort dehors, près des chevaux. À eux, dans la nuit, il aime parler.

Il a tout de suite été de ceux qui ont voulu l'Amérique.

Une terre sans toute la triste histoire de son enfance, c'était une bénédiction ! Il veut un soleil neuf sur sa vie. Et une langue nouvelle pour parler. Pas la langue qui a nommé tant de malheurs. Il s'est juré que là-bas il parlerait à tous.

Et maintenant il veut attirer l'attention de cette fille. Qu'elle aussi veuille le soleil neuf !

Il se met à jouer. D'emblée les autres ont compris que Gabor est dans un de ces moments où l'inspiration le guide. Jusqu'au bout des doigts ! Les hommes d'abord hésitent, écoutent, puis la danse leur vient. Impossible de résister au violon de Gabor. Les anciens scandent le rythme et parfois on entend un "Hopa !". Les femmes laissent les hommes danser. C'est un pas sauvage d'homme qu'appelle d'abord le violon de Gabor. C'est une danse de l'arrachement et de la joie qui vibre dans l'air quand on offre son visage au vent. C'est une danse qui ravit le cœur des femmes et leur fait empoigner la chevelure des hommes pour le baiser ardent.

Il y a dans la musique de Gabor toute la rage des poings du père et tous les plis de la jupe de la jeune fille, là-bas. Qu'elle l'entende au moins si elle ne le voit pas ! Qu'elle entende la musique de sa route à lui, celle qu'il veut maintenant.

Dans son violon, il y a le vent furieux et de hautes vagues car le voyage sur l'océan est encore là. Il secoue ses boucles noires. Tout son corps est tendu dans la fougue de la musique.

Maintenant les femmes se sont levées à leur tour. Elles entrent dans la danse des hommes d'un large frisson de jupes. Leurs visages sont graves et leurs yeux brillants. Chacune a choisi son homme et deux par deux, homme et femme s'affrontent, se frôlent, se cherchent. Le violon le violon le violon de Gabor est infernal de nostalgie et de violent désir.

Ils ont réveillé les émigrants qui attendaient.

Les femmes entourées d'enfants envient la liberté de celles qui dansent sans rien masquer de leur désir. Les hommes hochent la tête. La main d'un petit quitte celle de sa mère pour se lever. Autour du groupe des bohémiens, un frémissement, des voiles se gonflent dans les cœurs et des rêves reviennent, ceux auxquels on n'osait plus croire, tournoyants dans la danse.

Et Gabor joue. Les yeux fermés, il joue pour la jeune fille et pour tous ceux qu'une peine lointaine rattache encore aux pays abandonnés. Il joue pour que l'espoir qu'il a dans le cœur vibre autour de lui et enflamme. Que les cœurs de tous ceux qui piétinent ici flamboient. C'est l'Amérique ! Et elle est pour tous !

Bien sûr Emilia l'entend. Qui ne l'entendrait pas ? Mais elle ne bouge pas. Quand elle a commencé à entendre le violon elle s'est demandé si c'était un rêve. Elle a gardé les yeux fermés. Esther a entendu aussi.

Les deux femmes écoutent.

Le violon joue et la musique vient les chercher.
Oh juste se laisser porter d'une émotion à l'autre, voyager voyager. Esther a levé la tête. Le violon, ici, c'est la vie soudain qui essaie de se frayer un chemin.
Le violon dit qu'émigrer c'est espérer encore.
Avec vaillance.
Avec la force de ceux qui n'ont plus rien que leur désir.
Le violon dit que le désir est tout. Tout. Et qu'avec le désir on peut vivre. Il chasse le marasme de l'attente et de la peur de tout ce qui les guette, dans quelques heures, dans quelques jours. Il dit que chacun a dans le cœur le souvenir de jours heureux, de ceux qu'on veut revivre de toute son âme quelque part : Ailleurs. Et qu'importe que la terre soit aride et le regard des gens encore soupçonneux.
On émigre : on espère.
Le violon dit qu'un jour, oui, un jour, ces mêmes gens les connaîtront, un jour ils verront bien qu'ils apportent dans leurs cœurs et dans leurs mains ouvertes le savoir terrible des vies détruites et qu'ils veulent s'en servir, oui s'en servir, pour bâtir à nouveau, avec ceux qui ignorent le malheur, parce que c'est ça aussi, le monde, n'est-ce pas, c'est bâtir à nouveau et aimer à nouveau et croire à nouveau que chacun de nous peut être tout simplement bon pour un autre être humain et que les regards peuvent se croiser sans haine. C'est vivre. Et eux, ils ont fait le pari fou ! Ils sont ici. Vivants. Ah !
On ne peut pas raconter la puissance de la musique mais on peut la voir éclairer les corps

épuisés. Gabor réveille l'ardeur et il joue sans s'arrêter.

Le cœur d'Emilia se gonfle d'une joie sauvage, celle qu'elle éprouve quand elle peint, quand elle marche seule loin sur les collines et que soudain elle découvre le paysage à ses pieds. En cet instant, elle voudrait embrasser le monde.

Elle s'est levée, a regardé Esther qui lui fait signe d'aller, avec les autres, plus près du violon. Emilia laisse sa toile sur les genoux de la femme et son sac à ses pieds. Elle s'éloigne de quelques pas, encore toute reliée à la peine et au rouge. Elle regarde le jeune homme qui joue.

Esther pose avec précaution la toile d'Emilia près d'elle, à l'endroit où la jeune fille était assise. Puis elle reprend son carnet, elle écrit quelques mots, rapidement, sur une page vierge, arrache la page du carnet et la glisse dans la toile qu'elle roule bien serrée et attache comme la jeune fille l'avait fait, bien serrée avec une cordelette. Elle la tient de ses deux mains et elle regarde la jeune fille.

Elle trouve les mots dans sa poitrine, les mots de la prière pour protéger la vie toute neuve de cette jeune fille.

Elle voudrait pour elle une vie éclairée et juste.

Elle qui n'a jamais eu d'enfant regarde la taille de la jeune fille, ses épaules, et imagine la robe qu'elle pourrait lui coudre. Elle choisirait une étoffe douce et d'un rouge éclatant, une soie. Dans sa malle à elle il reste quelques tissus qu'elle a pu sauver. C'est son métier de couturière qui lui revient. Elle aimait habiller les corps de femmes et elle savait imaginer des folies qui l'avaient fait connaître bien loin de chez elle. Elle avait voyagé, elle avait vu Paris et d'autres villes d'Europe. Aujourd'hui elle voudrait habiller ces Américaines qu'on dit prêtes à la nouveauté. Le corps d'Emilia la pousse à nouveau vers l'avenir.

Donato lui aussi a entendu la musique farouche du violon. Elle l'a saisi quand il était en train de se frayer un passage pour revenir vers Emilia. Au milieu des ballots et des gens attendant, attendant avec une telle patience que son impatience à lui s'en augmente et s'irrite. Ce n'est plus de la patience, c'est de la résignation.

Comment peut-on les traiter ainsi ? Ne viennent-ils pas tous apporter leur force et leur vie à cette Amérique ? Alors c'est ça, l'accueil ! Il a tenté de pénétrer dans l'immense hall avant d'être refoulé sans ménagement et ce qu'il a vu l'a révulsé ; des gens montant l'escalier, épuisés et pressés par les autres, hommes d'un côté, femmes de l'autre. Il a réussi à grimper sur l'échelle d'un ouvrier qui réparait une haute fenêtre. La langue commune partagée avec l'ouvrier italien l'avait bien aidé. Il a pu voir ce qui les attend. Des files et des files de gens debout, comme des bêtes qu'on fait rentrer à l'étable. Et ceux qui examinent les corps que les émigrants redressent pour bien montrer qu'ils sont en pleine santé. Mon Dieu ! Et d'autres qui examinent les papiers avec une attention scrupuleuse. Ils ne sont pas des criminels, *Dio santo* !

Toutes ces vies, là, en files, qui espèrent juste qu'on leur donne le droit d'entrer dans un pays, d'y travailler, d'en respirer l'air. Ils ne viennent pas mendier ! La rage lui serre la gorge.

Ah jadis, quand on arrivait sur un nouveau territoire, il fallait se battre et être le plus fort ou le plus rusé, le plus intelligent ou le plus puissant par le corps ou par l'esprit. C'est comme ça qu'on faisait sa place. Les héros des anciens, à chaque étape de leur voyage, mettaient en jeu, eux, toutes leurs ressources ! Aller au tréfonds de soi-même chercher ce qu'on a de meilleur, ça, ça vaut la peine ! On se grandit ! Si on n'y parvient pas, alors qu'on soit rejeté à la mer et contraint de partir ou périr, d'accord ! Au moins on s'est battu !

Mais ici, *Santa Madona*, ici, qu'est-ce qu'on leur demande ? De renoncer à ce qu'ils ont de plus fort, de plus beau, ce qui les a portés jusqu'à cette misérable petite île ! Leur bravoure, leur immense bravoure, qui la voit ? car tous, ce sont des gens ordinaires, pas taillés pour l'épopée, et il leur en a fallu, de la bravoure pour arriver jusqu'ici. Pour certains, c'était même la première fois qu'ils voyaient la mer ! Le savent-ils ces inspecteurs ? Voilà qu'il leur a fallu embarquer pour un si long voyage malgré la terrible appréhension. La plupart ne savent même pas nager et pourtant ils se sont embarqués ! et dans des conditions que bien des gens n'imaginent même pas.

Maintenant ils sont là, parqués, à attendre. On leur impose de s'abêtir à piétiner et à se taire, à se contenter de faire profil bas en montrant leurs yeux, leurs dents et leurs papiers ! leurs sacro-saints papiers ! leurs médecins peuvent toujours aller chercher les traces de quelque trachome dont apparemment l'Amérique a si peur, cette armada en blouse blanche ne voit rien, rien du tout ! ils sont aveugles à l'humanité, eux ! et le cœur de Donato est broyé par l'idée que bientôt son Emilia, son joyau, devra elle aussi se plier à toutes ces humiliations.

Il ne lui a pas appris à courber l'échine ! Il a mis tout son art à lui montrer qu'on peut et qu'on doit avoir une part active à son propre destin. Et maintenant, oh mon Dieu maintenant !

Pourquoi ne pas repartir ? Reprendre un bateau, n'importe lequel, fuir tous ces outrages à venir. Tant que la dignité est sauve. Rentrer chez eux. Y a-t-il encore quelque part un chez-soi ? Bien sûr il y a toujours la maison de Vicence dont il a confié les clefs à Jacob, son plus cher ami de théâtre, mais il sait bien que c'est une maison désormais vide de ce qui en avait fait l'âme. Et lui son âme, où est désormais son âme ?

Quelle folie ce voyage ! Ici, personne ne les connaît. Soudain la solitude à venir s'abat sur lui et il n'a pas assez de ses larges épaules pour la porter.

Lui qui a tellement aimé être attendu par un public, désiré par toute une salle pleine ! Qui ici peut imaginer qui il était ?

Donato sait qu'il ne faut pas laisser ces idées sombres le gagner. Immanquablement elles le ramèneront à la mort de Grazia. Elle est là, la solitude, la vraie. Et il ne peut pas se permettre de se laisser aller alors que c'est maintenant qu'il faut aller chercher sa force, coûte que coûte.

Il faudra bien qu'ici aussi il fasse battre les cœurs et encore plus fort parce que leur Italie est loin. Mais son Énéide a été traduite il y a longtemps déjà dans la langue d'ici. Et il a appris qu'il y avait même une nouvelle traduction, d'un certain Fairfax Taylor, alors ! Ici aussi ils ont besoin d'entendre un texte qui ouvre les poitrines. Là, il sait qu'il peut être fort et utile.

Et il faudrait maintenant faire le chien couchant ? Non ! Ça il ne peut pas. Qu'on lui demande de raconter ce qu'il peut apporter à cette jeune et orgueilleuse Amérique, oui il peut ! mais pas qu'on lui fasse passer leurs tests infamants. Lui, il a fait vibrer les cœurs et c'est ça, sa vie.

À nouveau, comme dans sa jeunesse, Donato sent la violence s'emparer de lui. Et la main douce et ferme de Grazia n'est plus là pour l'apaiser. Se jeter corps et âme dans une lutte, voilà ce qu'il lui faudrait. Mais attendre, mon Dieu attendre, non !

Attendre c'est mourir salement. Ça tue l'espérance.

Alors la musique vaillante de ce violon tout à coup, ça fait du bien. Il a tout de suite pensé que c'était sa Grazia qui lui envoyait un signe. Et pourquoi pas ? Sa Grazia peut bien avoir donné envie à quelqu'un de jouer et de l'arracher, lui, à cette vision d'une humanité en files comme du bétail.

Il flaire l'air vif à nouveau, tête levée. Si seulement son parfum… Son regard alors est attiré par le vol d'un oiseau qui file dans le ciel, sans souci d'attente ni de papiers. Comme il l'a toujours fait dans ses longues promenades solitaires, il suit l'oiseau des yeux. "Les oiseaux prennent la peine des hommes sous leurs ailes." Donato se répète ce vers et il reprend son chemin malaisé vers Emilia.

C'est à cette tête levée vers le ciel que le reconnaît immédiatement le jeune photographe. Andrew Jónsson a réussi lui aussi à gagner l'île, grâce à un marin à qui il a promis un portrait pour sa fiancée en échange du passage. Il était là, son appareil à la main, scrutant les visages, cherchant ce qui lui parlerait en secret. Et voilà qu'à nouveau le grand Italien avec son livre est devant lui. Le jeune homme en est inexplicablement heureux. Il lève la main pour le saluer en souriant.

Voilà une autre Amérique, se dit Donato, celle du jeune homme chaleureux, qui parle leur langue avec son accent terrible mais qui au moins la parle. C'est le ciel qui l'envoie. Ou la bienfaisante Grazia. Pour un peu il le serrerait contre lui. Il se contente de le prendre par le bras et l'entraîne. En jouant des coudes pour avancer, il lui explique qu'il va rejoindre Emilia, qu'il est allé aux nouvelles, mais sa voix est couverte par des chants qui commencent, entraînés par le violon infatigable, et des claquements de main.

Dans ce brouhaha, les deux hommes se dirigent vers le lieu où maintenant un groupe d'émigrants s'est approché et fait cercle autour du musicien. Donato cherche Emilia du regard mais c'est Andrew Jónsson qui la voit en premier et il en reste sidéré.

Emilia est debout, elle s'est avancée jusqu'au premier rang des émigrants et lentement, épingle après peigne, elle dénoue ses cheveux.

Le jeune photographe ne la quitte pas des yeux. Une femme faisant ces gestes-là, jamais il n'en a vu. Ni ostentation ni coquetterie. Simplement le geste de qui veut se sentir à l'aise, comme si cet endroit devenait sa chambre à coucher, mais à ciel ouvert. Elle secoue la tête et sa chevelure se déploie.

Aucune photographie n'éternisera ce moment unique. Seule sa mémoire pourra le lui redonner. Et elle le fera, oh oui ! elle le fera. Il ne le sait pas encore mais toute sa vie sa mémoire lui rappellera cette vision comme si elle se déroulait à nouveau sous ses yeux. Une telle liberté, on n'a pas toujours la chance de la rencontrer.

La liberté de ceux qui sont seuls au monde.

Parce que c'est exactement cela, la sensation qu'il a : cette jeune fille à ce moment précis est seule au monde.

Et il sent bien les choses. Emilia, en cet instant de la chevelure qui se déploie, ignore tout ce qui n'est pas son désir à elle, simple et d'une force absolue. Et qu'importe qu'elle soit au milieu d'une foule. Elle a besoin de laisser les paroles d'Esther s'envoler, s'échapper et se mêler au vent, ses larmes et tout ce qu'elle n'a pas pu dire, se détacher d'elle. En ce moment précis, le vent, ce n'est pas seulement dans ses cheveux qu'il passe, c'est entre ses côtes, dans sa poitrine et loin, plus loin encore, dans ses souvenirs qui se déploient aussi, longuement. Tout ce qui a fait sa vie heureuse est là dans chaque boucle de ses cheveux. Et elle a besoin de sentir cette mémoire-là l'envelopper.

Des femmes autour d'elles pensent Qu'elle garde, oui qu'elle garde toute la douceur de ses jeunes années ! comme nous rassemblons dans les plis de nos jupes, au secret de nos bras croisés sur nos poitrines, les minces talismans du quotidien que nous avons perdu. La jeune fille qui déploie sa chevelure les ramène au reflet de la rivière, à la lente et odorante fumée qui s'échappait de leurs cheminées et qu'importe que leurs maisons aient été pauvres, c'étaient leurs maisons et elles y avaient tenté le simple bonheur des jours et des nuits. Leurs époux les avaient vues défaire leurs chevelures, elles aussi et leurs yeux avaient brillé de désir. Derrière leurs paupières, ces instants de bonheur.

Andrew Jónsson, lui, se rappelle l'histoire de Méduse et de Persée. Il l'a lue quand il était enfant et la chevelure de Méduse c'est ainsi qu'il se la représentait. Opulente, bouclée et légère, avant qu'Athéna ne la transforme en autant de serpents. Il y avait cette illustration dans son livre d'enfants qui le fascinait. C'était cela, la chevelure d'Emilia. Il avait toujours trouvé injuste le châtiment d'Athéna. Il avait aimé la chevelure de Méduse.

Plus loin, Esther, debout, cherche des yeux la jeune fille. Elle a besoin que ses yeux se reposent à nouveau sur ce visage, ce corps.
Elle entend les mains qui scandent le rythme. Et elle sent ses mains à elle se joindre lentement. Elle aussi a su accompagner les chants. Elle avait un tambourin dans les fêtes. Tout cela est si loin. Ses mains sauraient accompagner les rythmes que ce violon fait naître mais aujourd'hui elles ne peuvent pas. Elle serre seulement de ses doigts nerveux la toile roulée d'Emilia. Et elle contemple la joie fragile des émigrants.

Donato s'est avancé vers sa fille. Qu'elle rattache ses cheveux tout de suite ! qu'elle ne se donne pas ainsi en spectacle ! mais quand elle se tourne vers lui et qu'il voit son visage si heureux, tout rayonnant d'une joie sauvage, il est saisi. C'est Grazia qu'il revoit, bravant tous les interdits pour venir le rejoindre, belle, libre. Il reste sans voix.

Il ne peut pas être celui qui éteint cette joie.

Mais rien de cela ne lui est adressé.

La souffrance qu'il éprouve alors d'un coup n'a pas de nom. Sa fille.

Jusqu'où ira son désir de liberté ? Faudra-t-il donc qu'il joue le rôle du vieux barbon gardien de la vertu ? Il ne saura pas. Une terrible appréhension l'envahit. Non, il ne saura pas.

Alors lui vient le seul geste qui peut l'apaiser encore. Il passe son bras autour des épaules de sa fille. Il la protège et la protégera. Il est son rempart. Et que chacun mesure bien cela autour d'eux.

Son regard croise celui de Gabor. Lui, il n'a pas cessé de guetter la jeune fille derrière ses paupières à demi fermées. Il l'a vue s'avancer puis dénouer si lentement sa chevelure que son cœur a bondi. Il joue pour elle. Rien que pour elle. Et cet homme qui la tient par les épaules n'y fera rien. Les yeux maintenant bien ouverts il continue de jouer sans la lâcher du regard. Qu'importe ce grand homme au livre dans la main ! Qu'il soit père, vieux mari ou protecteur qu'importe ! Elle vibre à sa musique.

Donato se penche sur Emilia. Il ruse pour l'éloigner. Il est temps qu'il lui parle de ce qui les attend, qu'il la prépare au moins avant que vienne leur tour. Et si elle ne veut pas de tout ça, ils repartiront ! après tout, on peut défaire ce qu'on a fait. Même si c'est folie aux yeux de tous. Eux deux ils vont décider ensemble. L'idée du retour lui donne un immense soulagement et il en a honte.

À regret Emilia l'écoute. Il veut lui parler tranquillement. Obscurément elle sent bien qu'il veut surtout la mettre à l'écart des autres, à l'écart de sa joie, de ce sentiment farouche de liberté qui l'a saisie.

Oui, la musique l'a soulevée, emportée loin de toute la lenteur du voyage et de cette arrivée qui n'en finit pas. Avec le violon, elle a respiré à nouveau l'air des chemins et rêvé soudain de l'air inconnu des rues de la ville. Elle a imaginé. Alors elle a fait ce qu'elle fait toujours quand elle se laisse envahir par l'émotion d'une peinture à venir dans son petit atelier : elle a dénoué ses cheveux.

Elle suit son père.

Elle salue d'un signe de tête Andrew Jónsson qu'elle reconnaît et le jeune homme s'approche mais le regard d'Emilia est déjà ailleurs. Elle cherche des yeux le visage apaisant d'Esther. Son regard erre, un peu perdu, comme tous ceux qui se réveillent trop brutalement. La femme a quitté les lieux. Où est-elle ? La magie de la musique s'estompe. Elle en veut à son père de l'avoir enlevée à tant de bonheur inattendu. Qu'au moins elle retrouve celle avec qui elle a partagé ces instants d'une étrange douceur, d'une telle force. D'un mouvement souple, elle libère son épaule.

Le geste n'a pas échappé à Gabor qui les suit des yeux, laissant le violon lui dicter maintenant une musique qui progressivement abandonne la joie effrénée pour un rythme plus lent plus doux, celui de l'attente.

Et pourtant il déteste l'attente.

Il sait que l'attente n'apporte rien de bon. Il faut toujours suivre le gibier, savoir être plus malin que la bête qu'on traque. Il sait apprivoiser dans sa tête bêtes et gens, avant de s'approcher. C'est comme ça qu'il est devenu celui qu'on respecte et qu'on craint en même temps un peu. Cette fille-là est pour lui. Il la veut. S'il a accepté de partir avec les autres, c'est pour changer quelque chose dans une vie qui filait trop vite entre ses doigts. Comme la musique. Il veut vivre autrement. Le désir de s'affranchir du clan, c'est difficile de le penser. Pourtant. C'est la première fois qu'il se sent vraiment attiré par une femme qui n'est pas de leur vie.

Dans les villages et les villes, quand on est musicien et qu'on a belle allure, les aventures sont faciles mais il s'est toujours gardé de trop se mêler aux femmes qui rangent leurs jupes dans des armoires, aux corps que des femmes couchent dans des maisons dont on ferme les portes. Jamais plus que le temps d'une étreinte, parfois une nuit avec une femme. Jamais plus.

Sauf avec Marucca. Elle, elle est de leur clan.

Avec elle, il a accepté les coups rapides frappés à la porte de sa roulotte en pleine nuit parce qu'il la connaît depuis l'enfance et qu'elle ne lui fait pas peur. Parce qu'elle sait partir, légère, au matin, et n'en parler à personne. C'est la fille de Masio. Sous ses dehors souples et doux, Gabor est peut-être le plus farouche d'eux tous.

Masio a vu aussi la fille qui défait sa chevelure. Il est grand temps qu'ils quittent tous ces gadjos et se retrouvent avec les leurs sur les routes de ce nouveau pays. Allez !

Emilia soupire de soulagement quand elle revoit Esther. La femme a le sac de la jeune fille auprès d'elle et, sur ses genoux, la toile soigneusement roulée. Elle touche du bout des doigts les boucles d'Emilia et lui sourit. C'est un sourire timide, en réponse au sourire rayonnant de la jeune fille mais c'est un vrai sourire. À nouveau Emilia est frappée par la beauté inattendue de cette femme. Dans son sourire, elle lit que le peu de temps qu'elles ont partagé ensemble a été important pour elle aussi. Cette confirmation la réchauffe. Oui, elles ont bien vécu cela. Tout va si vite et si intensément. Elle est bien celle qui a entendu la longue plainte murmurée d'Esther, celle qui a imaginé tout ce qu'elle ne pouvait pas dire. Oui, c'est bien elle qui l'a bercée dans ses bras et a su l'apaiser.

Elle n'est plus une enfant.

Sa nouvelle vie n'attend pas New York. Elle commence ici. Elle a pu s'approcher de la peine ténébreuse venue d'une autre langue, d'un autre pays, sans se perdre. Elle a pu reprendre joie dans la musique de celui qui n'a aucun pays. Les pays cèdent la place.

C'est ça, sa nouvelle vie.

Elle pressent qu'il va falloir s'affronter aux chagrins aux épreuves mais qu'elle sera sauvée, toujours, par la joie sauvage qui peut l'habiter, la joie la plus crue. C'est comme ça qu'elle veut vivre.

C'est déjà ce qu'elle vit quand elle peint.

Quand elle peint, elle touche cette liberté-là.

Son père peut toujours surveiller le monde autour d'elle. Il ne peut pas entrer dans ce qui lui appartient à elle, à elle seule.

Il a déjà pris son bras, veut l'entraîner plus loin.

Très vite, en italien, elle lui explique qui est la femme assise là. Donato salue aussitôt Esther avec toute la courtoisie qui est la sienne. Et qu'importe l'austérité de la mise de cette femme, il la traite avec la déférence qu'on a pour les grandes dames. Et elle reçoit ces marques de déférence avec la simplicité de qui y est habitué.

Lui, il a entendu parler des massacres. Il sait que des chrétiens d'Arménie sont maltraités de façon ignoble par une Turquie qui ne tolère plus tout ce qui n'est pas turc. Il sait aussi que des massacres aussi terribles sont en route contre des juifs. Les nouvelles n'étaient pas bonnes quand ils sont partis. C'est ce qu'il partageait avec son ami comédien Jacob au jeu si subtil et à l'inquiétude grandissante. Massacres et pogroms. Ils en parlaient à voix basse devant la grappa, dans la maison de Jacob. Jacob lui avait dit plus d'une fois que s'il n'avait pas femme et enfants nombreux, il serait parti lui aussi pour l'Amérique. Mais voilà. Il n'osait pas. Sa femme, une Italienne, ne voulait pas partir et les enfants étaient nés à Vicence. Lui sentait le retour de ce que l'histoire a si bien su répéter contre son peuple au cours des siècles. Son inquiétude, Donato la ressentait encore lorsqu'il rentrait chez lui dans les rues solitaires après leurs longues conversations. Il n'en parlait jamais.

Mais tout est là à nouveau. Il sait de quoi Esther a pu parler et il frémit que son Emilia ait entendu l'horreur.

Il regarde sa fille. Elle a l'air si sûre d'elle.

C'est elle maintenant qui les conduit vers l'endroit d'où ils peuvent voir New York. Elle a besoin de voir comme la ville est proche. Accessible ? Quand seront-ils vraiment à New York ? Donato a tout préparé. Il a déjà payé pour un bel appartement où ils pourront s'installer dans le quartier italien. Il doit avoir affaire à un certain Gianni Romero. C'est lui qui fait l'intermédiaire. Mais soudain tout cela lui paraît fou. Le doute le mord à nouveau. Qui veut vraiment d'eux ici ?

Andrew Jónsson s'est chargé du sac d'Emilia. Elle y a rangé sa toile sans un mot mais il a eu le temps de voir. Il n'a pas osé poser de question mais maintenant il brûle de voir cette toile déroulée. Entrer un peu dans l'histoire de cette jeune fille et de son père.

Eux quatre, ils forment maintenant un groupe comme il y en a d'autres, contemplant New York de la petite île.

Andrew Jónsson se dit que si quelqu'un les photographiait, on le prendrait lui aussi pour un émigrant et cette idée lui plaît.

Le seul qui pourrait prendre ce cliché, c'est Gabor, qui ne les a pas quittés des yeux et fixe leurs dos.

Dans la grande maison de Madison Square, Elizabeth Jónsson vient d'entrer dans la chambre de son fils. Elle sait très bien qu'il a horreur de ça. Elle ne laisse jamais aucune trace de son passage. Mais la sensation qu'il lui échappe, ce fils si discret, si parfait, lui est insupportable. Elle a réussi, avec l'aide de son époux, à lui faire accepter les études de droit pour qu'il puisse mieux gérer encore l'entreprise familiale quand son tour sera venu. Mais il est clair pour tous qu'il ne le fait que pour ne pas soulever de conflit. Et il reste très exactement moyen alors qu'elle le voudrait brillant.

Andrew est un garçon calme et impénétrable.

Sa passion, c'est la photographie. Et tout son temps libre lui est consacré.

Mais que peut-il donc trouver d'intéressant à ainsi photographier ce que les deux yeux de chacun peuvent voir ? Il a essayé de lui faire entendre que justement, les deux yeux de chacun voient des choses différentes, même s'ils regardent la même chose mais Elizabeth Jónsson n'aime pas s'encombrer l'esprit de ces finasseries. On voit ce qu'on voit, un point c'est tout.

Elle est descendante d'Elizabeth Tilley qui fut une des rares filles à être embarquée avec ses parents sur le *Mayflower*, à l'âge de treize ans. Est-ce parce qu'elle porte le prénom de l'aïeule qu'elle se sent investie, toujours, de cette mission ardente envers l'Amérique ? Elizabeth Tilley résista à la traversée et aux terribles premières années de la courageuse colonie du *Mayflower*. Elle survécut aux épidémies qui en décimèrent plus d'un et eut une bonne dizaine d'enfants. Voilà ! Une femme forte, l'aïeule. Et qui ne se préoccupait pas de subtilités artistiques. Quand il faut survivre dans un milieu qui n'est pas le vôtre, hostile souvent, dur toujours, eh bien on va de l'avant et on le fait bravement ! on ne perd pas son temps.

Et pour Elizabeth Jónsson, ce que fait son fils à rôder dès qu'il le peut du côté d'Ellis Island, c'est justement perdre son temps. Et il devrait comprendre que son temps ne lui appartient pas. Il appartient à la famille et à l'Amérique. Un temps précieux qu'il devrait consacrer à mieux connaître l'entreprise de son père et les affaires de ladite famille. Il est fils unique. Il a des devoirs. Toute la fortune lui reviendra mais pour en faire quoi, hein ? C'est la question qui taraude Mme Jónsson. En plus, Andrew ne montre aucun intérêt pour les jeunes filles qu'on lui présente régulièrement au cours de *parties* dont les invités sont triés sur le volet. Il a l'âge pourtant de songer à s'établir et solidement.

Justement, la soirée qui s'annonce semble d'une importance capitale à Elizabeth Jónsson. Une soirée composée d'une dizaine d'invités, parmi lesquels une famille plus qu'honorable et une adorable jeune fille à marier. On lui en a dit le plus grand bien. Une jeune fille intelligente et un peu artiste, mais pas trop, qui joue du piano à ravir paraît-il et aime lire. Cette fois Andrew ne pourra pas dire que c'est une "bécasse" ! En même temps, elle suit avec ses parents le culte presbytérien. De quoi faire rêver bien des mères ! quand on y ajoute la fortune de sa famille, le tableau prend une allure de perfection.

Et Andrew est parti faire ses photographies sur son île de miséreux ! Oh, elle n'est pas contre l'immigration, Mme Jónsson, elle sait très bien que le pays en a besoin mais enfin trop c'est trop. Et tous les avis réfléchis disent la même chose. On a pu accueillir le tout-venant parce qu'il fallait des bras aussi bien dans l'industrie que dans l'agriculture, mais maintenant il faut prendre garde à ne pas se laisser déborder. Il faut trier. Eh bien oui ! le mot est peut-être malsonnant aux oreilles trop sensibles de son fils mais c'est pourtant la réalité. Trier !

Elizabeth Jónsson furète dans la chambre impeccablement rangée d'Andrew. Rien. Elle a beau soulever les livres, les feuilleter, rien. Des livres de droit ou des précis de technique photographique. Tout cela ne lui apprend rien. Comme d'habitude.

Déjà enfant, il rangeait tout soigneusement. Mais elle sentait, elle, sa mère, oui elle sentait, parce que les mères ont un sens particulier pour ça, elle sentait qu'il cachait l'essentiel de sa vie. À elle et à tous. Jamais un mot de confidence. Jamais ! Et ni elle ni son mari ne pouvaient lui reprocher quoi que ce soit. Aux yeux de tous, c'était un fils modèle.

Elizabeth Jónsson regarde par la fenêtre. Le jardin est calme. Tout est calme. Elle sent à nouveau ces palpitations qui lui font battre le cœur trop vite. Mais quand va-t-il se décider à rentrer ?

Les vêtements d'Andrew sont prêts pour ce soir, déposés par Eileen, la femme de chambre. Ah Eileen, sans elle, comment tournerait la maison ? Voilà une femme sur qui on peut compter et sur qui elle s'appuie depuis la naissance d'Andrew. Une perle que bien de ses amies lui envient. Allons, il faut qu'elle se reprenne. Tout va bien. Andrew a tout le temps de rentrer et de se préparer, de se laver de tout ce qui pourrait assombrir la belle soirée.

La main d'Elizabeth s'attarde sur le col immaculé de la chemise de son fils. Elle a toujours aimé les tissus, les beaux tissus et les chemises d'homme. C'est ce qu'elle regarde en premier chez un homme et une des raisons qui l'a poussée à considérer Sigmundur Jónsson, son époux, fut justement une magnifique chemise qu'il portait le jour où il lui fut présenté. Elle se rappelle exactement le moindre détail de son habillement ce jour-là. C'était parfait. Simple, sobre, et parfait. Elle lui avait lancé un sourire dont elle ignorait le charme à l'époque, elle était si jeune. Le tissu de cette chemise, elle y avait posé sa main le soir même, lorsqu'ils s'étaient embrassés. C'est que Sigmundur Jónsson ne tergiversait pas et osait embrasser dès la première rencontre. Ce n'était pas du tout dans les habitudes. Comme elle en avait été chavirée ! Elizabeth sourit à ce souvenir toujours vivace. Sigmundur la séduit encore malgré toutes les années et les rides venues. Elle aime son pas. Elle aime son allure, son dos droit et massif, ses larges épaules, et se retrouver dans ses bras fait toujours partie des joies les plus pleines qu'elle connaisse.

Comment ont-ils pu faire ensemble cet enfant si différent d'eux ? Sigmundur, lorsqu'elle lui en parle, hausse les épaules et lui dit qu'ils ont la chance d'avoir un bon fils et qu'elle se fait tout ce souci parce que Dieu ne leur en a donné qu'un. Si elle devait s'occuper d'une famille nombreuse, elle cesserait de toujours penser à Andrew.

Il sait de quoi il parle, lui qui est arrivé avec ses deux frères et leur pauvre mère lorsqu'il était enfant. Leur petite sœur était morte en Islande. Il avait confié très tôt à Elizabeth qu'il ne l'oublierait jamais, cette enfant qu'il aimait porter sur son dos et faire rire aux éclats. D'elle, il n'y a plus qu'une mèche de cheveux d'un blond presque blanc, logée dans un médaillon orné d'une améthyste que leur mère porte toujours contre sa poitrine. La misère et la maladie avaient fait taire tout rire dans la maison au toit de tourbe. La petite n'avait pas résisté. Les privations et le froid avaient usé son corps d'enfant et la fièvre l'avait emportée sans qu'elle résistât.

Elizabeth sait que Sigmundur ne l'oublie pas. Elle sait aussi à quel point il a dû être courageux et intelligent pour devenir ce qu'il est devenu. Elle l'admire pour cela. Mais il ne lui est d'aucune aide pour leur fils.

Elle s'assoit sur le fauteuil près du lit. Elle contemple l'oreiller de son fils. Les rêves de ce garçon…

Bien sûr si elle avait eu une fille, tout aurait été différent sans doute mais on ne passe pas sa vie à la refaire. Elle est Elizabeth Jónsson et il faudra bien que son fils mette ses rêves de photographe dans sa poche. La vie qui l'attend mérite toute son attention. Et il ferait mieux de poser les yeux sur les belles jeunes filles qui ne demandent que ça au lieu de faire ces tristes photographies d'immigrants.

Elle se saisit de l'album posé sur le chevet. Il y a beau temps qu'elle ne regarde plus les photographies de son fils. Il les range soigneusement et les albums sont alignés dans sa bibliothèque. Tous aussi tristes. Celui-ci, près du lit, est donc le dernier, sans doute.

Elle l'ouvre et son cœur fait un bond dans sa poitrine.

Sur la première page, une place vide. Dans le cadre réservé au cliché, rien. Et ces mots écrits de la main de son fils. *À celle qui n'a jamais pu poser le pied en Amérique, Rósalind, morte à l'âge de six ans à Ólafsvik, Islande.*

Voyons, il n'y a jamais eu cette dédicace dans les autres albums. Elle les prend un à un, les ouvre. Sur chacun, la même dédicace a été ajoutée. Le cœur d'Elizabeth bat la chamade à la lecture de cette épitaphe ainsi répétée. Elle a peur soudain et s'en veut. Quoi ? Peur de cette petite fille morte ? C'est ridicule voyons. Mais pourtant. La puissance des morts sur les vivants la glace.

Andrew Jónsson porte toujours le sac d'Emilia. Son père lui parle et elle s'assombrit au fur et à mesure de cette conversation chuchotée. Andrew sait très bien ce qui les attend à l'intérieur du bâtiment. Il faut être fort et rester impassible, c'est ainsi. Les contrôles se sont durcis. On marque à la craie directement sur le manteau la ou les lettres qui indiquent les motifs de suspicion. Il connaît par cœur l'étrange alphabet et en a honte. On ne devrait pas marquer les gens comme du bétail, même à la craie. La poussière blanche qu'ils effaceront de leurs vêtements continuera à faire un drôle de nuage entre leurs yeux et l'Amérique.

Andrew pense à son père qui ne dit jamais rien de son arrivée. Il faudra bien qu'un jour il lui raconte. Il était l'aîné des trois fils. Le père, Bjorn, les avait précédés et les attendait. Quand il les avait laissés pour tenter une vie nouvelle, pour les extirper de la misère, sa petite Rósalind vivait encore. Il avait rêvé pour eux tous une vie meilleure. Il avait supporté la dureté du travail, de la vie solitaire et âpre ici pour eux. Deux années entières. Comment fait-on ensuite pour accueillir une famille amputée d'un de ses membres ?

La grand-mère d'Andrew, Ruth, vit encore. Elle aime toujours parler sa langue même si depuis la mort de Bjorn les occasions s'en sont faites plus rares. Andrew n'a que de vagues souvenirs de son grand-père mais la langue qu'ils parlaient tous les deux résonne au fond de lui. Il rend visite régulièrement à Ruth qui continue à vivre seule dans leur maison toute simple loin du beau quartier de Madison où elle ne s'est jamais résolue à habiter. Souvent leur conversation passe par les doigts noueux de la vieille dame dans ses cheveux, par son sourire. Auprès d'elle, il se sent profondément, tranquillement, lui-même.

Esther s'est approchée doucement du jeune homme. Elle regarde son appareil photo de près. Le visage d'Andrew se tourne vers elle. Il quitte ses pensées lointaines et la regarde. Ce jeune homme respire quelque chose de bon, de rassurant. Il lui rappelle un de ses neveux, menuisier, qui venait juste de se marier. Lui au moins a échappé au massacre d'Adana. Il était parti vivre dans la région où sa jeune épouse avait toute sa famille. Il est le seul lien qui lui reste là-bas, maintenant. C'est à son mariage qu'elle avait vu un appareil photographique pour la première fois et elle avait trouvé que c'était magnifique de pouvoir garder les visages de ceux qu'on aime. Toujours. Elle montre à Andrew la photographie du mariage, précautionneusement conservée dans un de ses carnets. Andrew lui sourit. Il dit que les jeunes gens sont beaux et que la noce a dû être belle !

Elle ne répond pas. Il ne sait pas que les visages heureux derrière les mariés ont tous disparu.

Il lui demande alors ce que sont ces cahiers et elle lui répond qu'elle tient maintenant le journal de son avenir. L'expression est étrange. Elle a un sourire. Il voudrait comprendre mais elle n'explique pas. Elle se contente d'élever une main élégante vers le ciel et de montrer… mais quoi ? il n'y a rien. Elle répète "mon journal de l'avenir" toujours la main en l'air. Et Andrew comprend qu'elle n'en dira pas plus. À lui de réfléchir à ces paroles énigmatiques. Du coup, elle l'intrigue. Il l'a entendue parler italien avec Emilia, elle s'exprime dans un anglais hésitant mais bien compréhensible avec lui. Combien de langues parle-t-elle ainsi ? Et quelle a été sa vie ? À qui a-t-il à faire ?

Comme chaque fois qu'il se trouve devant le mystère des êtres inconnus, il a besoin de fixer quelque chose par l'image. Ensuite il sait qu'il pourra à loisir essayer de décrypter ce que dit le visage, le regard, l'attitude, tout ce que la bouche ne raconte pas. Toujours ce besoin de se retrouver seul à seul avec chacun de ses modèles, une fois la pellicule développée, pour tenter de les comprendre. Sa façon à lui, silencieuse et solitaire, d'entrer en communication profonde avec le monde.

Et qu'importe qu'une histoire reste inconnue à jamais, il en aura saisi quelque chose par la photographie. Il aura capté un minuscule fragment de ce qu'est une vie humaine. Et de cliché en cliché, son œil et son imaginaire se font de plus en plus aigus. Oui son ambition est que la photographie joue pleinement son rôle d'image, qu'elle déclenche aussi chez ceux qui la contemplent l'imaginaire, comme elle le fait pour lui. Alors seulement, il en est sûr, on pourra parler de l'art photographique. Et il rêverait que sa vie entière soit dédiée à cet art.

Il aimerait faire le portrait d'Esther avec son journal de l'avenir. D'abord elle fait non de la tête mais il insiste, pas avec des paroles, il a compris qu'il n'obtiendrait rien de cette façon. Il insiste par le regard. C'est Emilia qui vient à son secours. Elle confie que c'est de voir Esther si totalement accaparée par son carnet qui l'a attirée. La jeune fille a posé sa main sur le bras d'Esther. Alors la femme accepte, à condition qu'Emilia pose avec elle. Un portrait avec elle, oui.

Emilia sourit. Elle commence à relever ses cheveux pour les attacher à nouveau en vue de la photographie mais Andrew arrête son geste. Restez comme vous êtes. Toutes les deux comme ça, simplement, c'est bien. C'est très bien. Il arrive à garder une voix calme, professionnelle, alors que dans tout son corps l'émoi s'est levé. Mais Andrew est un jeune homme qui a appris à rester impassible. Sa main ne tremblera pas. Il veut réussir cette deuxième photographie de la jeune fille. Avec cette femme près d'elle, Emilia est comme adoucie. C'est un autre visage.

Elle a un regard vers son père. Une photographie, ça reste. Il y aura donc toujours d'elle quelque part son visage aux cheveux dénoués. Elle sait bien qu'il n'approuve pas.

Mais Donato est bien plus tourmenté par ce qui les attend à l'intérieur du bâtiment. Et plus tard, oh, plus tard ! Ses doigts cherchent la fibule précieuse de Grazia au revers intérieur de sa veste. Il y appuie ses doigts longuement. Que quelqu'un l'aide. Que quelqu'un lui donne un signe.

Il sort sa pipe au foyer d'écume minutieusement travaillé et se met pensivement à la bourrer. Ce sont des gestes qui l'ont toujours apaisé. Il s'installe non loin d'eux et ouvre son livre. Il lui faudrait un passage où l'inquiétude d'Énée rejoigne la sienne.

Dans le groupe des bohémiens l'inquiétude a aussi saisi le cœur d'une jeune femme. Marucca ne lâche jamais des yeux Gabor bien longtemps. Elle a appris très tôt à observer sans en avoir l'air. Lui a les oreilles. Elle a les yeux.

Rien ne lui échappe.

Gabor n'a pas joué pour eux. Il a joué pour cette fille qui veut se donner des allures de liberté. Marucca partage le dédain des femmes de son clan pour celles qui ignoreront toute leur vie ce qu'est le voyage. Et cette fille-là fait partie du lot. Elle peut bien être montée sur un bateau, avoir fait toute la traversée, et dénouer ses cheveux, elle redeviendra bien vite une femme bien mise et soumise qui fait tourner une maison. Sans doute belle, la maison, et facile la vie qui l'attend, avec son air de jeune fille bien nette et habituée à l'aisance.

Marucca sent la rage venir. Impitoyable.

Pendant la traversée sur leur bateau, elle a eu de la compassion pour des femmes qui n'étaient pas de leur clan mais c'étaient de pauvres femmes qui comme eux partageaient les espaces les moins confortables. Elle et ceux de son clan, ils sont habitués à la vie rude et à l'errance. Ils souffraient moins que ces paysannes encombrées d'habitudes comme de membres manquants. Inutiles et douloureux. Parfois elle a chanté pour elles.

Le chant de Marucca est bienfaisant. Il puise dans des airs très anciens qui se transmettent d'une plus ancienne à une plus jeune. Lorsque la plus ancienne sent que son chant commence à être moins sûr, l'âge venant, elle choisit parmi les jeunes qu'elle a entendues au cours de fêtes et de veillées, celle à qui elle transmettra. Cette lignée de femmes est appelée la lignée des Oiseaux. C'est une lignée très respectée. Ce n'est pas le sang qui les relie, c'est le don de la voix et l'intuition des routes. On fait appel à elles quand le groupe doute. Elles guident alors par leurs chants, comme certains oiseaux guident les migrations. L'origine de la lignée des Oiseaux remonte à des temps très anciens. Marucca a été enseignée lorsqu'elle était encore enfant. Son enseignement a duré plusieurs années. Quand son enseignante, Boti, est morte, Marucca a chanté son premier chant pour les autres, seule. Elle est une des dernières à pouvoir le faire. Elle a cette voix si particulière qui fait oublier la fatigue et le doute des routes. Auprès d'elle, tout s'apaise.

Mais maintenant c'est un chant de colère et de grand départ qu'elle a envie de chanter.

Elle se retient. Elle écoute Gabor.

Il joue pour lui-même et autour de lui le groupe se défait peu à peu. Marucca entend qu'il joue là sa propre tristesse, toujours la même. Celle de l'enfant qu'il a été, que sa mère a quitté sans un mot. Elle ne chante jamais quand Gabor joue. Lui, il faut l'écouter, il faut écouter sa musique sans rien d'autre qui vibre autour. Elle l'écoute. C'est sa façon de partager sa peine.

Quand l'immobilité et la promiscuité lui pesaient trop sur le bateau surchargé, elle se débrouillait pour aller sur le pont et elle regardait les vagues. Son cœur a fait alliance avec cet océan si vaste qu'elle ne connaissait pas et qu'elle a aimé. C'est dans l'océan qu'elle a trouvé un souffle nouveau pour ses chants. Et elle a su que ce serait précieux pour les routes à venir. Elle y a puisé.

Parfois Gabor l'a rejointe sur le pont mais elle a bien senti que l'océan n'entrait pas en lui. Il était indifférent aux vagues et au vent. C'est la première fois que le partage avec lui ne se faisait pas. Elle, elle sentait que son alliance avec l'océan devenait une part importante de sa vie. Comment ne pas partager cela avec lui ? Était-il possible que tout d'elle ne soit pas lié à Gabor ? Est-ce de cela qu'elle est punie aujourd'hui ? de cette liberté-là de ressentir seule quelque chose d'aussi profond.

Elle chasse cette pensée qui la rend faible. Non, ce qui se passe aujourd'hui ne la punit de rien. C'est juste encore une fois un jeu de séduction d'une fille pour Gabor. Elle connaît ça. Ce n'est pas la première fois. Elle essaie de s'en persuader.

La fille est belle. Elle n'a jamais connu la souffrance des privations ni la précarité des routes qui abîment tôt les visages et les corps. Elle est fraîche. Elle a dû voyager bien confortablement et elle est sûrement attendue dans la grande ville. Alors bien sûr qu'elle peut se payer une petite extravagance au milieu des émigrants. Tout cela sera vite oublié dès qu'elle aura repris son chapeau et sa vie.

La musique de Gabor maintenant se fait sourde. C'est celle d'un cœur qui avance à pas de loup, et qui souffre.

Mais qu'espérait-il, Gabor ? Que cette fille reste là, à l'écouter encore et encore ?

L'homme élégant qui est venu la chercher désapprouve sa conduite, c'est clair. Son père ? Un oncle peut-être. La fille l'a suivi docilement et maintenant ils sont loin d'eux. Dans peu de temps, elle aura complètement oublié le musicien au violon endiablé. Il aura juste fait partie de la frénésie de l'arrivée. Rien de plus.

Ah comme elle aimerait être encore sur l'océan. Elle respirerait plus large et elle saurait mieux sentir la voie à suivre. Elle n'aime pas cette île où on les oblige à rester et elle n'aime déjà pas non plus la ville, là-bas. La grande statue qu'ils ont tous regardée en arrivant lui fait hausser les épaules. Elle n'a pas besoin de statue pour sentir la liberté !

Elle sait que certains des leurs sont partis directement dans le pays qu'on appelle Argentine. Elle l'a appris à la dernière réunion qui les a rassemblés tous avant le départ. Il y en avait qui étaient venus de très loin pour leur souhaiter la route claire. Elle avait chanté le chant qui dit qu'on n'oublie rien mais qu'on part, le cœur léger. Puis elle s'était débrouillée pour amasser le plus de nouvelles possible sur les pays et les voyages qui s'annonçaient. Beaucoup d'entre eux pensaient au départ parce qu'ils sentaient venir les guerres en Europe. Déjà on les empêchait de séjourner tantôt ici tantôt là. On leur refusait des passages d'une région à l'autre, d'un pays à l'autre. Ils savaient tous ce que cela signifiait. Depuis la nuit des temps ils connaissaient les signes de la méfiance et du rejet. Ils savaient que la violence pouvait s'abattre sur eux n'importe quand. Alors l'émigration.

Voyager plus loin, c'est exaltant aussi. Elle s'était glissée comme elle sait le faire dans le groupe qui partait pour l'Argentine. Elle les avait écoutés jusque tard dans la nuit, autour du feu. Ils étaient joyeux. C'est cette joie qu'elle n'a pas oubliée.

Elle, elle aime la sonorité de ce nom Argentine. Elle aimerait que son clan aille les rejoindre. Et pourquoi pas par la mer ? Elle n'a aucune idée de la géographie mais elle sait qu'Argentine est sur la même terre qu'ici, loin, loin, au sud. Ils pourraient longer les côtes.

Maintenant qu'elle a vu le regard de Gabor sur la fille, l'envie d'Argentine est encore plus forte. Argentine, c'est se sauver. Pourquoi rester sur la terre brumeuse d'ici ? Ici les grandes villes doivent être pleines de filles comme celle qui est venue dénouer ses cheveux sous leur nez. Des filles qui veulent être libres, qui n'ont pas peur.

Marucca voudrait à nouveau voir l'horizon sur l'océan. L'horizon l'a ouverte à une grande patience. Elle voudrait la retrouver.

Elle, elle a appris à attendre quand Gabor s'éprend d'une femme. Elle sait qu'elles sont toutes trop lourdes pour lui. Et qu'il lui reviendra. Même les femmes du voyage sont trop lourdes pour lui. Il lui revient toujours.

Elle, elle ne pleure pas. Elle ne récrimine pas.
Elle attend, silencieuse.

Parfois elle essaie des sorts à jeter à l'élue du moment mais c'est pour tromper son impatience. Elle peut se passer des sorts. Elle sait que si elle attend assez longtemps sans broncher, il reviendra. Parce qu'il n'y a qu'elle qui sait se glisser contre lui, lui voler pour quelques heures son odeur, sa peau si douce sous les doigts, ses paupières qui se ferment dans le plaisir. Il n'y a qu'elle qui sait, furtive, délaisser le lit et la roulotte de Gabor aux premières lueurs du matin. Même si tout son corps ne voudrait que rester, là, blotti contre lui, à le regarder s'éveiller, partager avec lui le matin. Elle sait que s'il retrouve depuis si longtemps à chaque fois le désir de la prendre contre lui, de lui fermer les yeux et de la caresser avec toute son infinie douceur, c'est justement parce qu'il ne la retrouve pas le matin. Elle lui laisse la liberté de penser qu'il a rêvé s'il le souhaite.

Elle, elle attend le geste très doux de ses doigts sur ses paupières, il ne peut la caresser que si elle a les yeux clos ; mais lorsqu'il pénètre le mystère de son corps, alors elle ouvre les paupières. Elle le regarde. C'est lui qui ferme les yeux à son tour. Toujours. Il sait alors qu'elle le regarde. Et il accepte.

Être regardé quand on a les yeux fermés, c'est faire confiance. Totale. Le pacte entre eux.

Depuis l'enfance il est son amour. Quand on aime, il faut accepter. Et inventer. Elle invente. Et elle accepte. Mais là, dans cette Amérique, avec ces femmes qui veulent vivre autrement, libres elles aussi, elle se sent menacée pour la première fois.

La belle fille, là, elle la déteste. D'abord parce qu'elle a capté le désir de Gabor et ensuite parce qu'elle n'en fait rien. Parce qu'elle n'est pas émue au plus profond d'elle par lui. Et que ça, c'est du mépris. Pas un regard ! Elle a juste pris sa musique pour elle toute seule. Et Marucca sent la brûlure que doit éprouver Gabor.

Pourtant elle devrait s'apaiser d'avoir vu la fille partir avec le grand homme élégant et retrouver l'autre, le jeune homme avec son appareil photographique.

Eux, gens de la route, ils n'acceptent jamais qu'on les prenne dans la boîte. Leur visage, leur corps, ne doivent pas être saisis et figés pour toujours. Ça, c'est la mort.

Marucca ne peut s'empêcher de les épier.

La fille a pris maintenant par le bras la belle femme qui l'accompagne, et elle sourit au photographe.

Marucca sait que Gabor ne perd rien non plus de la scène.

Elle s'éloigne. Il ne faut pas qu'il voie qu'elle a vu. Il lui en voudrait trop.

Il faut qu'elle réfléchisse. Seule.

Elle est la fille de Masio. Il l'écoute. Elle sait que son peu de pouvoir sur Gabor passera par Masio. Il est le chef.

Alors doucement, Marucca se met à chanter un chant d'océan et d'horizon nouveau. Gabor l'a entendue comme il entend tout mais il ne la rejoint pas.

On vient de les appeler tous pour qu'ils pénètrent dans le bâtiment. À nouveau le brouhaha mais cette fois il y a quelque chose de plus grave chez les émigrants. Sur leurs gardes, ils le sont plus encore. Fini, le temps de la pause et de la musique. Maintenant ce sont les contrôles qu'il faut affronter et plus d'une main en cherche une autre pour se rassurer.

Voyons, avons-nous bien tout, là, avec nous, les papiers, l'étiquette fixée à nos habits portant le nom du bateau qui nous a transportés ? Nous pourrions le dire, ce nom, nous-mêmes, avec nos bouches. Nous l'avons appris pendant la traversée et bien avant même, quand nous amassions l'argent pour nous payer le voyage. Même avec nos accents venus de toute l'Europe, on le reconnaîtrait, le nom du bateau dit par nos bouches, non ? Alors pourquoi ces étiquettes sur nos vêtements ? Pour entendre le moins possible nos voix, pour gagner du temps ? Ah oui le temps ! nous, nous avons appris à en perdre tellement du temps de notre vie, à regarder le ciel dans les gares et les ports, à attendre. Dans les cales ou sur les ponts. Tout ce temps où nous n'avons rien fait de ce qui donne à la vie son poids sur terre.

Pourvu que celui qui nous interrogera soit bienveillant, nous avons fait tant de chemin.

Les compagnons de Gabor se sont regroupés. Lui est resté un peu à l'écart. Il ne range pas tout de suite son violon dans l'étui. Comme à chaque fois qu'il a joué, il parle à l'instrument tout bas. Ce sont les mots de gratitude pour la musique qui est venue. Jamais il n'a manqué à ce rituel que son grand-père lui avait enseigné. Aujourd'hui il y ajoute des mots secrets. Des mots pour que la musique enveloppe le cœur de la jeune fille et que le violon ne cesse pas de résonner dans chaque parcelle de son corps dans chaque boucle de ses cheveux.

Si Andrew pouvait faire une photographie de tous ces gens qui se lèvent, se préparent, il voudrait qu'en la regardant, chacun se glisse entre les mains et les poignées des valises et sente la fermeté des doigts sur le cuir ou le simple carton bouilli, que chacun colle son oreille sur les poitrines et entende les souffles heurtés, devine aux battements des cœurs si la joie l'emporte ou l'inquiétude. Par son regard à lui on pourrait voir vraiment et caresser une ride au coin des yeux d'une femme bien trop jeune pour que le temps la marque ainsi, poser une main sur une épaule si lasse de porter toujours le même sac trop lourd.

Mais il ne fait pas cette photographie. Il regarde pourtant, de tous ses yeux comme on dit. Mais il ne touche pas à son appareil. Peut-être veut-il que la dernière photographie de la journée soit celle où Emilia apparaît.

Pour combien de temps en ont-ils à attendre à l'intérieur désormais, en longues files ? Comme il voudrait pouvoir les aider mais que peut-il faire ? On ne le laissera pas les suivre. Si seulement il pouvait être là quand ils feront leurs premiers pas dans cette ville qu'il aime tant. Il jette un œil sur sa montre. Dans combien de temps seront-ils libres de chacun de leurs pas ?

L'heure à sa montre le surprend. Comme le temps est passé vite. Sa mère doit être déjà dans tous ses états, il se rappelle ce dîner qu'elle a prévu pour ce soir et comme elle aime que tout soit prêt bien avant l'heure où les invités franchissent le perron. Tout, c'est l'ordonnancement de la maison aussi bien que les vêtements impeccables de son époux et de son fils. Tout, c'est aussi eux dans leurs vêtements. Mon Dieu quand aura-t-il le courage de signifier une bonne fois que tout cela ne l'intéresse pas, pas plus que ces études de droit ou l'affaire de son père ? Quand aura-t-il le courage de s'arracher au cocon trop douillet où il a passé ses jours ? Est-ce ce courage qu'il vient chercher ici, auprès de ceux qui ont su un jour tout quitter ?

Le flot des émigrants est en marche. Andrew, avant de s'écarter, dit à Donato qu'il les attendra et le grand Italien lui met la main sur l'épaule. Cet Andrew lui fait décidément chaud au cœur.

Esther voit que Gabor s'est approché doucement. Vêtir le corps des femmes lui a donné un instinct très sûr de ce que les corps veulent, des alchimies secrètes des rencontres. Instinctivement elle se met entre Emilia et Gabor.

Emilia n'est pas pour lui.

Il ne doit pas tenter de lui parler de l'attirer. Cela ne donnerait rien de bon. Comme tous elle a été captivée par la beauté de sa musique mais la musique ne pourra rien. Emilia n'est pas pour lui. D'ailleurs elle ne le regarde même pas.

Elle a noué son bras à celui de son père. Elle a souri à Andrew qui désigne son appareil avant de s'éloigner. Il lui lance qu'il lui montrera les photographies. À New York. Elle répète à voix haute New York et son sourire est rayonnant. Pourvu que la suite ne lui fasse jamais perdre ce rayonnement, cette joie vive qui la porte en cet instant, c'est à nouveau la prière muette d'Esther pour elle.

Donato a refermé son livre, mais il garde sa pipe fermement serrée entre ses lèvres. Emilia sait qu'il signifie ainsi qu'il n'a aucune envie de parler. Ils ont leurs codes. Pourtant elle aimerait, elle, échanger quelques mots avec lui, des mots apaisants. Elle a trouvé le temps de se recoiffer rapidement après la photographie. Elle est à nouveau la jeune fille présentable et fort digne, prête à passer les contrôles. Mais dans son dos elle sent le regard brûlant du musicien qui l'a emportée dans sa frénésie joyeuse.

Qu'il ne la quitte pas des yeux, c'est tout ce qu'elle désire. Avec son regard là, entre ses épaules, elle se sent à la fois captive et prête à toutes les audaces. Rien de lui ne lui a échappé. Et elle est sûre qu'il le sait.

Est-ce que son père a senti cela ? Les pères ont un sens secret qui les alerte quand leur fille guette la liberté. Elle serre plus fort le bras de Donato. Il la regarde et son regard protecteur la rassure et l'irrite à la fois. Il est bien toujours celui qui assure le monde. Et le borne.

Ils ont maintenant pénétré à l'intérieur du vaste bâtiment.

Dehors, la statue de la Liberté que d'autres émigrants aperçoivent enfin dans le lointain gonfle de joie leur cœur. C'est leur tour. Ce sera pour ces nouveaux débarqués les mêmes étapes à franchir, toujours ponctuées d'attente. L'attente. Le lot des pauvres gens, où qu'ils soient. Un lot plus lourd à supporter pour ceux qui ont tout quitté car dans ces temps d'attente s'ouvrent les brèches où s'insinue le doute. Le risque du renoncement au plus profond d'eux-mêmes. La terrible perte de l'espoir.

L'espoir, regardez, il peut être là, dans le bras puissant de la Liberté portant haut sa torche. Il suffit que le soleil fasse une percée juste au moment où on la regarde et on se dit C'est un présage, un bon présage. On serre contre sa hanche l'enfant qui regarde aussi et on lui dit C'est l'Amérique, tu vois, on est arrivés. Il suffit de cet élan dans la voix de la mère pour que l'enfant associe Amérique à la joie d'une vie retrouvée. C'est l'espoir qui se propage.

Que devient l'espoir lorsqu'on est parqué en longues files d'attente à l'intérieur d'un bâtiment ?

Emilia s'est raidie. Humiliée, oui, elle se sent humiliée. Contenir la honte. Contenir la rage. Observer autour d'elle. Les autres, tous les autres comme elle.

On tient les enfants tranquilles, on redresse la nuque, on s'assure qu'aucune mèche ne s'échappe du chignon ou du foulard qui recouvre la chevelure. On soutient les plus âgés et on se demande, oui on se demande, pourquoi tout cela. N'est-ce pas assez qu'on ait fait toute la route, travaillé dur pour payer le bateau, enduré le voyage ?

Que sommes-nous devenus pour que d'autres humains aient le pouvoir de nous ouvrir un pays ou de nous renvoyer là où il n'y a plus de "chez nous" ? C'est quoi une frontière ?

La seule frontière, fragile, palpitante, c'est notre propre peau.

La seule frontière c'est ce qui sépare le dedans du dehors.

Et quelle folie d'en avoir inventé tant d'autres !

Nous sommes, nous, ici en longues files, attendant dans une brèche du temps, coincés entre deux tours d'horloge.

Notre vie est suspendue.

Qui sommes-nous désormais ? Des émigrants. Des étrangers. Ne pourrions-nous pas être simplement des nouveaux-venus comme on dit de celui qui vient au monde qu'il est un nouveau-né ?

Tout est fait pour nous faire sentir et bien comprendre que c'est une grâce de nous dire oui. Qui sommes-nous devenus ?

Arrachés à toute identité qui tienne la route.

Nous ne tenons plus aucune route.

Esther a du mal à respirer. Sa poitrine lui fait mal.

Nous avons été déroutés de notre propre vie, de la vie de nos ancêtres, par tout ce qui empêche de faire battre régulièrement le cœur, tout ce qui empêche le sang de couler, vif, dans les veines. Nous sommes ici parce qu'il n'y avait pas d'autre route, nous pouvons le jurer. Mais nous voulons, oui nous voulons, de tout notre cœur, devenir des citoyens de ce pays. Nous sommes prêts à le jurer aussi, à prêter serment et nous pouvons vous assurer de notre ferveur. Nous serons d'ardents citoyens. Nous le voulons de tout notre être. Et plus rien ne nous fera retourner en arrière.

Tout ce que les bouches closes ne disent pas, tous les mots sont là, entre les rangs entre les files, entre le dos de l'un et la poitrine de l'autre qui attend, juste derrière. Le silence qui bruisse de tous ces mots est le même. Quelles que soient les langues, ce qui se tait obstrue les gorges de la même façon. La même. Les mots qu'on n'ose pas prononcer se heurtent aux hautes fenêtres, aux parois des murs, où le soleil ?

L'air manque.

Oh le lent souffle des poumons.

Une femme s'est effondrée.

Donato se précipite mais déjà Emilia a posé la tête d'Esther sur ses genoux. Et de les voir là, toutes les deux à terre, l'une agenouillée soutenant l'autre abandonnée, Donato revoit les pietà de son Italie. Et soudain, c'en est trop. Ce n'est pas la mort, *Dio santo*, qu'ils sont venus chercher, c'est la vie ! Toute la fureur qu'il a contenue à grand-peine éclate. Il écarte tout le monde. Il vocifère. C'est sa voix qui lui fraie un chemin vers un de ces hommes d'Ellis Island, un de ceux qui regardent et les dents et les yeux comme s'ils étaient des bêtes ou des esclaves qu'on voudrait acheter sans se faire rouler.

Jamais il n'oubliera l'humiliation. Le trou qu'est une bouche quand elle n'a le droit ni de parler ni de crier !

Où trouver le courage d'Énée ? Comment se dire qu'on deviendra un citoyen libre après cela, qu'on pourra se promener tête haute et prendre part à la vie, comme avant ? Comme avant. Avant. Il ne faut plus penser à avant. Il faut chercher la force de se battre et d'avancer. Encore. Mon Dieu comme tout cela peut sembler vain d'un coup lorsqu'une femme s'effondre.

Esther a monté trop vite les marches de l'escalier. Elle savait bien qu'en haut ils étaient là pour repérer les claudications les trop forts essoufflements. Elle a masqué sa fatigue comme elle a pu. Jusqu'à l'épuisement qui l'a rattrapée, terrassée. Il faut qu'ils viennent et qu'ils voient ce qu'ils sont en train de faire, *Dio santo* !

Emilia entend la voix de son père. Sa voix de théâtre dans sa pleine puissance, profonde, vibrante. On l'entend de loin ! Il clame Ce n'est pas humain d'être traité de cette façon. Indigne d'un peuple qui après tout est fait de la même pâte, oui des émigrants tous, il y a plus longtemps certes, mais des émigrants quand même. Alors quoi ils ne se rappellent plus ce que c'est ? Personne ne leur a transmis ? Il n'y a pas de texte chez eux qui raconte ça ? cette chose terrible au cœur d'un homme :

quitter sa patrie ? Il brandit son livre comme un étendard en poursuivant sa diatribe. Emilia voit l'Énéide au-dessus des têtes des uns et des autres. C'est son père. C'est bien lui. Comme il ne lui est plus apparu depuis la mort de sa mère. Son père dans la pleine puissance de sa colère, de sa vie. Et sa voix, furieuse, qui crée des remous. Elle en a le cœur qui bat fort. N'était-ce pas ce qu'elle désirait au plus profond d'elle, qu'il retrouve cette vigueur qu'elle voyait s'amoindrir de jour en jour ? Maintenant elle oscille entre la joie de le sentir à nouveau redoutable et la crainte du scandale qu'il provoque.

Tous les Italiens se redressent, ils reconnaissent leur langue.

Quelqu'un clame dans notre langue ce que nous éprouvons. Est-ce possible ? Quelqu'un ose ! Nous en sommes d'abord pétrifiés puis le souffle dans nos poitrines s'élargit. Oui il a raison. Nos visages se lèvent et nos voix se joignent à la sienne. Un bourdonnement monte, enfle. Certains, qui ne parlent que le napolitain, demandent qu'on leur explique ce qu'il raconte, le grand du Nord qui crie, là-bas, en bousculant tout le monde, et bientôt d'autres encore, venus d'autres langues et d'autres pays se font aussi traduire ses paroles.

Les mots de Donato crèvent la honte de nos langues murmurées. Nous respirons. Et ce livre qu'il tient, haut levé, c'est quoi ? ce n'est pas une bible. Alors quoi ? Le brouhaha grandit encore. Les langues se croisent. Les exclamations et les cris fusent. Nous ne pouvons pas tous nous comprendre mais ce qui se dit là, c'est notre peine et notre colère communes. Les voix des femmes viennent donner à celles des hommes une poussée que nous reconnaissons tous : c'est la colère des mères. Nous n'avons besoin d'aucun interprète pour sentir jusqu'au fond de nous ce qui monte des gorges dénouées des femmes. Cette attente, ces contrôles et ces humiliations, ce n'est pas humain. Ça suffit !

Esther reprend conscience lentement. Elle voudrait avoir pu résister mais ses jambes ne la portaient plus. Elle avait si peur qu'on la renvoie, inexplicablement. Elle sent la présence tendre d'Emilia. Dans sa tête, tant de sons et d'images. Dans sa poitrine l'étroitesse qui broie. Elle n'en peut plus. Elle pose sa main sur celle d'Emilia mais n'ouvre pas encore les paupières. Elle a tant besoin d'apaisement. Elle veut demeurer dans cette oasis, la tête sur les genoux de la jeune fille, le tissu très doux de sa jupe contre sa joue. Elle voudrait tant que le monde s'arrête à ce contact sur sa joue. Elle repart loin, si loin en arrière. Emilia lui murmure à nouveau sa berceuse et, du cocon dans lequel elle se love, à l'abri de tout, Esther l'entend. Elle n'entend plus qu'elle. Emilia la retient par le fil léger de sa voix. Tout le reste s'estompe. Alors que maintenant le désordre s'installe dans les files d'attente, que le tumulte gronde, elle, elle peut repartir sur les rives d'Adana, au temps où sa propre mère tissait dans la maison et chantait.

Emilia a peur. Peur qu'Esther ne parte trop loin et ne revienne plus. Peur que son père soit embarqué par les gardes Dieu sait où. Pourtant elle continue à murmurer la berceuse. Il ne faut pas qu'elle s'arrête.

Le désordre grandit. Des gardes essaient vainement de remettre les gens dans les files.

Dans nos poitrines le grand Italien a attisé quelque chose qui ne demandait qu'à brûler. Oui, nous sommes fiers et dignes et cet homme qui brandit son livre nous le rappelle. Nous avons soif d'être traités avec respect, simplement respect.

Parmi nous pourtant, certains gardent les yeux baissés et se taisent. Nous n'arrivons pas à former une seule belle masse unie et forte. Et comment leur en vouloir, à ceux qui n'osent pas nous rejoindre ? Trop de terreur et d'humiliations leur ont ployé la nuque.

Ils ont fait tout ce qu'il fallait pour ne pas se faire remarquer. Passer les étapes et les épreuves une par une, faire ce qui est demandé, tout ce qui est demandé. Et se taire. Se taire toujours. Gagner ainsi le droit de vivre ici. Ils en veulent déjà sourdement au grand Italien qui sème le trouble. Est-ce qu'ils vont devoir payer le prix de ce désordre ? Est-ce que tout va être ajourné à cause de lui ?

Non, nous n'arrivons pas à former cette belle unité qui nous permettrait d'être forts.

Les bohémiens rient entre eux, haussent les épaules. Pour une fois que ce ne sera pas eux l'objet du scandale, ça les changera !

Dès que Donato est parti, Gabor s'est faufilé jusqu'à Emilia. Il n'a en mémoire aucune représentation de pietà mais le tableau qu'elle offre, la tête d'Esther reposant sur ses genoux, ravive en lui une douleur très ancienne. Il reste derrière elle. Il ne peut s'empêcher d'approcher sa main de son épaule. Si légèrement qu'elle pourrait ne même pas deviner cet effleurement mais elle a levé la tête aussitôt. C'est lui. Le regard de Gabor la tient mieux que deux bras. L'intensité et la fièvre de ce regard. Elle ne cesse pas de chanter la berceuse pour Esther mais maintenant elle sait qu'il l'entend et cela change tout. Sa voix essaie de rester ferme. Tant qu'elle chante, elle échappe. Sa voix comme les douves profondes autour d'un château. Mais Gabor ne craint ni la profondeur ni l'opacité des eaux sombres. Alors il accorde sa voix à celle d'Emilia et il l'accompagne très bas. Ainsi jusque dans le son, il la cherche et ne la lâche pas. Jusque dans ce chant dans la langue qu'il ne comprend pas. Qu'importent les mots, il s'approprie le rythme très lent qui calme les esprits et prépare au sommeil.

Il lui suffit d'entendre une fois un air, une seule, pour l'apprendre. Il reste debout tout près d'elle. Sa voix maintenant porte celle d'Emilia et c'est comme s'il lui faisait un lit de son propre souffle pour qu'elle puisse y dormir. Elle ferme les yeux. Elle pourrait laisser sa nuque s'appuyer contre la jambe de Gabor, accepter. Elle pourrait mais elle retient, où trouve-t-elle cette force, chaque vertèbre raidie. Elle préserve l'espace si mince entre sa nuque et la jambe de l'homme. Gabor sent toute la force qu'elle met à résister et l'intensité de cette lutte avec elle-même l'atteint bien plus que ne le ferait son abandon. Il pourrait laisser sa main à lui pendre simplement le long de son corps et ses doigts toucheraient les cheveux d'Emilia. Oh cette chevelure. Mais son instinct de chasseur le guide. Respecter l'écart si étroit qu'elle met entre son corps et le sien. Sentir que de toute façon maintenant quelque chose est à l'œuvre et que rien, rien, ne peut arrêter cela. Il faut juste savoir attendre.

Donato a enfin été entendu. Un homme l'a écouté. Un homme sans uniforme ni blouse, ces vêtements qui vous rappellent toujours que vous êtes un émigrant et que vous devez faire face à l'autorité. Le voir, en costume de ville soigné, derrière son bureau, visage attentif et bienveillant, apaise déjà. Il fait partie de ceux qui ont en charge tout ce monde d'Ellis Island. Et peu à peu, sous le regard de cet homme, Donato le furieux redevient Donato Scarpa, le comédien respecté de Vicence, celui qui salue d'un signe de tête élégant mais distant, celui qui garde ses chagrins et ses joies loin du monde.

L'homme parle bien italien mais il a besoin d'un temps après chaque réponse de Donato pour bien comprendre. Cela crée un décalage entre parole et réponse. Dans cet écart silencieux, le regard peut se reposer sur un objet, la lumière à la fenêtre, une photographie encadrée au mur. Donato reprend souffle. Dans sa tête aussi, de la place pour les silences se recrée peu à peu. De la place pour retrouver ses esprits, comme on dit.

L'homme qui l'écoute a dépêché immédiatement quelqu'un pour s'occuper de cette femme que la fatigue terrasse. Il explique à Donato qu'il a déjà fait demander que des bancs en bois soient installés pour que l'attente se passe dans de meilleures conditions. Il est conscient qu'après les traversées, ces files interminables sont une épreuve de trop. Mais voilà, celui qui a la haute main sur la direction souhaite décourager l'immigration, c'est clair. Cela, il ne le confie pas à Donato. Pas plus que c'est un abus de faire subir aux passagers de deuxième classe tous les examens. Ils auraient dû en être exemptés comme ceux de la première classe mais voilà, là encore… On ne peut pas tout dire à ceux qui subissent. Alors on fait corps quand même avec l'injustice. On essaie de faire ce qu'on peut pour adoucir mais… L'homme demande avec délicatesse à Donato ce qu'il vient faire à New York. Ainsi mène-t-il son enquête avec tact. Le risque que des fous ou des anarchistes pourraient faire courir à ses concitoyens, il doit le mesurer. Sa tâche est parfois rude. Comment faire la part des choses ? Qui croire ?

Parfois il voudrait retrouver l'élan qui était le sien au début de cette aventure, lorsqu'il a accepté ce poste. Il était si sûr de lui à l'époque. Si sûr de savoir reconnaître au premier coup d'œil à qui il avait affaire. Et peu importent les langues. Il se faisait fort de pouvoir repérer une façon de tenir les mains enfoncées dans les poches ou un tressaillement continu dans une jambe, des regards qui se dérobent, des gestes qui soudain révèlent, à l'insu de celui qui parle, tant de choses. Il savait. Il croyait savoir.

Aujourd'hui il a appris qu'un être humain peut donner tous les signes de la démence et n'être pas fou. L'épuisement, la peur font des ravages chez des gens sains d'esprit et on peut s'y tromper. Et puis on ne sait jamais ce qu'ils ont vécu avant, tout le tumulte intérieur qu'ils ont embarqué sans même le savoir, contenu, retenu pendant le voyage éprouvant, et qui parfois éclate ici, sur son île. Son île, comme il l'appelle encore, avec tendresse, secrètement. Il ne va plus pouvoir y rester longtemps. Le haut-commissaire trouve qu'il manque de fermeté et déjà pense à le remplacer. Il le sait. Tout se sait vite ici. Et l'île a beau avoir été agrandie par ces terre-pleins gagnés sur la mer, elle reste si petite. Il faut être prudent.

Il va garder Donato Scarpa une nuit pour faire bonne mesure. Sa fille pourra elle partir librement dès ce soir, puis il la rejoindra à New York sans encombre. Dieu sait ce qu'ils y vivront.

Le livre que tient ce Donato Scarpa attire son regard depuis le début de l'entretien. Les livres sont rares chez les émigrants. La plupart du temps, ce sont des bibles. Et la couverture rouge de celui-ci indique autre chose. Donato a suivi son regard. Il lui présente l'ouvrage comme si c'était une véritable personne et il en parle avec feu. Lui, il n'a jamais lu l'Énéide. Il mesure son ignorance à la fougue de son interlocuteur et se demande si vraiment les livres donnent une telle force.

Lui, il n'a pas d'enfant, pas de femme non plus. Sa vie est solitaire et de la place pour les livres il pourrait y en avoir mais non. C'est un monde qui lui est comme interdit. Il lit le journal et il s'arrête là. Comme si la barrière à franchir était trop haute ou trop lointaine pour un seul homme, une seule vie. Le journal, ça, ça ne l'impressionne pas. On peut le froisser et le mettre à la poubelle quand on l'a fini, on peut l'oublier n'importe où. Et puis il aime trouver, en tournant les pages, des nouvelles qui intéressent le monde entier juste au dos d'une page où il n'est question que des petites affaires microscopiques, mariages et décès de gens qu'il ne connaîtra jamais, des gens qui ont vécu des existences qui ne méritent aucun gros titre. Comme la sienne. Quand il a fini sa lecture, il s'essuie les mains car l'encre du journal est épaisse et salit les doigts. Ça aussi, il aime. Il retrouve alors quelque chose des mains de son père, un ouvrier au profil dur, qui parlait de la nécessité de ne pas laisser les riches s'enrichir trop et les pauvres s'appauvrir trop. Un homme qui avait passé sa vie à travailler sans relâche et lui avait payé des études. Un homme qui ne lisait pas de livres. Sauf la Bible.

Donato a saisi qu'il y a une trouée dans la conversation. On a quitté la forme du questionnaire habile, car même si l'homme était plein de tact, Donato avait bien flairé l'enquête. Maintenant l'homme est songeur. Alors Donato lui parle de l'exil sans retour de ce héros qui a tout laissé derrière lui. Énée. Il parle d'une ville en flammes et l'homme recule encore plus loin, loin, jusque dans les flammes de l'enfer qu'on lui a décrites avec exaltation lorsqu'il était enfant et qui l'ont terrorisé. Les flammes de la ville de Troie que raconte Donato Scarpa ne le terrorisent pas. Elles embrasent les vitres du petit bureau où ils se tiennent, dans une conversation que rien, ce matin, lorsqu'il a pris son service comme d'habitude, ne laissait présager.

L'homme a parfois du mal à suivre Donato, certains mots lui échappent mais c'est dans le regard de Donato, dans les vibrations de sa voix que se déroule l'histoire.

L'homme pense alors à l'immense silence de tous ceux qui à New York n'osent pas parler de peur qu'on ne découvre leur accent. Lui, il a appris la langue d'ici dès sa naissance. C'est donc sa langue maternelle mais qu'est-ce que cela veut dire ? La langue de ses grands-parents, la langue de l'enfance de ses parents, de leurs souvenirs, c'est cet italien, si précieux aujourd'hui qu'il y a tant d'immigrés italiens. Cela a compté dans son embauche, il le sait. Mais il pense en américain. Il rêve en américain. Et s'il avait eu des enfants, il n'aurait pas pu, pas su, leur apprendre la belle langue que parle cet homme. L'italien. Parce qu'il lui aurait toujours manqué quelque chose et il ne sait pas quoi. Une appartenance ? Est-ce que si son père avait lu cette Énéide, s'il avait été fier de son histoire, cela aurait changé les choses ? Il regarde le livre précieux que caressent les belles mains de Donato Scarpa.

Ce soir, ce soir même il écrira à nouveau à son supérieur. Il ne relatera pas les incidents de la journée, non, il dira seulement que c'est inhumain de ne même pas avoir de bancs en bois pour que les plus âgés ou les jeunes mères avec leurs bébés puissent s'asseoir. Il dira que cinq mille personnes en files dans ce grand hall, c'est monstrueux. Il sait que cette lettre hâtera son départ.

Il y a des moments où on prend les risques qu'on aurait toujours dû prendre, et depuis longtemps. Il a placé sa main sur le livre posé devant lui. Il ose le prendre, le feuilleter, avant de le remettre à Donato. Comme si le toucher même du livre pouvait le confirmer dans ses pensées et lui donner force.

Dans la grande maison de Madison Square, Elizabeth Jónsson peine à cacher son angoisse. Cette fois, c'est autre chose que la tension habituelle qui la rend si irritable avant chacun de ses dîners.

Depuis qu'elle a vu l'étrange dédicace répétée sur les albums de photographies, dans la chambre de son fils, elle a l'impression d'avoir mis le pied sur une terre étrangère. Et cette terre lui fait peur.

Faut-il que le passé colle toujours aux basques de ceux qui partent ? À quoi bon ce rappel d'une enfant morte qu'Andrew n'a même pas connue, pour qui il ne peut donc rien éprouver n'est-ce pas ? Elle aurait besoin que quelqu'un lui confirme cela : on ne peut rien éprouver pour quelqu'un que l'on n'a pas connu, dont on n'a jamais vu le visage en vrai. N'est-ce pas ? Elle a envie de le crier ce "N'est-ce pas ?" et qu'on lui réponde, bon sang ! Enfin tout cela ce sont des chimères ! Et pourquoi son fils se nourrit-il de chimères ? Et pourquoi pour lui, depuis si longtemps, une photographie est-elle plus importante que ce qui l'entoure en vrai ? Vrai vrai vrai ! Voilà le mot qui occupe la tête de Mme Jónsson et quand la malheureuse Eileen lui demande si elle doit garder au chaud les plats, elle la renvoie d'un geste. Eileen soupire et repart à la cuisine. Décidément, ça s'annonce mal, ce grand repas.

Voilà que le maître de maison arrive, tenant par le bras sa vieille mère, toujours si droite malgré l'âge. Elizabeth vient accueillir sa belle-mère et, comme à chaque fois qu'elle l'approche, elle est émue par la grâce de celle qui a traversé tant d'épreuves. Ruth Jónsson a perdu son unique fille. Son mari s'est tué au travail pour les faire vivre et donner à ses enfants une éducation dans ce nouveau pays, elle s'est retrouvée veuve et pauvre toute jeune encore et pourtant il émane d'elle une douceur et une force que rien n'altère. Comment fait-elle ?

Mère, venez vous asseoir près de moi, lui demande Elizabeth. La présence de Ruth la rassure et l'impressionne toujours. Elle n'a jamais voulu habiter dans leur belle et vaste demeure. Elle a refusé de la même façon de rejoindre l'un ou l'autre de ses fils, installés loin de New York. Tous, ils ont réussi et ont de belles vies, comme on dit. Elle en est heureuse mais elle, elle est restée dans son quartier animé et populaire, dans la petite maison qu'elle aime et qui lui va bien. Elle est entourée de ses amis, ceux qui ont toujours été là, qui ont connu Bjorn, ceux qui savent partager simplement un repas, chanter et faire de la musique, un verre à la main, ou seulement bavarder les soirs d'été quand on est dehors, sur sa chaise ou sur son banc, à la fraîcheur. Ces liens-là la gardent bien vivante. Avec certains, elle peut encore parler sa langue, ils sont de moins en moins nombreux. Elle ne vient que rarement aux dîners organisés par sa belle-fille mais Andrew a réussi à la convaincre Quand tu es là, tu sais bien que je me sens moins seul et puis j'adore que tu me dises, après, tout ce que tu as remarqué… rien ne t'échappe, tu es l'appareil photographique le plus perfectionné qu'on ait jamais inventé ! Elle avait ri. Andrew est son petit-fils préféré même si elle s'en défend. Ce jeune homme têtu et doux lui rend des visites régulières et fréquentes. Elle les attend. Elle aime s'installer avec lui à la cuisine, lui préparer un bon thé et qu'il lui parle de sa passion pour la photographie. Elle peut l'écouter des heures, contemple avec lui ses derniers clichés. Il la fait entrer dans son monde. Elle est la seule à pressentir ce qu'il deviendra.

Ruth hoche la tête. Elle aime les êtres entiers et complexes, hors du commun. À sa façon, elle aime bien aussi Elizabeth, sa belle-fille.

Elle prend place dans le fauteuil au dos droit qu'elle affectionne, regarde sa belle-fille et lui glisse Il va arriver, Lizzy, ne vous rongez pas. Andrew vient toujours quand on ne l'attend pas, n'est-ce pas ?

Elizabeth voudrait répondre que justement, c'est pénible mais c'est le moment où Sigmundur arrive pour lui annoncer qu'Andrew a fait passer un message. Il a envoyé un jeune garçon depuis Ellis Island pour informer qu'il a été retenu. On peut prendre les apéritifs sans lui, il sera là pour le dîner. Ce que Sigmundur ne dit pas, c'est qu'Andrew a aussi expliqué la raison de son retard : il tient à veiller sur le sort d'un père italien et de sa fille ainsi que sur la santé d'une femme arménienne qui les accompagne… Le regard de Sigmundur croise celui de sa mère. Il lui sourit mais elle devine que quelque chose se trame.

Elizabeth hésite entre soulagement et colère. Il n'aura même pas le temps de se changer. Décidément ce garçon !

Bon. Elle reprend son rôle de maîtresse de maison et annonce à Eileen qu'on peut sortir les apéritifs. Bientôt les invités, à l'heure eux, vont arriver.

Maintenant la nuit est tombée. Dans la ville, là-bas, à portée de nos regards, sans doute des gens paisibles, peut-être pas forcément heureux, mais paisibles, c'est du moins comme ça que nous les imaginons, des gens paisibles donc s'apprêtent à dormir. Les lits ont été faits le matin et comme cela doit être bon d'ouvrir les draps, de s'y glisser, de fermer les yeux sans se demander de quoi demain sera fait. Juste de se reposer parce que la journée est achevée et qu'alors il y a place pour un demain à venir.

Nous, nous ne dormons pas.

Depuis longtemps, nos journées ne connaissent pas d'achèvement car la question toujours irrésolue du lieu où vivre empêche tout achèvement. Alors chaque soir, lorsque pour ceux qui habitent quelque part, le temps est venu du repos, nous, nous restons suspendus.

Cette nuit ici, et demain, où ? Quand ferons-nous à nouveau les lits, quand lisserons-nous à nouveau les draps que nous aurons repassés, du plat de notre main ?

Quand on ne sait plus où vivre, on ne sait plus très bien qui on est vraiment non plus.

C'est vrai, nous ne savons plus très bien qui nous sommes et le crépuscule nous a ouverts à nouveau au doute. Nos papiers si précieux nous nomment mais oh comme la nuit serait douce si nous étions simplement de l'autre côté, dans la ville. Comme alors nous pourrions le porter, notre nom, sans rien nous demander. Nous ne serions difficiles ni sur l'espace qui nous serait alloué et que nous appellerions "chez nous" ni sur la lumière qui peut-être entrerait mal dans ce "chez nous" Qu'importe qu'importe ! Nous serions enfin arrivés quelque part. Sauvés.

Au lieu de quoi, sur la petite île d'Ellis Island, la nuit va bientôt nous enserrer tous ensemble, nous qui ne sommes pas descendus prendre ni le ferry ni le train. Nous sommes retenus, à ne pas savoir ce qu'il va advenir de nous. Combien de temps. Quelque chose ne va pas pour ceux qui décident de notre sort, quelque chose empêche notre entrée dans leur fameuse ville de New York. Nous devons demeurer, entre espoir et doute, flottants. Impuissants.

Comment trouver le sommeil ? notre nuit sera trouée d'abîmes.

Emilia a attendu longtemps que le souffle d'Esther s'apaise. Leurs lits dans le dortoir à l'étage d'Ellis Island sont voisins. Pas question pour la jeune fille de laisser son père et Esther seuls sur l'île. Elle aurait pu descendre. Elle en avait le droit. Et Andrew Jónsson a même proposé de l'héberger dans la grande maison de ses parents en attendant que Donato et Esther puissent la rejoindre. Mais les laisser, tous les deux, c'était impossible. Pourtant, que n'aurait-elle pas donné pour fouler le sol de cette Amérique enfin ! Mais pas sans son père, c'est impossible. Les premiers pas en Amérique, ils doivent les faire ensemble.

Maintenant c'est la nuit. Elle ne dort pas.

Elle ne sait pas que quelqu'un d'autre a désiré aussi rester sur l'île alors qu'il aurait pu sortir avec les autres, les siens. Gabor s'est débrouillé pour paraître étrange et inquiétant au moment du contrôle. Il a très bien compris qu'ici on a peur des fous plus que des assassins. Il suffit de presque rien et surtout de garder le silence et de fixer sans ciller les yeux de celui qui le scrute. Il y a assez de folie retenue dans son regard pour ne pas avoir à se forcer. Et quand il a attrapé l'homme par l'épaule il a su qu'il avait gagné. L'homme a eu peur. Ils ont décidé de le montrer à leur supérieur le lendemain. Mais certains disent déjà qu'avec sa bonhomie habituelle, il le laissera sortir ! Enfin, ils le gardent pour la nuit…

Ceux de son clan ont quitté l'île, parce qu'il les a poussés à le faire Je vais me débrouiller, vous savez bien que je me débrouille toujours. Ne ratez pas le rendez-vous avec ceux des nôtres qui nous attendent. Je vous rejoins demain ou après-demain au plus tard. Ils ne vont pas me garder longtemps.

Seule Marucca a compris. C'est elle qui a finalement donné le signal du départ. Son père Masio hésitait. On n'abandonne pas un des siens sur une terre inconnue. Mais Marucca a chanté le chant pour le départ, le chant qui dit que rien ne résiste à ce qui doit partir. Gabor l'a écoutée de toute son âme. Il sait ce qu'il fait et il sait qu'elle sait. Il lui a tendu son violon mais elle a refusé. Quelque chose en elle disait que c'était son cadeau d'adieu et elle n'en voulait pas. Le violon dans ses mains à elle, ses mains qui ne caresseraient peut-être jamais plus la peau de celui qu'elle aime sans retour ? Non.

Dans la nuit maintenant Emilia s'est assise. Elle laisse ses yeux s'accoutumer à la pénombre. Elle distingue les formes des autres femmes endormies. Aucune ne s'est vraiment laissée aller au creux des lits. Quelque chose des corps garde l'alarme. Elles sont juste posées sur les étroites couches de fer. Sur elles, le plus souvent, les manteaux et les capes venus de loin. Dans la nuit les couleurs vives des broderies et des tissages s'estompent. Certaines gardent sous la tête un sac qui contient tout ce qu'elles ont de précieux, bijoux, souvenirs, en guise d'oreiller. Emilia est aux aguets, elle ne sait pas pourquoi. Elle attend. L'aube ? Une pensée nouvelle ? Un souvenir ? Trop de choses vécues depuis ce matin, qui semble déjà si loin. Elle cherche à se remémorer tous ces moments, l'un après l'autre, leur donner au moins un ordre dans le temps, pour trouver la paix. Mais c'est peine perdue. Les sensations se mêlent et s'enroulent à l'intérieur d'elle. Elle est emportée par cette spirale qui ne cesse de tourner et de la bouleverser des pieds à la tête. Parfois c'est son père qu'elle entend crier de sa voix puissante que ce n'est pas humain, cette façon de les traiter, brandissant l'Énéide comme un étendard. Parfois elle entend la lente mélopée des prénoms inconnus égrenés par Esther chuchotant si près d'elle. Elle écarte violemment le souvenir du violon lorsqu'il revient. Mais il revient. Alors comme un talisman elle convoque l'appareil photographique d'Andrew Jónsson, le seul Américain qui les ait regardés, elle et son père, vraiment. Avec une amitié chaleureuse qui se fichait bien de leur origine.

Une silhouette lourde apparaît à l'entrée du dortoir. C'est une des femmes qui les veillent ou les surveillent, allez savoir. Elles sont retenues. Pas prisonnières. Mais où est la limite quand les portes sont fermées à clef ? Elle a le geste de l'enfant coupable qui se recouche immédiatement. La femme marche dans l'allée, lentement. Et doucement elle se baisse, ramasse un tissu qui a glissé d'un lit. Elle le remet sur une dormeuse et le serrement dans la poitrine d'Emilia se relâche. C'est un geste doux, un geste de mère veillant sur le sommeil de ses enfants.

La femme s'approche et Emilia ferme les yeux. Elle n'a plus peur, écoute les pas lents poursuivre leur route au milieu des rêves des dormeuses. Et lentement, silencieusement, elle se lève. La porte est restée ouverte le temps de sa ronde. Emilia ne pense plus à rien, elle avance, courbée en deux tant que la femme lui tourne le dos.

Andrew est arrivé tard. Il ne se décidait pas à quitter Emilia, Donato et Esther. Ces trois-là sont entrés dans sa vie, il le sait désormais et leur sort ne peut plus lui être indifférent. N'est-ce pas ce qu'il était venu chercher jour après jour, s'obstinant à photographier ceux qui un jour avaient tout quitté ?

Il est entré discrètement dans la grande maison de Madison. Il a pris l'entrée des domestiques, a croisé Eileen qui lui a fait comme d'habitude un sourire complice, a ajouté qu'elle avait fait traîner autant qu'elle pouvait le service des apéritifs. Ils y étaient encore.

Dès qu'il est entré dans sa chambre il a su que quelqu'un était venu. Pas seulement Eileen qui avait dû veiller à ce que tous ses vêtements pour le dîner soient prêts et disposés sur le lit. Non, il a vu aussitôt que ses albums avaient été touchés, ils n'étaient pas rangés comme lui le fait, le dos juste au bord de l'étagère. Une main les avait enfoncés davantage à leur place. Inutile de se demander à qui appartenait cette main nerveuse… Andrew soupire. Il en a assez de tout ça. Sa vie est ailleurs. Sa vie lui manque, voilà ce qu'il se dit et il se rend compte que cette petite phrase est terrible et que c'est la première fois qu'il ose se formuler quelque chose aussi clairement à lui-même. Il pense à nouveau. Ma vie me manque et c'est une délivrance de l'avoir si nettement exprimé en si peu de mots.

C'est cela qu'il apprend peu à peu en se rendant à Ellis Island. Au contact de ces gens qui arrivent, pauvres de tout, oui il apprend. La misère c'est quand votre vie vous manque. Ceux qui sont un jour partis ont voulu de toutes leurs forces sauvegarder leur vie. Et ils subissent toutes les épreuves pour cela.

Lui, ici, dans le cocon confortable de cette maison, il a grandi, riche de tout. Et sa vie lui manque.

Ce soir, il ne pourra pas jouer le rôle du gentil fils effacé, souriant et parlant peu, esquivant toute question trop personnelle, se réfugiant dans une conversation polie et glissant d'un sujet à l'autre. Il est passé maître dans l'art de disparaître au plus profond de lui et de ne laisser au milieu d'une tablée que cette apparence lisse et souriante. Ce soir, il n'attendra pas comme d'habitude la fin du repas et des "au revoir" pour pouvoir enfin regagner sa peau à lui, sa vie à lui. Quelque chose a eu lieu sur l'île. Quelque chose qu'il ne parvient pas à formuler mais il sait que c'est lié à Donato et Emilia Scarpa. Ces deux-là lui ont ouvert les yeux sans le savoir. Rien ne les a obligés à partir si ce n'est un mouvement venu du plus profond d'eux, ce mouvement qui dit que la vie s'étiole et qu'il faut partir. Partir. C'est cela qu'il entend dans leur silence fier, dans leur bravoure.

Il se dit qu'il n'a jamais été brave, lui. Pourtant il sent bien que c'est le seul chemin. Celui qui fait prendre des risques, qui rend la vie vivante enfin.

Ce soir, il sent monter au fond de lui cette vaillance qui lui a toujours fait défaut. La vaillance dont il a bien fallu que soient animés ses ancêtres pour partir un jour, eux aussi.

Esther a senti l'absence d'Emilia, avant de la constater d'une main anxieuse. Elle passe et repasse les doigts sur la couverture, dans le lit voisin du sien. Rien. Juste son sac, qu'elle a recouvert de la couverture, sans doute pour donner le change. Une ruse d'enfant qui veut sortir sans le consentement de ses parents.

Esther se redresse sur un coude, regarde autour d'elle. C'est la nuit et à part quelques remuements et les paroles indistinctes des dormeuses, elle n'entend pas un bruit. Pourtant, c'est bien la berceuse qui l'a réveillée, elle en est sûre. Était-ce dans son rêve ? La berceuse d'Emilia. Même dans les rêves, les oreilles entendent et l'espace si ténu entre sommeil et veille vibre et se tend.

Esther écoute.

Rien.

Elle voudrait se lever, savoir où Emilia est partie. Mais son corps refuse obstinément tout effort. Elle est faible comme un très petit enfant. Un sommeil exigeant cherche encore à l'envelopper, la gagner tout entière. Elle en a tant besoin.

Ici, au milieu des femmes endormies, avec Emilia tout près, elle se sentait protégée. Elle a pu laisser le sommeil l'emporter sans craindre les cauchemars qui la hantent chaque nuit. Maintenant, elle lutte à nouveau pour garder les yeux ouverts. Elle veut veiller jusqu'au retour d'Emilia, alors seulement elle pourra à nouveau se laisser aller au sommeil.

Du temps passe. S'est-elle assoupie ?
La nuit, on glisse si vite d'un état à un autre.
La nuit, dans nos corps, des rivières vives. Elles relient nos passés au présent, parfois sautent par-dessus nos vies comme l'eau fraîche cascade sur les galets. Quel âge avons-nous lorsque nous dormons ? À qui donnons-nous la main dans nos rêves ? Les vivants et les morts ne sont-ils pas attablés ensemble, simplement, parce que nous les aimons et que la nuit, plus rien ne marque de frontière ?
Ah Esther, notre sommeil te gagne, tu ne peux plus résister. Chacune de nous a rejoint en rêve sa ville ou son village et te voilà toi maintenant avec les jeunes gens d'Adana ! Tu es assise avec les mères et tu contemples avec elles leurs enfants grandis ensemble et dansant joyeusement au son des tambours de fête. Tu vois les regards qui s'échangent. Tu vois les corps et quelque chose en toi sait apparier celui-ci avec celle-là avant qu'eux-mêmes n'aient pu l'imaginer. Tu devines l'attraction des corps. Sans doute parce que le tien résonne et vibre intensément de tout ce qui t'entoure. Depuis l'enfance, tu perçois chaque chose avec cette intensité si peu commune que ta propre mère te regardait parfois étrangement. Le vent et les mouvements dans les branches des arbres c'est toi-même balayée par les souffles venus du nord ou de l'est ; la peur ou la joie des autres, ce sont des frissons sous ta propre peau.

Tous les mouvements du monde et des êtres qui le peuplent accueillis par ce corps qui est le tien. Et peu à peu, de cela même, un savoir que nul n'enseigne. Tu l'as mis au service des corps en créant les vêtements qui leur permettront d'aller au milieu des autres, avec le plus d'aisance et de beauté. Tu choisis les étoffes et les formes. Ta réputation est grande.

Non, dans ce dortoir d'Ellis Island, tu ne dors pas. Notre sommeil ne t'a pas rattrapée. Tu songes. Toi aussi tu as été amoureuse en ton temps. Mais celui que tu aimais a eu peur de ce qu'il sentait en toi et qui le dépassait. Il a préféré le tranquille embrassement d'une fille d'un autre village rencontrée à la foire. Tu l'as regardé partir. Longtemps tu l'as regardé partir à l'intérieur de toi. Puis, même cette image s'est effacée et tu n'as plus vu dans ton souvenir que la route qu'il avait prise et les hauts arbres qui la bordaient. Lui, il avait disparu. Chaque pas qu'il avait fait t'a juste éloignée de l'amour des hommes. Tu n'y as plus cru. Et si ton corps n'est pas resté vierge, il n'a connu que des étreintes éphémères, pendant tes voyages. Rien en toi ne s'attache. Ton savoir, tu l'as mis au service des autres. Ton amour, tu l'as élargi à tous et toutes. Et ton corps, tu l'as gardé.

Tu songes maintenant à Emilia et à sa peinture rouge. Ton esprit vagabonde sur les terres qui bordent le sommeil.

Alors tu revois l'homme que tu as aimé comme s'il était là, présent. Il te tend la main. À toi. Et tu entends à nouveau la berceuse d'Emilia. Mais c'est de sa bouche à lui que vient le chant.

Emilia longe silencieusement un couloir. Elle est pieds nus. Elle repense aux nuits dans la vaste maison de ses grands-parents maternels quand elle essayait de retrouver la chambre qui avait été celle de sa mère, enfant. Une chambre où rien n'avait changé, où elle pourrait toucher les tissus et les flacons, caresser l'ombre de sa mère enfant.

Elle a le cœur qui bat fort. Sous ses pas, les pas de tous ceux qui ont marché ici avant elle. De la plante du pied, elle cherche leur empreinte, ferme les yeux. Elle laisse le bout de ses doigts frôler au passage les murs des couloirs. Par endroits, la brique rugueuse accroche la peau, à d'autres le plâtre lisse laisse une sensation de froid. Elle engrange chacune de ces sensations. Précieusement. Que sa mémoire soit marquée à jamais de ce lieu. Que son corps en soit empreint. Cette nuit, elle forge pas à pas le souvenir de ce qui doit demeurer en elle. Toute sa vie. Parce qu'elle sent, obscurément, qu'il y aura des moments, plus tard, où il faudra bien revenir puiser là, dans cette nuit sur l'île, et qu'elle n'aura alors que sa mémoire pour guide. Cette nuit, elle la nourrit.

C'est ce besoin, impérieux, qui l'a gardée en éveil et maintenant elle est là, dans ces couloirs, bravant l'appréhension d'être découverte, l'appréhension d'un nouveau scandale après celui de son père, l'appréhension de leur exclusion à tous les deux, ces deux Italiens pas assez dociles pour l'Amérique. Tant pis.

Elle pense à l'appareil photographique d'Andrew qui fixe ce que le regard choisit de voir.

Elle, elle incorpore.

Dans chacune de ses toiles il y aura une parcelle de cette petite île qu'elle portera désormais sous la peau. Tatouée à l'intérieur. Les anciens avaient les récits, elle, elle aura son corps comme source infinie et changeante des sensations de cette nuit-là. Ceux qui contempleront ses toiles, devant les couleurs et les formes, sentiront de façon opaque et sourde qu'elles sont peuplées, oui peuplées, ces toiles où ne figurent pourtant ni paysage ni personnage. À peine ces étranges et fragiles signes, comme des silhouettes lointaines marchant dans la couleur. Une humanité sans visage ni voix mais dont les battements de cœur, la pulsation du sang sont bien là.

Oui, ceux qui verront ces toiles seront inexplicablement émus, touchant à ce qui, au plus profond d'eux-mêmes, les fait appartenir à l'humanité tout entière. Ils seront alors peuplés de toutes ces vies venues des toiles d'Emilia Scarpa, silencieusement, et ils repartiront vers leurs propres existences, enrichis de ce poids précieux.

Emilia ne sait rien de tout cela encore clairement mais ce qu'elle sent, c'est qu'il faut qu'elle poursuive son étrange exploration, seule, dans la pénombre de ce bâtiment. Il faut veiller aux rondes des gardiens, elle s'apprête à descendre rapidement des marches, se repère comme elle peut.

Tout à l'heure, quand elle s'est retrouvée allongée, elle a cherché à calmer ce qui l'envahissait et qu'elle n'arrivait pas à nommer. Trop de choses derrière ses paupières. Rester dans le dortoir, dans le souffle des dormeuses, impossible. Quelque chose l'appelait. Bien plus puissant que la fatigue et la peur.

Elle avance. Elle a été trop longtemps contrainte à la compagnie forcée des autres, sur le bateau, et ensuite sur l'île depuis qu'ils sont arrivés.

Seule, elle n'est plus une étrangère.
Seule, elle est Emilia Scarpa qui découvre son premier bâtiment américain.
Elle a besoin de liberté.

Maintenant, elle observe du haut de l'escalier le grand hall tout à l'heure encore bruissant d'appels, du raclement de semelles, de la dureté des voix lançant des ordres. L'espace, vidé de tous ces bruits, est comme dilaté. La lueur de quelques veilleuses crée ombre et lumière de façon si ténue qu'on croirait qu'on marche dans un rêve. L'architecture des lieux est encore plus imposante qu'à la lumière du jour. Elle pense aux palais des anciens. Aux descriptions des colonnes et des fresques. Ici rien de tout cela mais pourtant ce bâtiment est bien un palais vide cette nuit. Rien que pour elle.

Soudain, elle se recule de la rambarde. Des gardiens veillent, en bas. L'un d'eux est assoupi sur une chaise, le menton posé sur la poitrine. Deux autres discutent à voix basse. Le dos collé au mur, elle respire à peine, se fait pierre au creux de la pierre.

Elle a la gorge battante. Jamais elle n'avait pensé que la gorge pouvait ainsi marteler le souffle. Elle pose une main à l'endroit où le battement est si fort qu'elle a l'impression qu'on va l'entendre.
Tout le souffle contenu, elle lutte. Mais la peur, sans limite, l'envahit d'un coup. C'est dans le sang, dans les veines. Elle redevient une toute petite fille.
Oh la seule voix qui lui ait donné de la force, c'est celle de son père. Depuis qu'elle est toute petite. Et ici on le prend pour un fou ! elle, elle sait, comme sa mère avant elle, que Donato Scarpa a la puissance de couper tout ce qui vous retient à vos vies étouffées et de vous emporter loin, là où seul votre rêve peut vous emmener. Avec les textes et sa voix. Si seulement elle pouvait le retrouver dans ce palais endormi.

Andrew Jónsson est assis entre sa grand-mère et le père de la jeune fille à marier. Dès qu'il a franchi la porte du petit salon où ils étaient tous en train de finir les apéritifs, sa mère a vu qu'il n'était pas comme d'habitude. Il n'avait pas le visage lisse et impénétrable qu'elle lui connaît dans ces circonstances et qui d'ordinaire l'exaspère. Pas plus que le sourire de commande qui l'exaspère tout autant. Non, ce soir, il a un air têtu et Elizabeth Jónsson regrette finalement le masque poli habituel. Elle ne peut empêcher la sourde alarme qui l'a hantée toute la journée de l'envahir à nouveau.

Il n'a rien dit pourtant, s'est excusé courtoisement de son retard.

Maintenant ils sont à table.

Elle remarque qu'Andrew porte déjà à ses lèvres le verre du très bon vin français que son père réserve aux invités de marque. La cave de Sigmundur est célèbre dans tout New York. Ceux qui ont eu la chance d'y goûter en font une joyeuse apologie. D'ordinaire, Andrew boit peu. Très peu. Elizabeth prend les devants, arrêtant le geste de son fils qui semble avoir oublié les usages. On ne boit que lorsque la maîtresse de maison en donne le signal.

Elle lance Portons un toast à notre belle Lucile puisque je viens d'apprendre qu'hier était son anniversaire Longue vie et joie pour Lucile. Ils reprennent tous Longue vie et joie pour Lucile et lèvent leur verre. Lucile ni ne rougit ni ne baisse les yeux, elle lève aussi son verre, les regarde et remercie d'une voix enjouée. Son père lui sourit et tient la main de son épouse qui, comme lui, couve du regard leur fille, la reine de la soirée. Lucile Lenbow n'est pas une beauté qu'on remarque au premier coup d'œil mais la grâce de son visage, son ovale délicat, ses grands yeux clairs et son sourire tendre ont vite fait de lui attirer généralement la sympathie de tous. Andrew comme les autres a porté ce toast, mais il ne la regarde pas, elle le remarque. Avant de boire il lance soudain Permettez que ce soir nous portions aussi un toast à tous ceux qui viennent offrir leur intelligence et leur force à notre beau pays ! Aux émigrants d'Ellis Island !

L'assistance marque un temps de silence. C'est abrupt. Certains sourient, gênés, et personne ne sait plus quoi faire de son verre. Alors Lucile, le regard rivé sur Andrew, lance à son tour d'une voix claire Eh bien, aux émigrants d'Ellis Island ! et quelques voix se joignent à la sienne.

Pas celle d'Elizabeth.

Andrew a levé les yeux sur Lucile. Enfin. Elle lui sourit. Ruth, sa grand-mère, vient de lui donner un léger coup de coude. Il se tourne vers elle rapidement. Elle lui sourit aussi et c'est dans ces deux sourires qu'il puise l'audace de poursuivre avant même que sa mère réagisse.

J'espère qu'on vous a bien fait parvenir mon message. Mon retard est dû à Ellis Island. J'y fais des photographies de tous ces gens venus de si loin pour devenir américains. Comme nous. Aujourd'hui j'ai rencontré sur cette petite île…

Cette fois Elizabeth n'y tient plus. D'une voix encore contenue mais dont elle a du mal à cacher la colère, elle l'interrompt.

Mon cher Andrew, nous sommes tous certains que ces pauvres gens méritent notre compassion mais ce soir nous nous sommes réunis pour…

À son tour Andrew interrompt sa mère, ce qu'il n'a jamais fait.

Mère, ce ne sont pas de pauvres gens au sens où tu l'entends. Il y a parmi eux des artistes, des professeurs, des scientifiques aussi. Ils valent beaucoup mieux que notre compassion. C'est de notre respect qu'ils ont besoin. J'ai rencontré aujourd'hui même…

Elizabeth cette fois s'est raidie. Elle cherche du regard l'appui de Sigmundur. Qu'il fasse quelque chose ! c'est lui le maître de maison après tout ! mais Sigmundur goûte tranquillement son vin et elle se sent trahie.

Lucile saisit tout de la tension de la situation. Décidément cet Andrew lui plaît. Il la change des jeunes gens somme toute assez plats qu'on lui fait rencontrer depuis quelque temps.

Vous faites de la photographie ? je suis fort intéressée par la photographie. Vous faites donc, j'imagine, des portraits de ces émigrants ?

Le père de Lucile, directeur d'un journal important de la ville, poursuit Savez-vous que dans notre journal, nous en avons publié certains. Le nom du photographe m'échappe mais c'était on ne peut plus intéressant… Vous faites donc le journaliste, jeune homme ?

Pas exactement monsieur.

Ruth lui a saisi la main sous la table.

Qui as-tu rencontré mon garçon ?

Elle a parlé à voix basse mais Elizabeth l'a entendue. Elle appelle Eileen pour que le service vienne les sortir tous de ce qui menace. Elle en profite pour interpeller Sigmundur

Tu ne nous as pas encore présenté les vins du dîner, mon ami.

C'est une tradition. Sigmundur fait apprécier à ses convives les crus et les cépages qu'ils vont goûter. Il raconte fort bien l'histoire de chacun de ses vins et il aime ça.

Se levant, il accepte donc l'invite de sa femme et, le verre au bout du bras tendu pour mieux faire apprécier la robe du vin, il se lance dans le détail des arômes et invite les convives à les rechercher.

Notre palais est beaucoup plus délicat qu'on ne le pense, achève-t-il avec un clin d'œil à la tablée.

Le repas prend son rythme habituel. Elizabeth reste vigilante, prête à se manifester à la moindre incartade d'Andrew. Elle choisit de se tourner vers Lucile Lenbow à sa droite. Il faut qu'elle entraîne la jeune fille, vite, dans ce qu'elle estime être son camp. Il faut la détourner de cette fichue île aux miséreux.

On m'a dit que vous étiez musicienne, et bonne musicienne, ma chère Lucile…

Je m'exerce comme toutes les jeunes filles de mon âge mais j'y ai pris goût, je l'avoue.

Nous jouerez-vous quelque chose tout à l'heure ? Nous avons un piano qui n'est pas trop mal dans le salon de musique.

Lucile sourit. Le piano "pas trop mal" doit être un de ces pianos de facture exceptionnelle dont s'enorgueillissent les familles comme celle de cette maison.

Je le ferai avec plaisir, madame, si cela n'importune personne, je ne suis pas une virtuose, loin de là, j'aime la musique, c'est tout...

Et modeste avec ça.

S'adressant alors à M. et Mme Lenbow Vous avez une fille parfaitement charmante... et douée.

Andrew a cessé sa conversation avec Ruth. Ses yeux se portent à nouveau vers Lucile. Elle lui adresse un franc sourire

Vous n'avez pas eu le temps de nous dire qui vous aviez rencontré aujourd'hui sur cette île qui vous a retenu...

Sur la petite île d'Ellis Island, les paupières sont closes.

Tant de nous espèrent les rêves. Dans nos rêves, nous ne sommes plus des étrangers. Nous entendons à nouveau notre langue, parlée par tous et nous sommes à nouveau chez nous. Parfois nous sommes même redevenus des petits enfants. Les rêves sont là pour ça. Nous marchons nous courons nous rions, rien ne peut nous atteindre. Notre mère nous attend quelque part et le monde est sauf. Quand nous rentrerons dans notre maison, le ciel au-dessus des toits n'aura pas changé.

Donato Scarpa se réveille d'un étrange sommeil. Il était à nouveau dans la maison sombre de son père au fond de la cour. Il lisait et son père le regardait, debout, dans l'encadrement de la porte. Ils étaient seuls tous les deux et aucun ne parlait. Cet étrange tête-à-tête silencieux reste suspendu dans la brume de son éveil, flottant entre réalité et songe. Donato est tout habillé sur le lit qu'on lui a alloué, dans ce dortoir où les hommes allongés attendent. Il balaie du regard l'espace dans la pénombre. Les corps ne révèlent pas s'ils sont éveillés ou endormis. Mais après le silence énigmatique de son rêve, ce sont les bruits qui captent toute l'attention de Donato. Certains parlent dans leur sommeil…

Nos langues se chevauchent dans la nuit.
Nous venons de si loin que nos corps ont oublié les distances et les directions. Nous serions bien incapables de retrouver seuls le chemin pour rentrer chez nous. Mais au fond de nous, notre langue nous accueille. Nous y sommes attablés comme dans la cuisine de notre maison. Des phrases toutes simples, les phrases qu'on dit sans même y penser, sont à nouveau sur nos lèvres. Dans nos rêves, nous nous plaignons de la mauvaise récolte ou de l'incendie qui a tout ravagé… nous nous plaignons de notre faim qui ne cesse pas depuis si longtemps… nous ne connaissons pas encore la misère de n'être compris de personne lorsque nous parlerons.
Nous apprendrons. Il faudra bien.

Donato écoute. Les voix il a toujours su les écouter, avec passion. Pourquoi un tel silence dans son rêve ?
Il s'est redressé maintenant sur son lit de fer. Il écoute et son cœur se serre. Il y a là des hommes qui pleurent. Et il ne sait pourquoi c'est comme s'il entendait son père pleurer.
De quoi peut pleurer un homme mort depuis si longtemps ? Il écoute dans la nuit les larmes de ceux qui, comme lui, ont voulu l'Amérique. Il écoute de toute son âme.

Nous avons peur du jour qui vient. Ici, ils nous ont nourris. Ils ont nourri aussi nos femmes et nos enfants mais nous n'avons pas mangé à la même table. Et nous ne dormons pas dans le même lit. Le corps de nos femmes ne réchauffe pas notre flanc. C'est la règle ici. Pour la première fois nous avons connu l'humiliation d'être nourris par des mains qui n'étaient celles ni de nos parents ni de nos amis, ceux avec qui nous partagions tout. Des mains étrangères. Nous étions trop nombreux pour le temps d'un sourire ou d'un geste. Ils n'avaient pas le temps et nous le comprenons. Mais nous avons eu honte de manger. La nourriture aussi nous fut alors étrangère.

Jusqu'où l'étranger doit-il entrer dans notre chair ? Voilà que nous avons peur de ne plus jamais retrouver qui nous étions, de ne plus savoir regarder comme avant nos femmes et nos enfants.

Donato a fermé les yeux. Il entend les plaintes dans les langues différentes. On ne connaît pas les mots mais les larmes sont les larmes. Cette langue-là est commune.

Dans son rêve il lisait et son père le regardait. Alors il reprend le livre. Son livre. Il se demande si ici, dans cette Amérique, il aura le même poids. Et il fait cette chose à quoi il n'avait pas songé une seconde avant. Il se lève. Debout, appuyé le dos contre le mur derrière lui, juste sous la faible veilleuse qui fait une clarté laiteuse à ses pieds, il lit.

Comme sur le bateau, il lit pour tous ceux qui ont besoin d'entendre autre chose que des ordres ou des plaintes. Il lit parce que la voix humaine apaise et qu'il le sait. C'est peut-être cela que son père est venu chercher dans son rêve, cet apaisement. Il lit pour son père, à voix basse, doucement, dans ce dortoir. Certains se sont tournés vers cette voix grave qui murmure, il distingue le remuement des corps. Personne ne lui demande de se taire. Dans la nuit, sa voix est une protection contre les épines des jours à venir.

Certains d'entre nous comprennent cette langue, d'autres non. Mais ça ne fait rien, nous sommes simplement heureux de cette voix dans la nuit. Nous nous laissons porter jusque dans notre sommeil par les inflexions si chaudes et nous nous disons que peut-être, oui peut-être, quelque chose viendra de bon, sur cette terre nouvelle, s'ils acceptent de nous laisser entrer dans leur Amérique.

Seul l'un de nous s'est levé, une longue boîte serrée contre sa poitrine, il a gagné la porte du dortoir furtivement. L'homme qui lit ne l'a pas remarqué. L'autre sait marcher sans bruit et sans un regard ni à droite ni à gauche. Il sait trop qu'un seul regard peut attirer l'attention. Il est habile à crocheter une serrure, il est sorti comme un passager clandestin se glisse dans l'eau sombre du port à l'arrivée.

Les yeux d'Emilia s'habituent de mieux en mieux à la pénombre. Elle distingue maintenant avec netteté les angles et la largeur des couloirs et cela la rassure. Elle a moins peur de se heurter aux choses, de faire le moindre bruit. Elle a réussi à descendre les marches. Elle n'ose pas encore pousser les portes pourtant elle reconnaît bien celle qui se trouve là, à sa droite.

> Derrière cette porte, il y a les bagages.
> Juste derrière cette porte.
> Les malles et les sacs.
> Celle qui contient les costumes de scène de son père, et la sienne avec ses toiles enroulées soigneusement. Comme elle aurait besoin de se rassurer à les ouvrir, toucher à nouveau, de ses mains, toute leur vie d'avant. Leur vie. Leur monde. Leur monde à eux. Ce monde qu'ici peut-être personne ne voudra jamais connaître. Et "peut-être" est si proche de "jamais". Si jamais personne ici ne veut d'eux, de ce qu'ils sont vraiment, comment vont-ils vivre ? Dans quel regard vont-ils trouver le respect qui donne la force de vivre ?
> Elle n'avait jamais pensé une chose pareille.

Emilia se laisse glisser contre le mur face à la porte. Assise sur le sol, les genoux entre les bras, comme lorsqu'elle était petite, seule.

Toutes les peurs qui lui étreignaient alors si fort la poitrine sont là, à nouveau. Et à nouveau, elle se sent réduite par quelque chose de plus fort qu'elle. Cela faisait si longtemps qu'elle n'avait pas senti ce brusque resserrement.

Devant cette porte close, brutalement, elle est ramenée au temps où sa mère venait de mourir. Son père avait tenu alors à ce qu'elle passe les dimanches dans la grande maison des joailliers de Vicence, ses grands-parents maternels. Il répétait que les liens familiaux étaient sacrés et elle n'osait pas s'y opposer. Il ne restait pas, sachant que sa présence n'était pas souhaitée. Son monde s'en allait dans la poussière des pas de son père. Lorsque la porte se refermait sur lui, elle se sentait enfermée dedans avec eux. Captive. Alors, l'étroitesse dans sa poitrine. Et à chaque visite dans la grande maison, cela recommençait.

Dès la lourde porte refermée derrière lui, les paroles venimeuses de ses grands-parents rampaient vers elle. Un comédien qui n'avait même pas fait une carrière prestigieuse à Rome ! Et maintenant que leur fille, leur tant aimée Grazia, était morte de la vie qu'il lui faisait mener, comment allait-il l'élever, elle, hein ? Tout alors, dans leurs gestes, leurs soupirs, leurs silences brusques quand elle entrait dans une pièce où ils se trouvaient, disait que son père était la cause de tous les malheurs et qu'elle, elle était la future victime s'ils ne s'en mêlaient pas. Il fallait qu'elle, elle soit celle qui venge l'image de leur fille. Ne pas devenir une écervelée qui suit le premier comédien venu, comme sa pauvre mère, et qui en meurt. Parce que c'est cela que répétaient derrière son dos le père et la mère de Grazia. Des paroles qui faisaient de ce père qu'elle aimait tant un monstre. Et tout l'amour qu'elle avait pour lui devait se réduire à un tout petit caillou qu'elle gardait bien au secret de sa poitrine, pour ne pas qu'ils y touchent.

Alors faire comme si elle ne comprenait pas comme si elle n'entendait pas. Et sortir ses crayons de couleur, s'installer à la table de la cuisine, près de Luna, la servante qui ne parlait pas mais lui caressait la tête au passage et cela suffisait. Réduire son monde au tablier bleu de Luna, à la chaleur de sa paume sur sa tête et s'oublier. Partir dans les couleurs. Rien que les couleurs. Pas de dessin. Pas de forme. Rien qui aurait pu la trahir. Les couleurs seules où son cœur allait puiser de quoi retrouver un battement tranquille et sa tête une vie possible. Là où personne ne pouvait l'atteindre. Là où elle pouvait continuer à aimer.

Déjà elle apprenait à retenir tout ce qui pouvait montrer comme elle était aimante. Elle retenait ses bras d'entourer la taille de Luna, elle retenait sa main de caresser le chat. Et elle étouffait. Jusqu'à ce que son père supprime la visite dominicale parce qu'il avait fini par comprendre ce qu'elle n'arrivait pas à dire.

De ce temps-là lui est restée une empreinte qu'elle ignorait.

Et voilà que toute la puissance venimeuse des paroles est là. À nouveau. Parce qu'on a raillé son père, on l'a méprisé. Ici. Sur cette île. Ceux qui l'ont pris pour un fou, avec son livre brandi à bout de bras, ne comprennent même pas ce qu'il lit !

Elle, elle croit en lui. Comme sa mère. Et elle sait que la belle Grazia n'est pas morte de la vie qu'il lui a fait mener. Non. Il lui a offert l'amour palpitant dont elle rêvait. Elle a vu le regard de sa mère et comme il brillait quand il se posait sur lui. La vie des tournées et des représentations, elle l'a voulue de tout son être, parce qu'écouter Donato, sentir tout ce qu'il éveillait par sa merveilleuse voix chez chaque spectateur, c'était une ivresse que peu de gens connaissent. Et Emilia a assisté à ça. Et comme lui puisait sa force dans ce regard. Et c'était beau.

Comme elle a besoin de se replonger dans leur monde à eux. Vite.

Mais elle n'a pas la clef de cette porte. C'est l'injustice nouvelle. Alors on a le droit de leur retirer leur monde sans qu'ils en aient la clef. Mais ce n'est pas comme ça qu'on peut vivre. Toute cette arrivée et sa suite d'humiliations et de mépris n'auront donc pas de fin ? Quand vont-ils pouvoir relever la tête et regarder à nouveau leur vie en face ?

Elle voudrait tant tenir sa main à lui en ce moment même et sentir qu'il est fort, encore, et qu'à eux deux ils peuvent faire face.

Elle se dit en boucle "cette nuit cette nuit" comme si toute sa vie maintenant était contenue là, dans l'obscurité du mot. Parce que c'est cette nuit. Il faut qu'elle trouve sa force. Seule. En elle maintenant quelque chose se lève. Elle marchera dans la ville, elle peindra sur ses toiles, elle fera l'école aux enfants. Elle sent tout le vif de son être à elle qui lutte. Cette nuit cette nuit.

Lorsque Lucile Lenbow se lève pour rejoindre Andrew à la fin du repas, il est stupéfait. Il ne l'avait pas remarqué quand ils étaient passés à la salle à manger mais Lucile Lenbow est d'une très petite taille. Elle appuie légèrement sa main sur son bras et lui glisse malicieusement Je suis pourtant une grande personne, voyez-vous ! Andrew ne peut que rire et elle ajoute Mes pauvres parents désespèrent de me marier… Mes deux sœurs de douze ans, les jumelles, me rattrapent déjà, les pestes ! ceci dit, je les adore, elles sont effrayantes de ressemblance et si elles étaient là ce soir, on n'aurait pas pu placer une seule parole tant elles sont curieuses et bavardes. Mes oiseaux de paradis !

Andrew a envie de lui dire qu'elle en est un aussi mais il ne le fait pas. Il ne voudrait pas qu'elle prenne cela pour un badinage amoureux dans lequel il n'a nulle envie d'entrer. Il préfère lui murmurer Lucile Lenbow vous êtes en tout point surprenante. Ce à quoi elle répond sur le même ton Vous ne l'êtes pas moins Andrew Jónsson et c'est en souriant qu'ils se dirigent vers le petit salon de musique.

Elizabeth y a tenu. Lucile s'exécute, consciente qu'elle doit à la fois donner satisfaction à la mère, un peu, mais la tenir à l'écart si elle veut se rapprocher du fils. Et elle veut. Andrew lui plaît même si elle devine qu'il ne va pas se placer dans la colonne "amoureux". Pour une fois qu'elle aurait été d'accord avec ses chers parents ! mais elle est assez fine mouche pour sentir qu'Andrew est sur la réserve. Et assez fière pour ne pas dire ni tenter quoi que ce soit qui pourrait l'humilier.

Andrew et Ruth se tiennent près de la fenêtre. Ils écoutent la musique doucement mélancolique qu'a choisie Lucile. Tiens, une autre facette de sa personnalité, se dit Andrew en l'observant. Quand elle joue, elle a un air grave. Il s'amuse de voir que ses pieds arrivent juste aux pédales. Quel drôle de petit personnage. Sa grand-mère regarde le ciel par la fenêtre. Elle lutte contre les larmes qu'elle sent si proches, elle qui les avait domptées, croyait-elle, une fois pour toutes. On croit que le chagrin ne vous prendra plus mais voilà, rien n'efface la mort d'un enfant. Jamais. Et Lucile ignore à quel point elle a, par son sourire malicieux et quelque chose d'indéfinissable, ravivé le souvenir de la petite Rósalind d'Islande. Une enfant qui aurait quel âge aujourd'hui ? Elle s'est promis de cesser ces comptes absurdes et voilà qu'elle recommence. Non non murmure-t-elle, elle prend la main d'Andrew dans la sienne. Il se penche pour écouter Il faudra que je te parle, mon petit. Viens me voir quand tu le pourras. Il lui serre la main, lui embrasse la tempe, tendrement. Il perçoit combien elle est émue. Je viendrai très vite.

Lucile Lenbow s'est acquittée de la demande de son hôtesse sans rien perdre d'elle-même. Elle est encore empreinte de la gravité et de la douceur de la musique quand elle remercie avec grâce, d'un mouvement de tête, les applaudissements des invités. Puis elle va directement rejoindre les deux près de la fenêtre. Ruth lui caresse la joue. Très légèrement. Un geste que personne ne lui a vu faire à quelqu'un qui n'est pas de ses intimes. Lucile accueille la caresse avec simplicité, comme elle a été donnée.

Me montrerez-vous vos portraits, Andrew, un jour ? sa voix est timide mais elle le regarde droit dans les yeux.

Andrew lui rend ce regard. C'est une vraie demande que celle de Lucile. Pour le moment il les a partagés avec Ruth. Il a renoncé depuis longtemps à les montrer à sa mère, qui ne se gêne pas de toute façon pour mener ses incursions dans ses affaires. Quant à son père, il n'a jamais montré de curiosité pour la passion de son fils. Andrew repense à Matthew, un camarade d'université. Un jour, il lui avait demandé aussi de lui montrer ses photographies. Il repense au regard de Matthew. Ce jour-là, il avait su qu'il avait un ami. Un vrai. C'est le seul, avec Ruth, qui l'ait encouragé. Mais Matthew est parti, il a suivi ses parents en Californie et Andrew ne se lie pas facilement. Il aimerait que son ami soit là, près de lui. Il se rend compte qu'il lui manque. Ce soir, il aimerait lui écrire, partager avec lui cette journée extraordinaire.

Au visage interrogateur de Lucile levé vers lui, il répond Pourquoi pas ?

Très bien. Je me contenterai du Pourquoi pas ? elle a répété les deux mots avec exactement la même intonation que lui, se moquant gentiment.

Il sent bien qu'il la déçoit un peu mais il a besoin d'y voir plus clair en lui avant de livrer son travail à un regard étranger. Sa journée à Ellis Island a été si pleine de découvertes et d'émotions qu'il sent soudain la fatigue et le besoin d'être seul le submerger. Il sait que sa mère ne va pas le laisser monter tranquillement à sa chambre ce soir. Il a osé la défier en plein dîner. Elle va vouloir des explications et il risque de lui en donner qui ne lui plairont pas. Il n'est pas décidé à faire de concessions, pas décidé non plus à la ménager et il craint sa propre colère face à sa suffisance d'Américaine bien installée dans ses droits et privilèges.

Il a du mal à se laisser aller maintenant à la conversation que voudrait Lucile Lenbow. Le sent-elle ? Il ne voudrait pas qu'elle interprète mal son silence. Il ressent une véritable sympathie pour elle. Mais déjà Elizabeth est venue chercher la jeune fille et l'entraîne vers les invités qui veulent la féliciter.

Ruth regarde la main délicate qui leur fait un petit signe puis elle regarde longuement son Andrew Elle est bien cette enfant, dit-elle et Andrew répond en soupirant Je sais.

Pendant que Lucile jouait, le rythme frénétique du violon là-bas lui était revenu et la chevelure qu'Emilia libérait, épingle par épingle. C'est cette image qui reste de cette journée. La chevelure déployée de la jeune Italienne. Il voudrait chasser le violon de cette vision pour ne garder qu'elle mais c'est impossible. La musique et la chevelure sont liées et il sent monter une sourde colère de ne pas réussir à jouir de l'image sans que la musique de ce diable de violon ne s'y joigne.

Décidément la colère lui a agrippé le mollet, ce soir. Elle ne le lâche pas.

Ruth sent bien que son petit-fils a atteint aujourd'hui une zone vibrante sur cette île. Celle de leur histoire ? Celle que personne ne lui a apprise.

Elle regarde Elizabeth et voit son désarroi. Elle voudrait pouvoir lui dire les choses simples qui l'habitent mais les paroles restent au secret de sa bouche. Elle pense en silence les mots.

J'ai fait partie de tous ceux qui ont essayé de venir chercher un peu de l'Amérique, ma petite Elizabeth. Ceux à qui tu veux donner ta compassion mais pas un regard. Pas un regard. Et c'est de cela pourtant que nous avons tant besoin quand nous arrivons sur cette petite île. Moi je suis arrivée à Castle Garden au sud de Manhattan avec mes trois fils. À l'époque on n'avait pas encore ouvert Ellis Island, si près de ce New York où on donnerait plus tard le droit d'aborder ou pas. Oui, moi, Ruth Jónsson, ta belle-mère, je n'ai jamais oublié que je faisais partie de tous ceux-là. Et ton fils a bien raison d'y aller et faire ce qu'il peut, avec son regard à lui. Ses photographies, dont tu détournes les yeux, sont à la mesure de son cœur et de son esprit. Elles montrent le cœur et l'esprit des autres.

Toi aussi tu as du cœur, je le sais, et cela te sauve. Mais ton esprit a été capté par le goût pour les privilèges. Tu as voulu te mettre à l'abri, plus haut sur les barreaux de l'échelle. Au-dessus, toujours au-dessus. Il y a des gens qui ne trouvent la paix que comme ça. Dommage.

Sur le bateau qui nous emmenait il y avait aussi des gens qui se promenaient au-dessus, ceux qui pouvaient payer pour les ponts supérieurs. Nous, nous ne pouvions pas.

Et ça m'allait, moi, de rester en dessous. Je n'avais plus envie de voir le ciel. J'étais avec ma petite, enfouie là-bas, dans le sol qui gèlerait à nouveau l'hiver. Bientôt il y aurait une épaisse couche de blanc qui recouvrirait tout. Si dure la neige. Et ma petite aux joues si tendres, au sourire espiègle. De la savoir toute seule là-bas, sans mes mains pour caresser la terre au printemps et faire pousser quelques fleurs pour elle, je ne m'en remettais pas et je ne m'en suis jamais remise. Alors je lui parle parfois, dans notre langue, parce que la langue est une terre aussi. Je ne lui raconte rien de la vie d'ici parce que ça ne l'intéresse pas. Je lui dis le nom de chaque fleur. Dans notre langue. Pour qu'elle en fasse un bouquet là où elle est. Et je lui chante une berceuse qu'elle aimait. J'ai enterré auprès d'elle son seul jouet, une petite poupée faite de chiffons. Elle l'a touchée, l'a tenue dans son lit contre elle. Lépita était devenue mon bien le plus précieux. Je la lui ai laissée parce que je l'avais tant embrassée moi aussi que cela lui ferait de la douceur quand je ne viendrais plus. Je n'ai emporté que sa mèche de cheveux. Plus précieuse que tout l'or de la terre. Je l'ai montrée à Andrew car lui, il a gardé quelque chose de nous. Ce nous dont tu ne veux pas faire partie. Tu as beau en faire un bel Américain, lui il sait qu'il fait partie de ce nous. Quelque chose au fond de lui l'appelle et son cœur a grandi avec ça. Tu n'y peux rien, Elizabeth. Tu as endormi l'appel dans le cœur de Sigmundur mais les rivières peuvent entrer sous terre, elles réapparaissent aussi, plus loin. Le cœur d'Andrew a été bouleversé aujourd'hui et nous, nous le savons. Prends garde Elizabeth. Notre cœur est puissant.

C'est ce même cœur, celui de tous les émigrants, qui bat sur l'île dans la même nuit.

Dans le dortoir des hommes, il y a la voix de cet homme, debout, continuant à lire.

Et nous l'écoutons. De toutes nos âmes défaites. Une voix est une voix, oui. Nous qui sommes allongés, les uns à côté des autres, dans nos lits de fer, si près et si loin les uns des autres, chacun de nous tentant de revenir comme il peut dans le pays qu'il a quitté. Son pays. Au moins la nuit. Nous qui espérons de toute notre âme que notre pays ne s'effacera pas sous la plante de nos pieds.

La voix de l'homme veille pour nous. C'est ce que nous disent les mots qu'il lit et que pourtant nous ne comprenons pas. Sa langue n'est pas la nôtre mais il y a des mots qui veillent dans les livres. Ils attendent patiemment qu'une voix les prenne délicatement et leur fasse faire le grand voyage du souffle. Jusqu'aux oreilles de ceux qui écoutent. Alors les hommes se relient entre eux et leur cœur peut battre dans le même univers. C'est la paix. Le grand Italien fait la paix. Ici. Dans nos cœurs. Et nos âmes défaites doucement se blottissent dans les silences que les mots laissent entre eux. Alors nous pouvons habiter. Un peu. Même une langue qui n'est pas la nôtre. Il suffit pour cela d'une voix et du souffle qui vient jusqu'à nous.

Le jeune Gabor, lui, emporte dans le silence de son violon tout ce que nos âmes défaites ne savent plus chanter. Dans le silence de son violon qu'il tient serré contre sa poitrine il y a nos larmes et nos chants de mariage et de mort, il y a les danses retenues dans nos jambes et nos amours échappées de nos bras aimants. Il y a nos vies douces ou amères mais nos vies. Ici nous sommes suspendus et nos vies flottent juste à quelques pas de nos corps. Nous ne savons plus habiter nos vies.

Le jeune homme et son violon savent, eux. Le violon est un bon maître. Nous avons écouté sa musique quand il jouait et que la fille a dénoué ses cheveux tout à l'heure. Nous avons entendu dans sa musique le peuple des vivants et le peuple des morts. Nous savons qu'il entend tout. Maintenant nous écoutons, nous attendons.

Le livre du grand Italien nous garde des rêves qui nous dispersent à nouveau sur les routes et nous séparent.

Gabor, lui, avance à pas comptés. Sans le savoir, il fait le même geste qu'Emilia : écarter de son corps le bras qui ne tient pas le violon et laisser le bout de ses doigts effleurer le mur.

Cette nuit, il ne la passera pas enfermé avec d'autres. Il n'a jamais dormi dans un bâtiment. Les sommeils allongés les uns à côté des autres, les murs autour, il ne peut pas. Même avec la voix du grand Italien qui lit son livre, là-bas, debout, sous la veilleuse, il ne peut pas.

Pourtant cette voix a failli le retenir parce qu'il a compris et qu'il aime ce que fait cet homme. Il lit pour la nuit. Pour le rêve qui tente sa chance dans le sommeil des dormeurs. Pour les pierres qui tiennent cette bâtisse et pour l'air que chacun respire. Pour ceux qui sont ici, présents, et aussi pour tous ceux qui y sont passés. Pour leur espérance et leur détresse mêlées. Oui Gabor a compris ce que le grand Italien tente cette nuit et il lui en est reconnaissant mais ce n'est pas pour lui.

Gabor ne sait pas ce qu'il cherche mais il doit marcher, à l'aveugle, dans ce grand édifice qui est le premier bâtiment de cette Amérique qu'il lui est donné d'explorer.

Lui, c'est un homme de l'air et des routes. Comme ses camarades.

Il a choisi de rester ici. Seul.

Cette nuit, il faut qu'il sache le secret des pierres qui tiennent les maisons. Parce que la fille qui a dénoué ses cheveux est une fille des maisons et qu'il la veut.

Il a peur. Mais une maison aussi vaste que celle-ci fait moins peur que les maisons qui abritent seulement une famille, porte fermée et volets clos.

Ici ils viennent tous de pays lointains. Mais on voit à leur façon de tenir leurs ballots, de ramasser leur propre corps dans le plus petit espace possible qu'ils n'ont pas l'habitude d'être ailleurs. Lui et les siens, ils savent la légèreté des choses et des corps. D'ordinaire ce sont eux et eux seuls qui portent l'ailleurs dans leur regard et sous leur peau. Mais ici, ils sont tous ensemble, avec ceux des maisons quittées et des pays qu'il ne connaît pas. Il a moins peur car les langues sont mêlées et les fraternités aussi.

Certains d'entre nous auraient aimé te suivre, jeune homme au pied silencieux. Mais nous n'avons pas osé.

Tu marches pour nous dans la nuit et chacun de tes pas résonne au fond de nos cœurs. Là où tu poses le pied, tant d'autres l'ont fait.

Tu ne sais pas dans les pas de qui tu marches.

Ce sont des choses qu'on ne sait jamais.

Nous voudrions sentir la clameur de leurs os au fond de nos os et prendre force.

Pourras-tu la faire entrer dans ta musique ?

Quand tu sortiras ton violon à nouveau et que tu joueras, seront-ils là ?

Nous saurons les reconnaître au creux de nos vertèbres et nous aurons l'audace nous aussi de tenir notre dos droit à nouveau pour aborder la nouvelle terre.

Nous attendons.

Dans la grande ville de l'autre côté, la nuit se défait peu à peu aussi des bruissements du jour. Dans les rues des gens se hâtent, d'autres prennent leur temps et se mêlent à la vie grouillante des quartiers où la pauvreté des logis fait l'animation dehors que ce soit le jour ou la nuit.

Dans le quartier de la grande maison des Jónsson, le calme règne. Les arbres et les buissons des jardins montent une garde discrète. Toute ombre se signale. Mais les ombres qui hantent les cœurs des habitants sont invisibles. La nuit pourtant elles vont leur route aussi loin qu'elles le veulent.

Tous les invités sont partis.

Une fois de plus, Ruth a décliné l'offre que lui fait sa belle-fille de rester dormir dans leur pavillon d'amis. C'est un rituel de bonne entente entre les deux femmes auquel Sigmundur ne se mêle pas. Elizabeth propose et c'est bien. Il sait que sa vieille mère refusera et que c'est bien ainsi. Elle préfère se réveiller chez elle, au milieu de ses souvenirs et retrouver ses voisins familiers avec qui elle boira peut-être le premier café du matin. Il la connaît bien, il aime sa force et sa bonté. Quand il l'embrasse, il la serre dans ses bras puissants et il lui murmure la bonne nuit dans leur langue. Elle lui répond dans leur langue aussi et lui caresse la nuque. C'est ainsi qu'ils se font savoir que la terre d'Islande est toujours là, dans leur cœur.

Maintenant qu'ils ont une automobile, Andrew décide de raccompagner sa grand-mère lui-même. Pas de chauffeur cette nuit. C'est lui qui conduira. Il aime ça et il espère ainsi échapper à l'inévitable dispute stérile qui s'annonce avec sa mère. Ruth a compris. Elle prend son bras et ne le lâche pas.

Andrew lui ouvre la portière et elle monte dans cette belle invention. Dès qu'ils ont fait quelques mètres, Andrew lui jette un coup d'œil et le rire de Ruth fuse dans l'air de la nuit. Ce soir, elle s'est bien amusée et maintenant elle se laisse aller à une joie de petite fille en sentant l'air vif sur son visage. Une bouffée d'allégresse monte au cœur d'Andrew. Oui, cette soirée a été belle. Parce qu'il a commencé à oser. Parce que cette petite demoiselle Lenbow est un sacré phénomène et qu'il vient de découvrir une alliée car, il n'en doute pas, elle est de leur côté. Et s'il a accepté, au fond de lui déjà, de lui montrer dans un avenir proche ses photographies c'est bien qu'il sent qu'elle pourrait être son alliée là aussi. Elle lui a fait un petit signe charmant en partant et il ne s'est pas forcé à lui sourire.

Sa mère s'est contenue parce qu'elle se méprend sur ces signes de connivence toute neuve. Tant mieux. Il ne la détrompera pas. Il a besoin de toute sa force pour la suite.

Cette nuit, il décide d'aller au bout de ce qu'il pense et d'agir en conséquence.

Alors ce père et sa fille sur Ellis Island, Andrew ?

La voix de sa grand-mère le fait sourire. Elle a toujours deviné plus ou moins où il en était. Quand il était enfant il pensait qu'elle était magicienne. Maintenant il sait que c'est juste une femme si attentive et humaine qu'elle perçoit les mouvements invisibles qui habitent ceux qui l'entourent.

Oui, Nanny, je veux faire quelque chose pour eux mais pas seulement pour eux. Tu sais, je pense souvent à tous ceux qui ont mis le pied sur cette île. Je pense à Esther, la femme dont je t'ai parlé. Je pense à notre famille, Nanny. Je pense à nous.

Sa grand-mère lui pose une main très douce sur la nuque. Il a dit "nous". Alors elle se met à lui parler en islandais. C'est quelque chose qu'elle fait parfois, depuis qu'il est tout petit. Elle a toujours pensé que c'était la seule vraie façon d'apprendre une langue. Il se laisse porter, ne comprend pas tout mais cela n'a pas d'importance. Il entend.

Ce qu'elle dit dans cette nuit, dans la voiture qui roule dans New York, ce sont des paroles pour la mémoire qui habite les corps et coule dans les veines. Cette mémoire qui est là, archaïque et vive, dans le corps de son petit-fils. Elle l'a su dès qu'elle l'a tenu dans ses bras. Il venait de naître. La tête de l'enfant au creux de son bras, elle a senti ce qu'elle n'avait plus ressenti depuis la mort de sa petite Rósalind, le sentiment si apaisant de la vie qui continue, fluide, et qui va sa route d'un corps à un autre corps, que rien ne se perd en chemin parce que tout s'invente et continuera à s'inventer avec des forces nouvelles, singulières. Celles qui animaient l'existence toute neuve de ce petit être qui fixait son regard sur elle. Celles qui avaient animé l'existence de sa petite, si joyeusement, si brièvement. Ce jour-là, le jour de la naissance d'Andrew, elle avait fait la paix avec la mort de sa petite. La mort de Rósalind n'était plus un événement inacceptable. Elle était entrée dans le temps plus vaste des vies, elle avait pris sa place. Ruth alors en avait rendu grâce, elle ne voulait plus honorer religieusement aucun dieu, mais elle sentait à nouveau qu'elle faisait elle aussi partie de quelque chose de plus vaste. Elle avait chanté pour Andrew la berceuse qu'elle n'avait plus chantée depuis si longtemps. Et c'est elle-même qu'elle avait bercée.

Andrew et elle sont liés par tout cela qui est indicible. Et ce lien-là est d'une force peu commune.

Dans cette nuit où ils roulent vers la petite maison de Ruth, ils traversent des quartiers différents et elle continue à parler à Andrew dans la langue d'avant. Il écoute.

Les mots de Ruth s'égrènent dans la nuit. Ils disent l'appartenance sans limite à la vie. Et peu importe qu'il n'y ait plus aucun territoire sacré, que les os de nos ancêtres ne soient plus enterrés sous nos pieds, les mots disent que nous avons notre langue. C'est notre souffle et cela ne connaît aucune frontière. La langue des ancêtres, ses modulations, son rythme, nous habitent encore. Une langue est plus sûre qu'une maison. Rien ne peut la détruire tant qu'un être la parle. Nous le savons, nous qui ne possédons plus rien, ou si peu de chose. Tant que nous parlons notre langue, notre pays, même loin, même dévasté, est habité.

Comme à chaque fois qu'elle lui parle ainsi, Ruth termine par la berceuse et Andrew connaît à nouveau l'enchantement.

Où allons-nous ainsi dans la nuit, nous qui marchons dans nos rêves sans bruit ?

C'est notre ignorance qui nous guide. Dans nos rêves sans bruit nous acceptons comme une évidence d'être ignorants de nous-mêmes et nous allons, légers et sans pensée. Jusqu'où.

Esther marche en rêve derrière l'homme qu'elle a toujours aimé. Elle voit son dos et le rêve ne lui dit rien de son visage. Elle ne s'en émeut pas. Le dos de cet homme est le seul endroit du monde où arrimer son regard. Cette nuque, ces épaules qui semblent n'avoir jamais rien porté des souffrances de la vie la guident. Elle avance. C'est comme si l'homme la savait là, juste derrière lui, à quelques pas. Il fredonne à voix basse. Il est de dos et pourtant elle reçoit son souffle, face à face. Mais elle sait que ses pieds sont tournés vers l'ailleurs.

Alors elle sait, aussi sûrement que si quelqu'un lui en faisait l'annonce, que l'homme de son amour a quitté le souffle des vivants. Dans son rêve sans bruit, le silence des pas de l'homme l'entraîne.

Orphée et Eurydice ont marché ainsi, l'une arrimée au dos de l'autre. Mais alors Orphée allait vers la lumière de la vie.

Dans le rêve sans bruit d'Esther, l'homme l'entraîne avec lui vers le monde où la lumière disparaît. C'est un rêve périlleux.

Oh comme ce serait doux s'il se retournait, la prenait dans ses bras, s'il lui donnait enfin ce baiser qu'elle a attendu si longtemps. Si longtemps qu'elle en avait oublié qu'elle l'attendait.

Le rêve périlleux lui dit que maintenant il faut choisir et elle, comme une toute petite fille, ne sait pas.

Dans l'alignement des lits où les dormeuses d'Ellis Island tentent le repos, un frémissement.

Qui passe ?

Esther vient d'ouvrir les yeux.

Il y a l'amour. Il y a la chair.

La chair l'a rappelée ici, avec les vivants, dans ce dortoir, elle ne sait pas comment.

Son regard va au lit près d'elle. Emilia est-elle de retour ? Est-ce elle qui est passée, dont elle a senti le souffle ? Mais non, le lit d'Emilia est toujours vide. Pourtant.

Nous aussi nous avons senti le furtif passage. Certaines d'entre nous pensent même qu'elles ont vu. Mais quoi ? Que peut-on voir dans cette nuit qui ne soit pas chimère ? Un homme ? Une femme ? Elles pensent "une ombre". Elles pensent "une ombre une douceur" et dans leurs rêves elles sourient.

Esther est complètement éveillée maintenant. Elle se rappelle tous les détails du rêve sans bruit. Le rêve périlleux dont elle est sortie. Alors elle cherche la petite poche de tissu rouge cousue à l'intérieur de sa blouse, portée contre sa poitrine. Elle contient une chaîne avec un pendentif de grenat très ancien. Son amour lui avait fait ce cadeau. Elle ne l'a jamais porté quand elle a compris que c'était un cadeau d'adieu. Qu'importe si elle pleure en même temps que ses doigts caressent le grenat, elle souhaite de toute son âme à son bien-aimé le voyage clair.

Quelqu'un d'autre a perçu aussi "l'ombre la douceur" qui passe. Gabor ne bouge plus. Depuis l'enfance il sait que parfois il faut savoir se fondre avec ce que personne ne voit. Suspendu. Entre terre et air. Silencieux. Souffle à peine passant du corps à l'air alentour. Alors les cœurs des vivants et des morts se rejoignent. Juste un instant. Car la chair des vivants doit rester vive.

Gabor, lui, à la douceur, se dit que c'est l'ombre d'une femme. Mais ce n'est pas sa mère. Sa mère à lui est encore vivante, quelque part, dans une maison, dans un village, il le sait. Peut-être même a-t-elle fait d'autres enfants, il ignore où. Si elle était partie du côté de ceux qui ont quitté la lumière des vivants, il l'aurait senti. Parce que son sang coule dans ses veines, parce qu'elle lui a donné son souffle sur la terre. Elle ne le visite jamais, même dans ses rêves.

Alors qui ?

Comment savoir quand on marche là où tant d'autres ont marché ? Il reprend sa lente avancée mais il sent que "l'ombre la douceur" marche avec lui. Et se sentir accompagné, c'est un étrange sentiment. Lui, il n'a jamais eu que la musique de son violon pour l'accompagner quand il joue et quand il ne joue pas, il vit avec toutes les musiques qui se forment silencieusement dans sa tête, venues de sons qu'il entend autour de lui ou de sons plus anciens entendus parfois il y a très longtemps, qui attendaient dans la mémoire.

Mais la compagnie qu'il perçoit maintenant, c'est autre chose.

Quelque chose de nouveau. Comme les bêtes des forêts dont il s'est toujours senti proche, il perçoit que quelque chose est en train de lui arriver mais il ne s'enfuit pas.

Alors, avec une précision extrême, il entend la berceuse de la fille aux cheveux dénoués. Il l'entend comme si elle était là, juste auprès de lui. Mais c'est une autre voix et c'est sous sa peau que le son fait son chemin.

De l'entendre résonner en lui, en ce moment de marche incertaine, il est ému comme il ne l'a jamais été. Comme si son cœur soudain s'élargissait. Quelque chose palpite.

Il avance dans les couloirs du bâtiment endormi d'Ellis Island comme avance, à l'aveugle, dans sa propre mémoire, une sensation lointaine. Rien de nommable mais d'une telle douceur qu'il en est bouleversé. La douceur immense envahit sa poitrine, et peu à peu pénètre un territoire perdu à l'intérieur de lui. Enfoui sous les ronces de tant de jours de tant de nuits. Une grotte bienheureuse.

Il y a en chacun de nous la mémoire du lent bercement d'un autre cœur, juste là, contre le nôtre.

Nous ne savons pas ces choses-là mais elles nous arrivent. Nous n'y avions jamais ainsi songé. Gabor, même dans les bras de Marucca, n'a jamais senti une telle douceur. Non, c'est bien autre chose.

Il se laisse porter.

Il est un enfant qui vient de naître, comme chacun de ceux qui quittent tout ce qui faisait leurs vies. La berceuse l'a ramené là, dans l'instant du premier souffle.

Il marche et c'est maintenant comme s'il était tenu contre un autre corps vivant. Un corps qui à lui seul serait le monde entier, accueillant. Et lui, porté.

Il a connu cela, un jour. Et quand bien même disparaissent les bras qui faisaient monde autour de nous, la mémoire œuvre. Il suffit d'une ombre, de sa douceur.

Gabor avance dans la nuit avec la berceuse au fond de lui, puissante.

Maintenant il la fredonne très bas.

Il voudrait retrouver exactement la façon dont la jeune fille la chantait. Il voudrait savoir comment l'air entre et sort de la poitrine de cette jeune fille. Faudrait-il aspirer son souffle pour la connaître ? C'est la première fois qu'il a le désir impérieux et terriblement doux de connaître un être tout entier. D'elle, il le sent, il ne pourra jamais se contenter de fragments. Il la lui faudra toute, c'est tout son corps qui le lui dit. Elle est un monde à elle seule. Et il veut ce monde.

La douceur retrouvée en lui dit que c'est possible.

Donato a refermé son livre. Il reste debout. Les mots l'habitent encore. Quelqu'un lui demande dans un souffle de continuer. C'est la voix d'un homme âgé. Venue d'où ? dans l'obscurité on ne saurait dire.

Et qu'importe.

Ce sont toutes nos voix dans la gorge de l'homme qui demandent la suite. Nous tous qui ne faisons qu'habiter le passage, nous avons besoin de mots. Le grand Italien l'a compris, lui qui nous a ouvert son livre. Mais que pouvons-nous comprendre de l'histoire de cet Énée qui emporta avec lui son père et son fils, cet Énée qui oublia de tenir la main de sa femme et elle, où désormais ? C'est le sort de cette femme à l'étrange prénom, Creuse, qui nous tourmente. Elle nous rappelle trop nos femmes abandonnées sur les routes ou dans les pierres noircies des maisons calcinées. Nos femmes de ruine. Car nous avons beau avoir tenu ferme la main de la nôtre, nous avons vu, de nos yeux vu, oui, toutes ces femmes assises sur un muret bancal, là où avant il y avait eu une maison, leur maison, et ce qu'on nomme un foyer. Et nous sommes passés devant elles nous qui avons choisi de partir. Nous sommes passés sans rien leur offrir que notre tête basse et notre impuissance. Quel regret lancinant nous habite. Dans nos cœurs blessés, elles sont toujours là, assises, à attendre. Et nous avons honte de leur ombre. Nous, nous sommes partis avec nos femmes et nos enfants tant que nous avions la chance de tous tenir encore dans le même nom.

Il faut qu'il lise encore, le grand Italien. Qu'il nous rassure sur la destinée de ceux qui n'ont plus de maison et de celles qui demeurent, esseulées. Que son texte arrache de notre cœur la honte. Nous avons tant besoin que la place soit faite pour l'espoir.

C'est pour nous tous qu'il doit lire la suite.

Mais Donato reste muet. Il sent brusquement une alarme. Comme une main qui lui serrerait la gorge. Où est sa fille ? Pourquoi faut-il qu'elle passe cette première nuit de l'Amérique, toute seule. Il a beau savoir qu'elle est avec les autres femmes dans un dortoir semblable à celui-ci, seule, c'est loin de lui. Sans sa protection. Les pères ne devraient jamais laisser leur fille loin de leurs yeux, de leurs bras passés autour de leurs épaules de jeune fille. Non, ce n'était pas comme ça qu'il avait rêvé leur première nuit en Amérique.

Il tente de se rassurer à la pensée d'Esther. Même si cette femme a été mise à mal par l'attente inhumaine, elle est là et elle est forte. Elle a traversé la mer et sa mémoire pour aller de l'avant. Jusqu'ici où personne ne l'attend. Elle a eu le courage de venir seule. Elle porte tous les siens dans les plis de sa jupe et sur son front. Et même si elle a défailli de fatigue, elle est auprès de sa fille.

Qui protège qui dans cette nuit ?

C'est Esther qui le ramène à l'Énéide. Qui serait-elle dans le grand récit ? Quelle place lui aurait faite le grand Virgile ? Peut-être la mère d'Énée, la déesse qui aime tant jouer de ses déguisements. Énée qui chercha toujours la main de cette mère et qui ne sut pas garder celle de sa femme dans la sienne. L'alarme est toujours là dans le cœur de Donato. Elle se fond maintenant dans la grande, l'infinie alarme de cette nuit sur l'île.

Il aurait besoin de lire un passage rassurant. Pour rasséréner son propre cœur. Pour accompagner, sous leurs paupières, les yeux inquiets de ses compagnons. Il feuillette le livre tant lu. Il cherche mais pour la première fois, il ne trouve pas. Le livre se refuse. Alors cette fois il est seul lui aussi. Vraiment seul.

Comment est-ce venu ? Il aurait pu sombrer dans le doute qu'aucun mot ne borde plus mais non. Voilà des paroles qui montent de sa poitrine. Sans qu'il les cherche. *Da sola.*

Sa voix s'emplit de paroles neuves, elle les porte.

Donato Scarpa improvise. Ça, il ne l'a jamais fait. C'est un homme du texte, pas de l'improvisation.

Il ne sait pas que ceux qui l'écoutent pensent qu'il lit toujours. Il a gardé le livre ouvert mais ses yeux ne suivent plus aucune ligne. Il n'a plus besoin des mots écrits. Il raconte.

Il raconte le départ.

Dans sa voix ce sont tous les départs qui se fraient une route et qu'importent les larmes qui pourraient couler sur son visage maintenant, sa voix continue fermement. Sa voix, c'est son fief, sa hardiesse, sa force.

Il raconte et tous peu à peu entrent dans son récit. Dans la brume du sommeil qui s'approche, ils cherchent leur place entre les mots. Leur mémoire se tourne et se retourne comme les dormeurs qui cherchent sans s'éveiller la bonne position au creux des lits. Les images qui les hantent se posent au gré du rythme et du phrasé de Donato. Ils trouvent enfin place, miraculeusement, d'où qu'ils viennent et quelle que soit leur histoire. Ils trouvent dans le récit improvisé pour eux tous de Donato Scarpa de quoi apaiser la grande détresse de la première nuit ici, sur la petite île d'Ellis Island. À chacun est redonné de vivre à sa façon le terrible frisson du bateau qui s'éloigne du port. La joie timide et pourtant farouche qui heurte la peine quand il faut tout laisser derrière soi.

Donato cette nuit leur redonne le grand émoi de ceux qui partent.

Et parce que cela passe par sa voix, parce qu'ils sont ensemble et qu'ils partagent ce récit, parce que c'est à la fois leur histoire et toutes les histoires, alors ils peuvent laisser le grand émoi prendre place dans leur poitrine et leur vie redevenir vivable.

Le temps parfois rassemble dans le même sablier tant de choses éparses. On pourrait fermer le poing pour retenir les grains de sable mais on sait bien que rien ne se retient entre nos doigts. Dans cette nuit propice aux songes chacun blanchit les draps qui accueilleront les nuits nouvelles des vies nouvelles.

C'est la nuit du grand lavoir.

Nos cœurs meurtris peuvent envelopper de paroles justes ce qui nous est arrivé. Nous comprenons que nous faisons partie de la grande humanité qui se déploie dans le monde et cherche sa vie. Nous, avec chacun notre histoire singulière, nous pouvons nous inscrire dans quelque chose de plus vaste. Et nous sentons obscurément que c'est une liberté nouvelle qui nous vient. Celle de pouvoir porter notre peine comme on porte un enfant trop fatigué pour marcher. Un jour nous la regarderons partir loin de nous. Notre peine rejoindra toutes les peines du monde et nous la perdrons de vue.

Si Emilia se levait et poursuivait son exploration du bâtiment, si elle remontait les marches, peut-être arriverait-elle jusqu'à la voix de son père. Mais elle est toujours assise par terre. Elle garde les yeux clos. Devant la porte où sont enfermés tous les bagages, elle ne bouge pas. Elle attend.

Elle est remontée loin aux nuits de l'enfance où sa mère lui manquait. Puis elle a retrouvé la main de son père qui guidait sa lecture débutante, sa voix au-dessus de son épaule. Elle s'est replongée en pensée dans la joie pure de son travail devant les couleurs. Elle a retrempé son cœur dans sa vie et le rêve de la vie qu'elle désire. Elle a refait à l'intérieur d'elle le voyage jusqu'ici. Et maintenant.

Plus elle attend, moins elle a peur. C'est étrange comme peu à peu elle sent la fermeté lui venir. Elle ne s'inquiète même plus qu'un garde vienne la surprendre. De toute façon que peuvent-ils lui faire ? Ils ne vont pas la renvoyer en Italie juste parce qu'elle a déambulé dans un bâtiment. Elle n'est pas prisonnière ici quand même. Et son père a bien raison de maintenir haut la barre de la dignité. Ils doivent rester libres. Quoi qu'il arrive.

Cette nuit, il lui faut trouver une vérité plus forte que tout ce qui fait courber l'échine, sinon c'est toute sa vie qu'elle baissera la tête et ce sera pire que d'être restée dans l'Italie où les femmes n'ont qu'à se soumettre aux hommes. Il la lui faut, cette nuit, la force à laquelle elle s'accrochera coûte que coûte pour ne rien céder.

Le sommeil l'encercle mais elle lutte. Les yeux clos, elle ne dort pas.

Derrière la porte, il y a les costumes de scène de son père. Derrière la porte, il y a ses toiles et ça, c'est leur monde. Elle restera là jusqu'au matin.

Elle veille sur la force de sa vie passée.

Elle veille sur ce qui donnera du prix à la vie à venir. Elle restera là jusqu'à ce qu'on lui ouvre la porte, qu'elle puisse prendre son bagage et descendre la tête haute avec son père. Et Esther. Parce que maintenant ils sont trois. À trois, on est plus forts. Elle se répète C'est bien trois, c'est bien.

Du temps passe. S'est-elle endormie ?

Quelque chose l'alerte.

Elle sent une approche.

Elle n'ouvre pas les yeux.

Il ne faut pas chercher à voir. Il faut rassembler tout son courage et attendre.

Aux aguets, elle retient son souffle.

Un garde ferait plus de bruit. Ce qui s'avance vers elle est furtif. Elle ne bouge pas. Si elle reste parfaitement immobile, si elle ne respire même plus, elle se confondra avec la pierre et elle sera sauvée. Il faut s'enfouir, vite, dans un lieu à l'intérieur d'elle où personne ne peut la débusquer. C'est le doux visage de Grazia qui s'offre derrière ses paupières. Son refuge. Le regard tendre de sa mère sur elle. Protégée.

Elle entend la berceuse fredonnée doucement. Elle cherche à replonger dans la voix lointaine. Elle ne veut pas savoir ce qui s'approche. Dans les contes de sa mère, les princesses avaient aussi les yeux clos et quelqu'un se penchait et déposait un baiser sur leurs lèvres. Sa mère prononçait alors le mot "amour", ses lèvres s'arrondissaient en un soupir et ses yeux sur elle étaient encore plus tendres.

Emilia sent les battements de son cœur, trop forts. Il faudrait calmer le sang. Enfant, elle assistait, émerveillée, au doux embarquement de sa mère sur le navire du mot "amour". Elle gardait les yeux clos pour que sa mère puisse rêver plus loin. Elle aimait vivre l'enchantement de Grazia.

Mais là, c'est son corps à elle qui frémit à l'approche. De tout son être, elle attend.

Un souffle maintenant est sur ses bras sur ses épaules. Son cou se tend. Le souffle est sur sa nuque, la berceuse tout près de son oreille. Mais c'est une autre voix et c'est une autre langue. La musique pourtant est exactement la même. Une main a soulevé ses cheveux. Une bouche effleure sa tempe puis son front. Le souffle est sur ses paupières. La voix dit des mots sur l'air de la berceuse. Des mots dans une langue qu'elle ne connaît pas. Les sons lui parviennent par la peau. Elle les laisse pénétrer à l'intérieur d'elle. La langue inconnue fraie son chemin.

La voix parcourt son corps entier, descend le long de ses cuisses, jusqu'aux chevilles, remonte le long de ses bras, caresse ses épaules, l'enveloppe d'une douceur immense. Rien en elle ne résiste.

Maintenant il ne chante plus, il parle. Elle écoute le rythme de cette voix, là, si proche, n'essaie pas de comprendre. Qu'importe la façon dont on dit amour dans cette langue, c'est un mot qui lui est toujours resté étranger. Un mot parfait pour sa mère et l'enchantement des contes. Pas pour elle.
Il y a l'amour. Il y a la chair.
Mais c'est bien elle qui vit ce qui arrive, et elle ne rêve pas. Son corps ne rêve pas. C'est elle qui frémit. La berceuse ne l'endort pas, elle l'éveille au contraire. C'est la nuit du grand retournement. Tout en elle est vibrant.
Et si elle garde les yeux clos, c'est pour mieux le vivre.
Son corps est un guide sûr.
Lentement elle soulève sa main et la pose sur la poitrine du garçon. Elle sent son souffle sous ses doigts à travers le tissu fin de la chemise, il recommence à fredonner et elle pénètre maintenant la langue inconnue, par le bout de ses doigts, par la paume de sa main posée contre cette poitrine.

Rester derrière ses paupières.
Cette nuit, il faut apprendre.
Si elle ouvre les yeux, elle sera aveuglée.

La paume d'Emilia posée à plat sur sa poitrine, le jeune homme maintenant se tait. Il ne touche pas les doigts de la jeune fille. Il la contemple. Puis, lentement, sa main se met en quête. Il suit la courbe de sa taille, ses doigts caressent le creuset entre poitrine et hanche. Il avait deviné juste. Sous le vêtement c'est bien le corps qu'il avait imaginé, dense, vibrant. Un corps accordé à la chevelure déployée. Aussi sauvage, aussi somptueux. Maintenant elle n'a plus besoin de tissus élégants entre elle et le monde. Il commence à dégrafer le haut de sa robe mais elle ouvre brusquement les yeux, l'arrête d'une main ferme. Le visage de Gabor se durcit. Pourquoi ? Il ne comprend pas. Déjà elle est sur pied et montre la porte devant eux. Elle fait le geste de tourner une poignée, d'entrer. Il plante son regard dans celui de la fille. Mais que veut-elle ? Alors elle a ce geste inattendu de lui caresser la tête. Il recule comme un cheval effrayé. Mais elle refait le geste, aussitôt, sans le quitter des yeux. Cette fois il ne bronche pas.

Elle est tout près de lui, se met à chanter la berceuse à son tour, puis elle lui montre à nouveau la porte, refait le geste d'entrer. Le visage de Gabor s'adoucit, à nouveau il sent le souffle, libre, dans sa poitrine. Non, elle ne le repousse pas.

Il observe longuement la serrure, fouille ses poches, ne trouve pas. Alors ses yeux retournent vers la jeune fille. Il la prend par les épaules, parcourt du regard ses vêtements, ses doigts glissent rapidement sur la broche qui ferme son corsage puis se perdent dans ses cheveux, palpent les boucles épaisses. Avec un sourire, il retire une longue épingle et toute une masse de cheveux se défait. C'est le premier sourire qu'il lui adresse. Les serrures ne lui ont jamais résisté longtemps.

Elle regarde les doigts habiles s'activer silencieusement. Ces mêmes doigts qui caressaient sa peau il y a si peu de temps. Vite, que ses doigts poursuivent leur chemin sur elle, c'est cela qu'elle veut. C'est le feu qui a dévasté Didon qui l'a saisie. Elle sent la joie sauvage du corps sans frein. Elle se rappelle les mots du texte et comment déjà ils l'enflammaient quand elle les lisait, seule, dans sa chambre. Maintenant elle le vit. Cette puissance du corps qui dirige tout, ça, elle veut bien s'y soumettre. Et tant pis si ça mène à la folie, à la mort. Elle laisse l'amour aux contes. Elle, elle a besoin de cet élan farouche qui fait sauter toutes les barrières. Que rien ne la retienne.

Il y a l'amour. Il y a la chair.

Quand la porte s'ouvre, elle attrape la main du jeune homme et l'embrasse, vite. Gabor ramasse d'un geste rapide son violon. Ils entrent dans la grande pièce. Il referme silencieusement la porte derrière eux.

Quand Andrew a laissé Ruth dans sa maison, il était heureux mais sur la route, en rentrant, sans la présence si légère de la vieille dame et sa voix auprès de lui, l'enchantement a pris fin. Il ne peut empêcher les émotions de la journée de l'envahir à nouveau et il roule jusqu'à se retrouver en vue d'Ellis Island.

Longtemps, fumant une cigarette, assis sur le capot de la belle voiture, il reste là, ne pensant plus à rien. Entre lui et l'île il y a l'Hudson et ses flots agités par un vent qui se calme par moments puis reprend de plus belle.

Les images sont là, toutes les images que son œil a captées plus sûrement que l'appareil le plus perfectionné et qui ne deviendront jamais des photographies. Dans cette nuit elles font leur chemin et s'emparent de lui. On ne peut pas toujours choisir le bon angle, cadrer, ajuster, tenir compte de l'ombre et de la lumière. Il y a des images qui vous surprennent, entrent en vous et deviennent des visions qui ne vous quitteront plus. Il revoit deux enfants jouant comme s'ils étaient dans leur jardin avec cette confiance tranquille et insouciante au milieu de tous ceux qui attendent qu'on fixe leur sort. Il revoit tant de choses. Mais régnant sur tout le reste, il y a la chevelure d'Emilia et son geste magnifique pour la déployer. Il y a cette liberté, le regard d'Emilia et ce qu'il a perçu de son corps malgré les vêtements. Il y a quelque chose en elle qui le fait trembler. Il aurait fallu fixer quelque chose de l'île, maintenant, là, pour clore. Échapper à l'émotion trop forte. Retourner à ce qu'il sait faire. À sa vie. Mais voilà, sans son appareil, il est livré, vulnérable, à tout ce qui le bouleverse.

Il se promet qu'il reviendra la nuit suivante et qu'il le fera, ce cliché, un vrai défi avec la lumière de la lune naissante et l'obscurité grise de l'eau, la découpe plus sombre de l'île. C'est avec cette idée seulement qu'il parvient à s'arracher du lieu. Il est remonté dans la voiture.

Mais dans sa tête, les images continuent. Elles sont là, bien vivantes. La chevelure d'Emilia continue à se déployer dans la nuit de New York.

Il pense Eux et moi. Eux tous et moi. Et il se sent seul. C'est lui l'étranger.

Il a erré longtemps dans les rues de New York en se répétant Ma ville, remontant les avenues qu'il connaît par cœur, roulant lentement. Mais finalement il gare la trop belle voiture un peu à l'écart et marche jusqu'au quartier italien. Mulberry Street. Il y a fait des photographies de la procession de San Genaro à l'automne précédent. Ici les rues sont animées de jour comme de nuit. Comment imaginer Emilia et Donato dans ce quartier ? De raffinement ici, il n'y en a pas. Il y a la vie drue de ceux qui sont arrivés et font leur chemin. Des familles entières dans les immeubles de brique de cinq parfois six étages. Linge aux fenêtres et cris dans les rues, timbre haut des ménagères, jeux des enfants et commerces légaux ou non qui se font sur le pas des portes ou au fond des cafés. Ici ils seront perdus.

Il presse le pas, sans répondre aux femmes qui le hèlent, les cheveux et les chevilles offerts aux regards. Plus il marche plus il se dit qu'il faut absolument qu'il s'occupe de leur trouver un logement confortable. Donato lui a confié l'adresse qui leur a été retenue par ce Giovanni déjà sur les lieux. À l'en croire, un appartement cossu les attend, vaste et clair. Lui flaire l'arnaque habituelle tendue aux émigrants plus riches que les autres.

Il demande son chemin à un jeune homme qui lui indique d'un geste nonchalant la rue suivante, puis les doigts se perdent dans l'air… il demandera à nouveau. Il passe devant ce qui doit être une école. Est-ce là qu'Emilia compte enseigner ? Puis il redescend encore et finit par trouver l'immeuble au coin de Bayard et Elizabeth Street. En bien meilleur état qu'il ne le craignait. Une certaine recherche même dans les éléments d'architecture, chaque fenêtre traitée de façon différente, linteaux triangulaires ou arrondis, des diables sculptés au centre. Étrange. Ils auraient eu la chance qu'on ne leur mente pas ?

Il hésite à pousser la grande porte quand deux hommes surgis d'où ? lui demandent sans aménité ce qu'il vient chercher ici. Il dit J'ai des amis qui vont venir habiter ici et l'un d'eux rétorque aussitôt Reviens quand ils seront là alors, tes amis. Le ton n'admet pas de réplique. L'immeuble doit être un de ceux qu'une association d'Italiens surveille et protège. Ce n'est pas mieux pour Donato et Emilia. Ce genre d'association est aussi menaçante que protectrice. Ils ne le supporteront pas et toute cette misère qui sera là sur leur chemin, à deux rues…

Il est remonté dans la voiture. L'image d'Emilia ne le quitte pas. La liberté, chez elle, est à fleur de peau et son père aura beau continuer à veiller, à New York elle lui échappera. Elle a l'audace de ceux qui sont portés par leur passion.

Il voudrait être celui qui la protégera, discrètement, légèrement, celui qui lui fera découvrir les beautés de New York. Il se répète Ma ville. Mais c'est l'élégance de la grande cité qu'il veut lui montrer et sa modernité. Pas ces quartiers si tristes et sales. Il chasse l'idée détestable qu'en ce moment il pense exactement comme sa mère. Si Emilia l'a d'abord ému en tant qu'émigrante, il ne souhaite pas qu'elle le demeure, c'est tout. Il est sûr qu'elle est faite pour la modernité d'ici. Le métro tout neuf et les gratte-ciel sont là. Ce n'est que le début. Il imagine le mouvement qu'elle aura pour voir le haut des immeubles, ce mouvement qui l'avait saisi quand il les avait découverts elle et son père, cette façon de ployer la nuque en arrière et de lever le regard. Il s'imagine l'emmenant avec lui partout comme il l'avait fait avec Matthew.

Il avait aimé New York par les yeux de son ami. En lui montrant la ville, il l'avait faite sienne parce qu'il était fier de l'admiration qu'elle provoquait. Avec Emilia il sait déjà qu'il guetterait le moindre tressaillement. Qu'est-ce qui pourrait provoquer en elle cet élan qu'a déclenché la musique de ce bohémien ? Ah il voudrait, lui, être l'artisan de cette fougue qui lui a fait abandonner toute retenue. Être celui qui la ferait vibrer. Est-ce par New York qu'il peut y arriver ?

Il reprend la voiture et roule dans les rues. Et le voilà maintenant dans un autre quartier, devant la discrète et élégante maison de plaisir où Matthew et lui ont tenté leur première fois avec de jeunes personnes triées sur le volet. Il se rappelle Matthew rougissant et lui qui n'en menait pas large, aussi novice que son ami. Quelques heures après, eux deux marchant dans les rues, s'arrêtant dans un bar pour y boire un alcool fort, parlant trop haut et riant fort, dans un mélange indissociable de honte et de fierté.

Ce qu'il a éprouvé aujourd'hui est à l'œuvre au plus profond de sa chair et ne le quitte pas.

Il arrête la voiture, confie les clefs au voiturier qui va la garer dans un lieu invisible de la rue. Ils y étaient retournés ensuite avec Matthew mais son ami avait cessé ses visites parce qu'il s'attachait trop à la jeune femme qu'il avait choisie la première fois et qui était devenue l'unique, celle qu'il désirait retrouver encore et encore. Une jeune personne sans les attraits habituels prisés par les clients. Il avait simplement confié à Andrew Elle lit, comme si c'était la plus érotique des qualités.

Andrew avait appris ensuite que son ami était allé jusqu'à proposer à la jeune femme de lui faire quitter la maison, de l'installer. Et l'épouser pourquoi pas, lui avait confié la maîtresse des lieux quand il était revenu seul. Andrew avait bien reconnu là son ami et il avait répondu sans sourire Pourquoi pas.

Mais étrangement, c'est la jeune femme qui avait refusé.

Cela fait longtemps qu'Andrew n'a plus remis les pieds ici. On l'accueille avec chaleur. Mais en franchissant le seuil, il sait déjà qu'aucune des pensionnaires raffinées et offertes ne viendra à bout du désir qui l'a empoigné devant la chevelure d'Emilia. Alors, dans un élan qu'il ne comprend pas lui-même, il demande la compagnie de celle que Matthew avait élue. Celle qui lit. Pourquoi pas.

Dans la salle encombrée des bagages, Emilia et Gabor ne sont plus nulle part. Les valises autour d'eux viennent de tant de pays différents. Elles sont regroupées par bateau.

Emilia se fraie un chemin vers le fond où doivent être relégués leurs bagages à eux, arrivés plus tôt que les autres bateaux. Elle cherche avec fièvre. Elle déplace, bouscule, soulève.

Gabor l'aide comme il peut. Qu'elle s'arrête !

Il ne sait pas que la jeune fille mène à cet instant contre elle-même une lutte acharnée. Tout son corps réclame la peau du garçon contre la sienne, son odeur et la douceur de ses mains mais quelque chose de plus fort qu'elle l'oblige à d'abord s'assurer que tout est là. Bien là. Ses affaires et celles de son père. Avec un soupir, enfin, elle lui montre les deux malles. Ce sont des bagages de qualité. Pas une éraflure, c'est de la chance car ici, on jette plus qu'on ne pose et on traîne plus qu'on ne soulève.

Le jeune homme s'empare de la malle de la jeune fille et la tire pour qu'elle soit plus à l'aise. D'une poche de sa robe bien fermée par des agrafes, elle sort une petite bourse de tissu. À l'intérieur, deux clefs. Ses doigts caressent au passage le velours, c'est la bourse dans laquelle sa mère mettait son flacon de parfum de voyage. Elle a continué à y poser quelques gouttes du même parfum pour que l'odeur ne s'efface jamais. Elle tend à Gabor le tissu. C'est par cette odeur qu'elle lui ouvre son monde d'avant. Il respire le parfum suave et frais, pense aux forêts profondes.

Elle, elle soulève le couvercle de la malle.

Tout est là.

Elle soupire.

Elle voudrait sortir chaque chose une à une. Revoir et revoir encore. Mais il y a le souffle de Gabor sur sa peau, dans son cou et ses mains qui la cherchent à nouveau.

En elle, les deux désirs contraires.

Elle renonce à prendre la deuxième clef, la petite clef noire aux bords dentelés, et à ouvrir la malle de son père. C'est comme si elle n'en avait soudain plus le droit. Elle se contente de la savoir là, près d'elle.

De la sienne, elle tire un large tissu de velours moiré vert d'eau et terre de Sienne, le tissu qui protégeait son trésor, et elle l'étale sur le sol. Gabor repousse à la hâte quelques valises. Les autres bagages leur font un rempart. C'est un nid. Une grotte. Elle tient la main de Gabor. Il n'a rien vu de ce que contient sa malle mais il sait que là aussi il a deviné juste. Cette fille a vécu dans une riche maison.

Elle s'est assise et l'attire vers elle.

Agenouillé face à elle, il caresse son visage. Elle ferme à nouveau les yeux. Cette fois rien n'arrêtera la main qui dégrafe le tissu de sa robe et elle le laisse faire, le souffle retenu. Mais elle ne touche pas la chemise du garçon, n'ose pas. Il s'en défait d'un geste preste de l'épaule. En un éclair elle sait que ce geste-là, elle ne l'oubliera jamais. C'est ce geste qui déclenche en elle le désir d'être nue. Alors elle se coule entre ses bras, souple, rendant chacun de ses gestes plus facile.

Genoux et cuisses, chevilles.

Les corps ont une certitude que n'égale aucun sentiment.

Le ventre de Gabor effleure celui d'Emilia, longuement, apprivoise sa peau à cette autre peau et découvre la douceur ineffable de sa propre chair caressée à la sienne.

Aucun des deux ne tente une parole. Ils n'habitent pas la même langue et c'est comme si cela les préservait. Les mots d'amour n'ont pas lieu d'être ici. Les corps suffisent. Pleins et nourris d'une vie entière.

Les lèvres de Gabor se posent doucement sur les seins d'Emilia puis il ose s'en emparer avec toute l'ardeur qui lui broie le ventre.

Emilia suit les mouvements du garçon. Comme un oiseau qui sait prendre le vent, elle se laisse porter. C'est comme si tout son corps savait déjà ce qu'elle découvre.

Elle a un don pour la chair.

Elle puise dans son odeur à lui un savoir archaïque. Comme un jeune animal, elle cherche à capter tout ce qui émane de lui. Et soudain elle se dresse et ne se contente plus de suivre l'élan de Gabor. C'est elle qui imprime au corps du garçon le rythme qu'elle choisit. Lent. Soutenu. Les mains de Gabor plaquées contre ses hanches, elle arrime les siennes aux fesses du garçon. Rien ne retient plus sa hardiesse. C'est lui maintenant qui a fermé les yeux. Elle le sent à la fois captif et puissant et elle aime ça. Des images la surprennent. Elle ignorait tout des images qui l'habitaient, se laisse emporter par l'abondance, le fracas muet de tout ce monde intérieur. Ses dents rencontrent la chair du garçon, sa langue goûte tout ce qui vient de lui. Rien ne pourra la rassasier. Elle frotte sa chevelure contre sa poitrine son ventre. Que chaque parcelle de son corps s'imprègne de lui. Qu'il soit à elle, entièrement. Et il accepte, emporté par le même élan. Ces deux-là ne retiennent rien. Rien. Et ils n'ont que faire des serments d'amour. C'est la ferveur qui les a empoignés et elle les guide. Et qu'importe qu'ils aient tous les deux un âge et une mémoire, ils sont dans l'enfance des corps et en même temps ils n'ont jamais été aussi près de la fin consentie. Car quelque chose a lieu qui comble toute attente.

La vie pourrait s'arrêter là.

Elizabeth Jónsson ne résiste jamais longtemps aux approches de son mari. Elle aime toujours autant son corps dense et massif qui la rassure et l'émeut parfois plus qu'elle ne le voudrait.

Lui le sait. C'est sans doute une des raisons de son attachement profond à cette femme. Elle le désire avec une vigueur que la maturité n'entame pas.

D'autres femmes, bien sûr, il en a désiré et il a connu, il connaît encore parfois des étreintes fugaces mais il ne s'est jamais laissé aller à quelque liaison qui aurait pu ternir la joie profonde qu'il a lui aussi à retrouver le corps de son épouse. Et le terrible caractère d'Elizabeth, une fois le désir éveillé en elle, s'oublie pour faire place à une belle diablerie au service de leur joie commune.

Elizabeth aime faire l'amour. Lorsque Sigmundur s'en est rendu compte, il a su qu'il avait bien choisi et qu'il avait bien fait de l'embrasser dès le premier soir. Il estime qu'il a été l'heureux gagnant car il n'est pas assez naïf pour penser qu'elle serait restée longtemps sans amoureux. Si cela n'avait été lui, c'eût été un autre, elle était si rayonnante. Elle a beau lui assurer qu'elle ne pouvait choisir que lui… lui s'est toujours dit qu'il avait pris les autres de vitesse et que c'était tant mieux.

Cette nuit, il sait qu'il va devoir redoubler de délicatesse et de force conjuguées pour l'entraîner loin du ressassement de la soirée. Leur fils n'est pas le fils dont elle rêvait. Il lui a tenu tête. Et alors ? Lui, plus Andrew se découvre plus il sent qu'il a méconnu ce garçon qu'il jugeait trop lisse et trop aimable jusqu'à présent. Ce soir, il a bien failli laisser Andrew mener la danse mais il savait qu'Elizabeth ne lui aurait pas pardonné.

Il lui caresse le dos pendant qu'elle brosse ses cheveux. Sa main puissante et chaude remonte légèrement jusqu'à la nuque puis redescend en appuyant jusqu'aux reins. C'est son signal, un code silencieux entre eux. Si elle continue à se brosser les cheveux avec soin, il sait qu'il ne faut pas insister mais si elle tourne les yeux vers lui, suspend son geste et le regarde avec cet air moqueur qu'il connaît si bien, alors il sent cette montée du désir qu'elle seule sait faire naître en lui avec cet air-là et il la prend dans ses bras.

Mais cette nuit, Elizabeth parle.

Elle dit d'une voix basse qu'elle a vu les albums de leur fils

Tu es allée dans sa chambre ? Mais Lizzy, ce n'est plus un enfant !

Elle se moque bien que Sigmundur soit choqué de son intrusion. Elle veut qu'il sache et qu'il fasse quelque chose.

Tu sais ce qu'il y a sur la première page de ses albums ? de chacun de ses albums ? Il y a une dédicace.

À Rósalind

Rósalind ?

La voix de Sigmundur a perdu toute force. Rósalind…

Le mouvement de sa main meurt sur la taille d'Elizabeth. Rósalind… ce seul prénom lui gèle les doigts comme le vent glacé il y a si longtemps.

C'est lui qui avait compris le premier que le petit corps de Rósalind était sans vie. Sa mère était sortie seule dans la neige, pour quoi faire mon Dieu ? il ne se rappelle plus, ses frères jouaient au pied du grand lit et quelque chose, un silence, l'avait alerté. La respiration sifflante de leur petite Rósalind avait cessé. C'est tout. Il n'avait rien dit, avait laissé ses frères continuer à jouer et sa mère vaquer à Dieu sait quoi dans le froid. Combien de temps cela avait-il duré ? Il avait juste pris la main de la petite dans la sienne et ne l'avait pas lâchée. Quand sa mère était rentrée, elle était venue et avait serré la petite contre elle. Il avait dû lâcher sa main. Lui ne sentait plus ses doigts. C'est tout cela Rósalind.

Et la force qu'il faut à un jeune garçon pour seconder sa mère seule, faire les paquets un jour pour rejoindre le père et les voir pleurer ensemble. Ensemble, les parents. Et lui, seul désormais.

Il avait eu vite fait de s'intégrer comme on dit, apprenant avec ardeur la langue et les mœurs du pays neuf. Sa survie. Et il ne remerciera jamais assez l'Amérique. C'est un homme rude mais qui montre une délicatesse et un raffinement inattendus dans les domaines qu'il affectionne : le vin et plus récemment la peinture. Il a fait l'acquisition d'un nouveau tableau qu'il comptait offrir à Elizabeth ce soir mais maintenant, il y a ce nom, Rósalind. Et il se rend compte que le tableau qui l'a captivé est une toile qui représente un paysage de neige.

Alors il a ce geste qu'Elizabeth ne lui connaît pas : il lui prend la brosse des mains et continue lentement, à lui brosser les cheveux. En silence.

Dans la chambre toute tendue de soie verte où le conduit la jeune femme que son ami avait aimée, Andrew retrouve les habitudes du lieu. Il a commandé du vin de France et verse lui-même le liquide précieux dans les verres.

Elle s'appelle Hazel et elle fait gentiment signe qu'elle ne boira pas. Ça, c'est inhabituel. Il lui sourit. Il dit Vous me reconnaissez et elle répond Vous êtes l'ami de Matthew n'est-ce pas ?

Il aime sa voix. Grave, profonde. Si elle ne donne ni à son visage ni à son corps les habituels artifices de ce genre de lieu, sa voix, elle, a toute la sensualité qui peut émouvoir.

Il boit le vin, laisse cette voix le pénétrer de ses inflexions chaudes et il pense à Matthew. Pourquoi l'ami n'est-il pas auprès de lui cette nuit ? C'est de lui qu'il aurait besoin. Qu'est-il venu chercher ? Il murmure Excusez-moi, c'est une drôle de nuit, je crois que je n'aurais pas dû venir. Il finit son verre, et ajoute Cette nuit, je ne sais pas très bien ce que je fais.

Elle s'est assise sur le fauteuil de velours bleu, le regarde. Il se ressert et boit à nouveau. Le vin est bon et il ne veut plus penser. Il est fatigué par cette journée, fatigué par la soirée dans la maison de Madison Square, fatigué par tout ce qui en lui ne cède pas. Il voudrait juste que le sommeil le prenne là, tout de suite.

Ce n'est pas grave a-t-elle dit et il l'entend comme si elle chuchotait à son oreille. Pourtant il est assis sur le lit et elle, sur ce fauteuil près de la fenêtre. Ce n'est pas grave ?

Il a déjà, dans cette chambre même ou d'autres aussi charmantes, pris des jeunes femmes rieuses et douces sur ses genoux. Lui, il aime le sexe rieur et doux, léger. Il aime se sentir libre et détaché de tout. C'est ce qu'il a toujours payé ici. Et il est heureux que ce genre d'endroit existe pour cela même justement, cette légèreté. Mais cette nuit, décidément, rien n'est comme d'habitude. Il revoit la taille d'Emilia, ses mains fines et fermes. Il revoit son regard posé loin devant elle et il entend Ce n'est pas grave comme si c'était Emilia qui lui parlait…

Hazel le regarde sombrer dans le sommeil. Pourquoi est-il venu ? Est-ce que Matthew lui a dit quelque chose ? Que lui veulent donc ces jeunes gens gâtés par la vie… N'y a-t-il pas assez ici de Dora de Gloria et de Gladys avec qui s'amuser, payer et s'amuser ? Elle sort de son aumônière de satin un livre. Là où les autres filles glissent ce qui peut les rendre plus attrayantes, parfum, rouge à lèvres, elle, elle glisse un livre. Petit pour ne pas attirer le regard. Dès qu'elle le peut, elle se replonge dans la lecture. C'est alors seulement que Ce n'est pas grave.

Maintenant Donato s'est tu. Un grand vide dans sa poitrine. Il voudrait soudain voir le ciel. Y a-t-il des étoiles, quelque chose qui fasse signe ?

Il caresse l'idée de sortir, libre dans la nuit.

Mais c'est ici, avec les autres, ceux qui rêvent et ceux qui ont les yeux grands ouverts dans le noir, qu'est sa place. Désormais il est avec eux. Il vient d'improviser et la tête lui tourne un peu. Fallait-il tout cela pour qu'il ose ses propres paroles ? Le théâtre, il est ici. Avec les gens. Ni scène ni décor. Rien que des gens qui écoutent et lui, sans costume ni maquillage. Simplement avec eux.

Et si c'était cela maintenant, sa vie ? Donato repense aux costumes de scène qu'il a soigneusement emportés. Seront-ils inutiles ? Le théâtre reprendra sa forme la plus brute, nue, quelque chose qui passera du corps d'un homme, de ses paroles, de ses silences, aux corps d'autres hommes et qui parlera à ce qu'ils ont de plus secret, de plus profond.

Donato a le cœur qui bat. Le voilà donc ouvrant une voie nouvelle. Débutant.

Il repense à son rêve et il revoit à nouveau son père silencieux.

Le théâtre, il a commencé dans la maison sombre au fond de la cour à Vicence, quand il était enfant et qu'il observait le défilé des clients du cordonnier. Il aimait regarder leurs vêtements, leur démarche, les écouter. Oui c'était un théâtre déjà, là, avec l'entrée des artistes par la porte cochère et lui comme unique spectateur. Il y avait des gens simples du quartier qui venaient avec les chaussures qui devaient encore et encore être rapetassées pour durer et son père s'y entendait pour tirer un hiver de plus d'une paire de semelles éculées. Mais sa grande maîtrise attirait aussi ceux qui venaient se faire faire des chaussures tirées de cuir et de peaux magnifiques, uniques. Et son père y apportait toute son invention. Certains clients n'apparaissaient jamais, c'est lui qui devait se déplacer pour prendre les mesures et Donato obtenait, rarement, le droit de l'accompagner, portant ses outils. Entrer dans ces demeures si belles, comme cela l'avait fait rêver ! Même s'il n'était reçu qu'à l'office en attendant que son père ait fini, ces jours comptaient parmi les plus merveilleux. Ensuite, ces riches propriétaires envoyaient leur domestique et gare si tout n'était pas parfait, les domestiques sont parfois plus durs que leurs maîtres.

Il a vu son père humilié une fois par un de ces arrogants valets. Il se rappelle. L'homme rapportait une paire de bottes au cuir si fin qu'on eût dit un souple et précieux tissu. Le valet les avait jetées au milieu de la cour. Son maître les trouvait trop lâches. Lui, Donato, aurait voulu courir les ramasser. Il était petit mais le travail de son père lui paraissait sacré. C'étaient des heures de la vie de son père penché sur l'établi que cet homme grossier jetait sans vergogne. Sa mère l'avait arrêté d'une poigne ferme

C'est les affaires de ton père, il sait. Il avait retenu sa course et ses poings serrés mais pas ses larmes de rage devant les insultes qui s'étaient abattues sur la tête de son père. Le cordonnier n'avait pas dit un mot. Il avait repris la paire de bottes fines. Le cœur de Donato était plein de rage. Il aurait voulu qu'il répliquât, qu'il jetât la paire de bottes à la figure de cet homme en livrée. Son père avait bien vu sa rage et sa détresse. Quand l'homme avait quitté la cour il s'était approché de lui et lui avait dit Celui-ci a plus peur de son maître que moi de lui. Sa chaîne doit être très serrée.

C'est tout. Il était rentré dans son atelier et plus personne n'en avait parlé. Lui était resté avec ce qui le bouleversait et les paroles de son père. Il ne les avait pas comprises. Entendues, oui, ressassées ensuite dans sa tête d'enfant sans oser en demander plus, remâchant l'humiliation. Mais comprises, non.

Cette nuit il se demande Faut-il tant d'années et de vie pour comprendre quelques paroles ?

Cette nuit, ces paroles, il les fait siennes. Les chiens d'ici ne l'auront pas avec leurs aboiements. Le silence de son père l'accompagnera.

Comme Énée, il portera le silence de son père sur ses épaules. Ce silence-là, ce sont les os fragiles du vieillard et son équilibre ajusté aux épaules de son fils. Il sera ce fils. On peut devenir le fils de son père même tard, il n'y a pas d'âge pour cela. Il a suffi pour lui de quitter la terre natale. Est-ce que cela lui donnera la force de faire un pas puis un autre encore dans cette Amérique ? Il a bien eu celle de partir quand il le fallait, coûte que coûte.

Est-ce que lui n'a pas donné trop de mots à Emilia ?

Donato Scarpa ne se rallonge pas. Il va à la fenêtre et regarde la nuit. Le visage de Grazia s'offre à lui alors sans qu'il ait besoin de convoquer le souvenir. Son visage magnifique quand ils faisaient l'amour. Il n'a jamais failli à la contempler même au plus fort du plaisir. Il retenait son souffle il retenait son sang pour pouvoir la contempler. C'était sa première jouissance. Son visage était celui d'une femme comblée, pas d'une madone non, d'une femme aux lèvres gonflées, à la peau comme irradiée par la jouissance qui venait, et si parfois elle ouvrait les yeux comme appelée par son regard à lui, très vite elle retournait au secret de son plaisir derrière ses paupières. Mais il avait vu, oui il avait vu ce qu'était le plaisir de Grazia, dans ce regard si bref. Alors il s'abandonnait lui aussi à l'intensité qui les emportait ensemble et ils étaient puissants dans la nuit. Indiciblement puissants. Reine et roi.

Plus jamais il n'a retrouvé cette sensation qui faisait de lui plus qu'un homme.

Mais le souvenir vient de lui en être redonné comme si elle était là, vibrante, près de lui. Et avec le souvenir, le désir.

Quand refera-t-il l'amour ?

Toute la nuit Marucca a retenu le chant de haine qui lui montait à la gorge. Elle sait que c'est un chant qui appelle la mort sur celui à qui il est dédié. Toute la nuit elle a lutté, les yeux grands ouverts. Si elle laissait ses paupières se baisser, alors elle les verrait tous les deux. Il est resté pour cette fille. Il a quitté le groupe pour elle. La haine mord les nuits qu'elle a passées auprès de lui et les arrache de son corps. Si elle les imagine lui et la fille, le chant qu'elle n'a jamais chanté sortira de sa bouche et elle ne pourra plus rien arrêter.

Elle marche, elle glisse d'un groupe à l'autre, essaie de se raccrocher à ce qui se dit autour du feu allumé dans ce terrain vague. Eux ils sont toujours à la marge des villes. De New York ils n'ont pas vu grand-chose. Celui qui est venu les chercher les a tout de suite emmenés ici, au campement. Ici, il a dit, personne n'ose venir les déranger, ils sont les rois. Et elle a eu un pincement devant leur royaume. Toujours la même poussière et les mêmes chiens qui errent, craignant les coups de pied et prêts à les recevoir pour voler un peu de nourriture. Toujours les mêmes enfants qui se bousculent et qui crient, les femmes entre elles et les hommes entre eux. Elle a dû se secouer pour retrouver son regard habituel sur son monde. Les yeux qui ne voient que la crasse et les ordures ce sont les yeux des jeunes filles aux belles jupes sans mauvais plis. Ça sera son regard à lui un jour s'il reste avec la fille de l'île.

Alors elle s'est efforcée de ne regarder que les couleurs vives et chaudes sur les châles, le balancement des jupes des femmes quand elles marchent, leur peau cuivrée. Elle a laissé une fille au long collier de perles bleues lui prendre la main, la retourner et en regarder les lignes. La fille a levé ses propres mains face à elle et en écartant les doigts dans l'air de nombreuses fois, elle lui a fait comprendre qu'elle vivrait longtemps très longtemps. Alors tant de jours et tant de nuits sans lui ? Puis la fille a posé une main à plat sur son ventre et a fait le geste de lisser, et de la tête, non. Pas d'enfant pour elle. De toute façon avec qui penser un enfant ? La fille devant le regard perdu de Marucca a appelé ses compagnes. Elles parlent une langue que Marucca ne comprend pas. Les femmes l'entourent, elles se prennent la main et viennent la réchauffer de leurs corps qui s'approchent au rythme des talons et des appels lancés dans l'air en cadence. La ronde s'éloigne puis vient se resserrer autour d'elle et elle puise dans leurs regards, leur odeur et leur chaleur quelque chose de fort.

Un homme a sorti une guitare, d'autres ont fait de même et la ronde a été appelée vers eux. Elles entraînent Marucca avec elles mais le charme de la danse des femmes seules est rompu. Les regards des femmes vont vers les hommes et elle, elle ne peut pas.

Elle s'écarte et écoute. C'est le groupe qui part vers l'Argentine. Un autre homme a sorti un bandonéon.

Marucca a déjà entendu le son de cet instrument au cours de leur voyage. On dit que les Argentins l'ont adopté aussi. L'homme en joue et elle écoute. Les sonorités nostalgiques la ramènent au corps de Gabor, à son visage qu'elle ne verra peut-être plus jamais. Dans sa poitrine alors le gouffre. La haine s'éloigne un peu mais ce qui prend place la dévaste.

Elle n'en peut plus, s'éloigne pour être seule.

Elle s'est couchée contre le sol. Sa bouche contre la terre elle laisse les sanglots rauques lui arracher la gorge. Des femmes, il en a eu, Gabor. Pourquoi celle-là ? Qu'est-ce qu'elle a de plus, de plus que toutes les autres qu'il a prises et laissées ? De plus qu'elle ? Pourquoi rompre les liens ?

Plus jamais plus jamais, c'est dans tout son être qu'elle le sent. Elle n'y arrivera pas. Elle l'appelle contre la terre. S'il ne les rejoint pas, elle n'y arrivera pas.

Dans la chambre verte où Andrew vient d'ouvrir les yeux, il n'y a plus qu'une lampe allumée. Elle est posée sur le guéridon près du fauteuil et donne une lumière très douce. Elle permet juste à Hazel de lire.

Andrew voit le profil de la jeune femme, son cou légèrement penché. D'abord il croit qu'elle s'est endormie puis il voit les mains qui tiennent le livre, petit. Des mains que la clarté de la lampe rend encore plus délicates, presque transparentes. Alors il réentend la voix de Matthew qui lui confiait comme un secret extraordinaire Elle lit. Et il la contemple en se disant que peut-être son ami avait lui aussi contemplé le profil de la jeune femme, allongé comme il l'est maintenant, sur ce même lit.

Il pense "Après l'amour" et quelque chose en lui se réveille et balaie la quiétude de ce tableau de femme au livre. Après l'amour. C'est peut-être ce qu'il a toujours préféré jusqu'à présent, ce temps après l'amour où plus rien du corps ne réclame sa part. C'est après l'amour qu'il s'est toujours senti libre et c'est après l'amour que parfois il a réussi ses clichés les plus intéressants. Il devenait poreux au monde, il filait marcher dans les rues et le moindre détail lui apparaissait dans toute sa singularité. Comme il a aimé ces temps d'Après l'amour.

Mais maintenant.

Il se redresse sur un coude. Hazel fait glisser rapidement le livre dans son aumônière de satin et se lève, comme une enfant prise en faute.

Vous pouvez continuer à lire, vous savez, ça ne me dérange pas.

Je ne suis pas payée pour lire.

Elle a prononcé ces mots sans amertume, juste comme un constat. Une évidence qu'il devrait sans doute partager. Mais voilà il ne la partage pas. Cette nuit, les évidences se sauvent par la fenêtre et les portes sont grandes ouvertes. Sur quoi bon Dieu, sur quoi ?

Soudain il en veut à la terre entière de ce qu'il ressent. C'est Emilia qu'il voudrait attirer contre lui sur ce lit, c'est avec elle et avec elle seule qu'il serait prêt à laisser son corps franchir toutes les étapes du plaisir qu'il connaît si bien.

Andrew aime l'amour, il aime les corps graciles des femmes. Plus que personne ne pourrait l'imaginer en le voyant si réservé. Dans la maison, ici, il a une jolie réputation. Toujours respectueux de chacune, mais acharné au plaisir de tous les sens. Les pensionnaires aiment sa compagnie et sa générosité. Certaines ont déjà posé pour lui et elles conservent précieusement les tirages qu'il leur a offerts. Il ne garde aucun de ces clichés. Il les fait pour elles et elles seules. C'est sa façon de les remercier pour la liberté belle qu'elles lui donnent Après l'amour.

Mais maintenant.

Ce n'est pas le corps de Hazel qu'il a envie d'enlacer. Il ne la touchera pas. Il pense que cette jeune femme a été l'amour de Matthew et que Matthew a renoncé. Comment a-t-il fait ? C'est ce secret-là qu'il voudrait comprendre cette nuit. Lui, il n'a jamais aimé. Il a désiré. Il a voulu. Mais aimé, non. Un joli corps pouvait toujours en remplacer un autre et c'était cela aussi sa liberté. Il comprend cela cette nuit. Il comprend qu'avec Emilia il entre dans le territoire de l'irremplaçable. C'est le corps d'Emilia qu'il désire de tous ses sens exacerbés et la colère le prend. C'est donc ainsi, bêtement, qu'on perd sa belle liberté.

Il repousse la main de Hazel qui s'approche de lui. La jeune femme suspend son geste et le tourne vers elle-même. Lentement, elle défait les boutons de la longue tunique aux reflets argentés dont elle est vêtue, un vêtement élégant et peu habituel ici. En dessous elle est nue. Andrew voit les seins, très ronds, petits, des seins de jeune fille. Il dit Arrête. Cette nuit, je ne veux pas de ça.

Je ne vous plais pas ?

Il secoue la tête. Situation absurde. Il n'a aucune envie de lui expliquer. Qu'y comprendrait-elle ?

La jeune femme a penché la tête sur le côté, interrogative. Ce geste est si naturel, si enfantin. Il approche la main de son épaule, la caresse légèrement Ce n'est pas cela Hazel, ce n'est pas cela. Sa main poursuit le chemin vers la poitrine. Elle garde la tête penchée et le regarde. Ses yeux sont un peu en amande, pensifs et il revoit des silhouettes de peinture japonaise qu'il aime, ces femmes délicates comme des nuages. Elle se penche vers lui, son odeur est à la fois douce et épicée. Il ferme les yeux, respire ce parfum sans bien savoir s'il s'agit de la peau elle-même ou d'un musc raffiné. Son sexe se tend comme à chaque fois qu'il épouse l'odeur d'une femme et elle le remarque. Elle, elle ne sait rien d'autre de lui que ce qu'en racontent certaines des pensionnaires de la maison et c'est l'ami de Matthew.

Matthew dont elle n'a plus jamais eu aucune nouvelle après avoir refusé son offre de l'installer. Une offre dont rêvent tant de filles ici.

Andrew a lui aussi la peau douce des hommes jeunes et soignés. Elle va directement au sexe dressé, défait la ceinture du pantalon. Il résiste. C'est Emilia qu'il veut, elle seule. Hazel se penche et caresse de ses lèvres la peau si fine et si fragile là. Il a rejeté la tête en arrière. Elle reconnaît au tremblement de sa cuisse qu'il ne résistera pas longtemps alors elle s'empare doucement de son sexe et sa bouche est une paix inespérée. Il la laisse faire.

Il voit le visage d'Emilia derrière ses paupières. Elle, elle voit le visage de Matthew. Combien elle a dû lutter pour refuser sa proposition. Qui pourrait comprendre ? Étrangement elle trouve une consolation à caresser le corps d'Andrew. Elle sait que lui ne s'approchera pas de son sexe. Au plus fort de la jouissance il a tenu serrée la tête de la jeune femme contre son ventre, les mains perdues dans sa chevelure.

Lucile Lenbow a le plus grand mal à chasser de sa chambre ses deux petites sœurs. Dès qu'elle et ses parents ont été de retour, Viola et Talia se sont précipitées dans sa chambre. Elles veulent tout savoir. Tout. Comment est le nouveau jeune homme qu'on lui a présenté ? Et la maison ? Il paraît que la maison des Jónsson est une vraie merveille... Alors alors alors ? Lucile rit.

En chemise de nuit, elle s'est installée sur le lit, genoux repliés sous le menton, et s'amuse à les faire attendre un peu.

Il est... très... très... intéressant ! voilà !

Mais intéressant c'est quoi ? s'impatiente la petite voix flûtée de Viola.

Oui c'est quoi ? reprend comme toujours en écho Talia. Que ce soit l'une ou l'autre, elles ont la terrible manie de doubler la mise à chaque question. Ça les rend redoutables à tout interlocuteur qui n'en a pas l'habitude.

Eh bien... reprend lentement Lucile... ça veut dire qu'il est... beau !

Les deux Youpi ! sortent ensemble et Lucile est obligée de les faire taire. Vous allez réveiller tout le monde !

Pas de risque, papa doit déjà ronfler, il paraît que M. Jónsson a de très bons vins, susurre Talia.

Et maman doit s'énerver et choisir un roman et le reposer et demain elle dira J'ai une terrible migraine… pouffe Viola.

Vous êtes vraiment des pestes toutes les deux ! Bon, alors, Andrew Jónsson est… Et voilà que Lucile Lenbow se surprend à aimer tellement la douceur de ce nom qu'elle a envie de le prononcer encore et encore… Andrew Jónsson est photographe et il va me montrer ses photographies bientôt.

Et il t'embrassera ! déclare Viola.

Oui il t'embrassera. C'est toujours comme ça.

Tout à leur excitation, les deux petites filles ne voient pas le nuage qui passe dans les yeux de Lucile. Elle doute qu'il ait envie de l'embrasser. Pourtant elle le voudrait, oui, elle se rend compte à quel point elle le voudrait, ce baiser. Elle se traite intérieurement de midinette et laisse ses petites sœurs se blottir contre elle.

On l'appellera comment ? Comment on appelle celui qui épouse votre sœur ?

Oncle ?

Oh ! calmez-vous toutes les deux ! D'abord on ne dit pas oncle, oncle c'est pour le frère de papa ou de maman. On l'appelle par son prénom, le mari de sa sœur et voilà tout. Quant à Andrew Jónsson, rien ne dit qu'il sera un jour mon mari !

Andrewwww Andrewwww roucoulent en chœur les deux pestes chéries.

Lucile éclate de rire. Ses oiseaux de paradis finissent toujours par la faire rire. Pourtant au fond d'elle une tristesse inconnue trouve sa route. Oui, il l'a regardée avec intérêt mais elle n'est pas sotte, elle sait discerner dans le regard des hommes ce qui parle d'amour possible. Et Andrew Jónsson n'a rien laissé paraître de tel.

Allez mes oiseaux de paradis, au lit ! je suis fatiguée.

Oh, Lily chérie laisse-nous dormir dans ton grand lit avec toi…

Allez dis oui dis oui !

Non les filles ! J'ai besoin de me reposer. Seule.

Elle sait prendre le ton qu'il faut pour que les petites comprennent qu'il n'y a plus rien à faire mais cette nuit, elles sont trop excitées. C'est la première fois que leur sœur ne leur dépeint pas le prétendant en s'en moquant comme elle sait si bien le faire. Et elles sentent bien que le jeune homme a touché son cœur.

Elles tentent d'autres approches pour rester encore

Et tu as joué du piano ? Est-ce qu'il t'a écoutée ?

Oui j'ai joué du piano. Et tout le monde a écouté très poliment.

Mais Lily tu joues si bien, nous on pleure à chaque fois…

Mais vous deux vous êtes spéciales !

Parce qu'on est jumelles ?

Elle sait que si elle entre dans cette discussion elle en aura pour longtemps.

Non. Parce que vous êtes des filles très sensibles et que vous êtes mes deux petites sœurs adorées. Allez ! Viola, Talia, cette fois au lit !

Elle s'est levée et les a appelées par leur prénom. C'est le signal. Elle a une autorité naturelle qui fait son effet. Est-ce sa petite taille qui lui a toujours fait trouver le ton qu'il faut pour faire respecter ses décisions ? Les deux fillettes se dirigent lentement vers la porte et la couvrent de baisers avant de franchir le seuil.

Elle les entend pouffer de rire dans le couloir. Que se racontent-elles encore ?

Maintenant elle repasse la soirée dans sa tête en marchant dans sa chambre. Y a-t-il quelque chose, un détail, qu'elle n'aurait pas perçu ? Elle aurait tant besoin de se rassurer sur le sentiment que nourrit ou que pourrait nourrir Andrew Jónsson à son égard. Mais elle a beau tout repasser, les moindres instants où il l'a regardée, ce qu'elle peut espérer de mieux, c'est une sympathie, voire une amitié si elle sait l'apprivoiser…

Et elle voudrait tellement autre chose.

Lucile Lenbow est debout à la fenêtre. Elle regarde les arbres du jardin monter la garde dans l'obscurité. Lentement le bout de ses doigts effleure ses propres lèvres. Qu'est-ce que cela procure quand un garçon vous embrasse là ? Et s'il est tout près tout près de vous, que fait-on ? Est-ce qu'on pose ses mains sur ses épaules ? Pour la première fois elle mesure qu'elle est vraiment petite et sourit à l'idée qu'il faudrait qu'elle se hausse sur la pointe des pieds pour y parvenir. Alors elle imagine Andrew Jónsson se penchant pour atteindre ses lèvres et soudain son imagination l'emporte, elle le prendrait par le cou, il la soulèverait et… et… après elle ne sait pas mais cet élan, elle donnerait tout pour le vivre, ça oui ! Mon Dieu elle n'a jamais eu envie qu'un homme l'enveloppe de ses bras, qu'il la porte jusqu'à un lit…

elle a lu des romans, oui, mais sentir qu'elle donnerait tout pour être dans ces bras-là, c'est autre chose et le trouble qui l'a envahie la laisse désemparée.

Elle descend à pas de loup et file vers le salon de musique. Ce n'est pas la première fois qu'elle jouera avec la sourdine quand toute la maisonnée dort mais cette nuit c'est autre chose. Elle laisse les émotions la traverser tout entière. Elle joue avec passion. Tout ce que son corps pressent du bouleversement qui vient l'habite jusqu'au bout des doigts. Elle rejoue le morceau qu'elle a offert aux invités de la maison Jónsson. Cette fois, c'est elle qui pleure.

Cette nuit, la musique exacerbe tout ce qu'elle ressent.

Alors elle se rappelle la douceur de la main de Ruth sur sa joue et son léger tremblement.

Est-ce que la nuit est une langue ? La seule langue que les corps ont tous en commun. Celle que personne n'a besoin d'apprendre. C'est le jour seulement que les langues des pays reprennent leur place et nous séparent.

Ruth cette nuit retrouve la douceur de la peau de sa petite Rósalind contre la sienne. C'est la joue de Lucile Lenbow qui lui a redonné vie. Cette nuit, Ruth est comblée par ses rêves. Mais rêve-t-elle vraiment ? Elle entend le silence de la place devant chez elle et le reconnaît. Le silence de la nuit est toujours entrecoupé de menus bruits. Comme des mots tout seuls et du blanc autour. Elle se rappelle que Rósalind avait commencé à écrire. Elle n'a gardé aucune trace de ce début dans leur langue. Dommage. Ça irait si bien avec le silence de cette nuit. Dort-elle ? La joue chaude de Rósalind est contre la sienne. Elle s'abandonne à cette sensation si douce, sur son visage un sourire et ses bras sont légèrement ouverts. Elle embrasse la vie de sa petite.

Dans les romans que lit Hazel entre deux étreintes professionnelles, les gens parlent une langue qu'elle aime. Si les mots sont bien les mêmes que ceux qu'elle connaît et emploie, leur agencement dans les phrases crée quelque chose d'autre et c'est dans cet autre espace qu'elle se glisse. Si elle a donné à la lecture une place si importante dans sa vie c'est pour entrer à chaque fois dans ce mystère. Et les histoires importent peu. Elles la portent de page en page, certes, mais ce sont les espaces qu'ouvrent les phrases qui l'arrêtent, la surprennent, la tiennent sur le bord de sa propre vie. Hazel attend les images que font naître les mots.

Matthew lui avait offert un livre de poèmes. C'est ce qu'elle préfère. Mais celui-là, elle ne l'emporte pas avec elle. Il reste près de son lit, dans la chambre qu'elle partage avec une autre pensionnaire de la maison, là-haut. Les poèmes parlent de vie et de liberté. C'est avec eux qu'elle a commencé à forger un rêve pour sa vie. Une vie qui ne serait qu'à elle. Libre.

Andrew Jónsson est parti dans la nuit.

Elle, encore allongée, avant de redescendre au petit salon, se récite un poème entier par cœur. Il commence par Un jour, un jour…

Maintenant Emilia et Gabor apprennent les contours de leur royaume silencieux. Les mains effleurent, les paumes caressent. Le grain de la peau dévoile ses nuances subtiles. La nuit offre le temps.

Emilia la première a tenté cette langue de l'Amérique qui tangue sous les fondations d'Ellis Island. Elle sait nommer chaque partie du corps dans cet américain nouveau.

Hair pour sa main sur les cheveux de Gabor
Lips pour ses lèvres qu'elle embrasse
Neck pour le cou où elle niche son front
Et elle continue
Arms
Heart

Son accent italien déforme sans doute les mots comme celui du jeune photographe a déformé sa langue à elle. Elle sourit dans l'obscurité à ce souvenir.

Maintenant elle n'a plus peur d'être étrangère. En ce moment précis, elle a toutes les audaces et elles passent par la langue nouvelle.

L'Amérique c'est ce qu'elle vit. Cette joie qui monte du plus profond d'elle.

Elle embrasse le ventre de Gabor et continue à murmurer des mots contre sa peau tendue. Maintenant l'italien lui revient pour les caresses les plus secrètes. La langue de son pays se mêle à la langue nouvelle.

Gabor écoute. De tout son corps. Quand elle pose la tête sur sa poitrine, oui, il est un roi et il embrasse les cheveux de cette bien-aimée que la vie lui offre.

Pour combien de temps ?

Faut-il toujours que reviennent les vieux comptes des horloges et des jours. Il chasse loin d'eux le temps compté, bon pour ceux qui confondent vivre et être déjà mort. Lui, il veut la vie souple, présente, mouvante comme les vagues qui les ont menés tous les deux jusqu'à la joie où ils sont. Ensemble en ce moment. Et c'est tout ce qui compte.

La voix d'Emilia qui tente la langue nouvelle vibre contre sa peau. Rien que pour cela, il aime cette langue. Il la parlera aussi. Pour le moment il l'écoute, toute chaude, venue des lèvres de celle qu'il caresse. C'est une façon d'apprendre la langue par la chair même. Il répète intérieurement chaque mot qu'elle prononce. Il se les rappellera toujours.

La jambe d'Emilia s'enroule souple autour de la sienne, comme s'ils s'étaient retrouvés tant de fois que le geste se faisait tout seul. Il pense qu'il est un arbre et qu'elle s'enroule autour de lui. Il voudrait pousser ses branches jusqu'au ciel pour la protéger de tout.

Andrew Jónsson est rentré sans bruit dans la vaste demeure de Madison. Il a erré en bas, a effleuré les touches du piano, le sourire de Lucile Lenbow, puis il s'est servi un verre de la réserve de son père. Un alcool fort. Il a retrouvé le parfum et le goût tourbé du whisky préféré de Sigmundur. Est-ce que ça lui rappelle son Islande ? N'a-t-il jamais eu envie d'y retourner ?

Andrew essaie d'imaginer ce que c'est, une maison de rien, là-bas, dans le grand froid. Mais il a du mal. Son père, il ne peut l'imaginer que tranquille, adossé à cette force que donne l'argent bien gagné. Il sait la réputation d'intégrité de Sigmundur et il en est fier. Mais maintenant, tout cet argent qui doit fructifier, pourquoi ? Est-ce que cela ne suffit pas d'en avoir suffisamment gagné pour vivre ? Ne pourrait-il pas, lui, être celui qui ne rapporte pas d'argent en plus ? celui qui suit une autre route où l'argent a juste le poids qui permet de vivre.

Avant de quitter la chambre, il a demandé à Hazel d'où venait son léger accent, de quel pays, et après l'avoir regardé pensivement elle a répondu à sa façon brève Le pays de la misère. Surpris, il a demandé Mais encore ? et elle a mis fin à la conversation en ajoutant Peu importe ! quand on a vécu dans ce pays-là, c'est le seul.

Il a emporté ces paroles âpres avec lui. Hazel a parlé sans amertume. Comme si elle l'informait simplement de quelque chose qu'il avait à apprendre du monde. En même temps, elle le remettait à sa place. Loin.

Alors son père.

Le pays de la misère, il y a vécu. Est-ce le seul où il puisse vraiment habiter ? Ici, dans cette maison magnifique, avec la richesse qu'il a su amasser par son travail, il a franchi la frontière ou peut-être leur donne-t-il le change, à lui, à sa mère et à tous les autres. Est-il resté au fond de lui un homme de ce pays-là que lui, son propre fils, ne connaîtra jamais ?

Il se ressert à boire comme si en goûtant à cette boisson tourbée il pouvait approcher un territoire inconnu. Il aurait besoin cette nuit de comprendre tant de choses.

Mais l'alcool, inévitablement, en l'enveloppant, le ramène à Emilia Scarpa. Alors il monte à sa chambre, lentement, son verre à la main. Il prend son appareil photo abandonné tout à l'heure sur son bureau. Le toucher lui fait du bien. Il attrape le chiffon dévolu à cet usage et l'essuie soigneusement. Les gestes habituels le calment.

Il va aller dans son labo pour développer ses photos. De toute façon, il ne dormira pas.

Revoir le visage d'Emilia, s'abîmer dans la contemplation de ce visage, de son sourire. Pourvu que les photos soient réussies. Les épaules d'Emilia, sa taille fine et l'arrondi des hanches qu'on devine sous la jupe. Il l'imagine dans d'autres robes, audacieuses, ajustées. Il l'imagine nue, lève dans la nuit son verre à cette beauté qui va poser le pied dans sa ville.

Andrew n'est pas habitué à l'alcool. Il boit peu d'ordinaire. La tête lui tourne un peu quand il descend le grand escalier, se glisse derrière l'office, par la porte du jardin, pénètre dans le petit bâtiment qui est devenu son atelier.

Toute l'errance de cette nuit le menait donc ici.

Ici, c'est vraiment chez lui. Et c'est peut-être son seul pays à lui.

Il pose sa veste dans un coin, prépare ses bacs. Ses gestes sont encore indécis, comme brouillés par la fatigue et l'alcool. Mais peu à peu ils se précisent. Il fait les choses lentement, en se concentrant, alors les mots de sa grand-mère lui reviennent. Depuis qu'il est petit, sa mémoire retient des bribes de phrases, des expressions. Cet islandais que personne ne parle dans la belle demeure, lui, il le parle ici, tout seul. Et qu'importe qu'il ne sache pas vraiment ce qu'il dit. Ce qui compte c'est la musique de la langue qui passe par sa poitrine. Il aime prononcer les sons de cette île lointaine, perdue, ici. C'est dans cette langue qu'il veut accueillir l'image d'Emilia Scarpa cette nuit.

Dans le campement, aux franges de la ville, peu à peu la musique a cédé la place aux paroles lentes chuchotées presque plus pour soi-même que pour celui à qui on s'adresse.

Personne ne fait plus attention à la fille qui s'est allongée par terre, à l'écart, sauf Masio. Il ne connaît pas toute l'histoire de Marucca et de Gabor mais il en sait assez pour comprendre la peine sans fond de sa fille. Lui seul la garde à l'œil cette nuit. Il n'a pas cherché à entraîner Gabor avec eux. Il n'a pas à s'en mêler. Les affaires de femme et d'homme doivent se régler seule à seul. Même si c'est votre enfant qui souffre comme une bête. Il a fait comme s'il croyait que Gabor les rejoindrait à coup sûr dans un jour ou deux comme il l'avait dit. Mais il doute.

Il a toujours senti que Gabor les quitterait un jour. C'est dans le sang. Sa mère était une femme des villages, du temps compté et des maisons. Pourtant lui il avait l'air si libre. Comme eux.

Masio regarde le ciel. Les hommes et les femmes vont et viennent, s'approchent et s'éloignent dans le temps d'une vie. Ils partiront dans cette Argentine au nom qui chante.

Il n'a pas aimé leur arrivée ici. Il n'aime pas cette ville et ses bâtiments trop hauts pour le regard d'un homme. Ils partiront. Et ils n'attendront pas Gabor trop longtemps. S'il vient avec eux, il doit se décider vite.

Marucca ne dort pas.
Son cœur est broyé par ce qu'elle pressent.
Le chant de haine, il est là, juste contre ses lèvres et même si elle le murmurait seulement, il aurait son terrible effet. Elle le retient encore. Les paroles qui appellent la mort se heurtent à ses dents serrées. Des paroles qui avec le souffle de la nuit lui emplissent la bouche d'amertume. Parfois elle se soulève sur un coude et elle crache dans la poussière, comme pour se libérer du fiel qui menace. Puis elle se recouche contre la terre. La nuit les enveloppe tous et elle sent la fièvre la brûler. Depuis qu'elle est petite, dès qu'elle ne parvient plus à être en paix avec le monde et les autres, la fièvre la prend et lui broie les os.

Masio se demande ce que lui a raconté la femme au collier bleu qui lui a lu la main. Les femmes dans ce camp viennent d'ailleurs, de pays que parfois lui-même, dans sa longue vie de voyage, n'a jamais traversés. Qu'importe, elles sont des leurs. Mais cette femme ne sait pas le pays aride que traverse Marucca. Parfois les paroles ne viennent pas au bon moment. Elles peuvent vous anéantir. Allez il chasse cette pensée. Cette nuit il ne peut que veiller, de loin, sur sa fille, sur la dernière de la lignée des Oiseaux. Cette fille, il la respecte aussi pour ça. Elle n'a jamais failli à son chant. Maintenant il faut qu'elle garde la voix pure pour la suite du voyage.

Dans les vagues de fièvre qui la font frissonner, elle se raccroche à l'odeur un peu épicée qui transpire de sa propre peau. Elle la connaît. Quand la fièvre tombe, elle se lave de la sueur, longuement, ou si elle est trop faible, les femmes du clan le font, jusqu'à ce qu'elle retrouve son odeur des jours calmes, celle que Gabor a toujours acceptée dans ses nuits.
Cette nuit, elle voudrait qu'il sente l'odeur de la fièvre sur elle, qu'il sache que cette odeur-là, acide, cruelle, c'est lui maintenant, qu'il lèche chaque parcelle de sa peau que la sueur rend moite, qu'il lui murmure qu'il ne veut qu'elle, qu'il n'aime qu'elle, qu'elle peut s'endormir paisiblement, qu'il sera là quand elle se réveillera et que désormais il veillera sur elle jour et nuit. Oui c'est cela qu'elle voudrait. C'est cela qu'elle aurait voulu depuis des mois, des années, comme toutes les filles des histoires et des contes.
Elle a tout contenu de ses rêves d'amour. Pour lui. Pour lui laisser sa belle liberté. Elle a tout enfoncé jusqu'au plus profond de ses nuits quand elle les passait solitaire, qu'il n'était pas dans sa roulotte, embarqué dans d'autres bras. Et maintenant ?

Un vent frais caresse sa nuque, ça lui fait du bien. Elle s'est recouverte de son plus beau châle, celui qui a les couleurs passées des voyages et qui la protège dans les pays nouveaux. Elle aime les couleurs sourdes des jours anciens. Maintenant elle l'écarte de ses épaules brûlantes pour que le vent vienne la rafraîchir. Alors lui revient l'odeur du corps de

Gabor après l'amour, ce parfum qui la transportait toujours du côté des montagnes et des rivières. C'est cette fraîcheur-là qu'elle voudrait sur elle, qui l'inonderait. Pourquoi pourquoi l'a-t-il abandonnée ?

Avant que la fièvre ne la fasse sombrer dans un étrange sommeil, elle se revoit enfant. Elle a en main des petits cailloux très lisses et de tailles différentes qu'elle a ramassés le long des routes. Elle les a triés par taille et les garde dans des petites pochettes de tissu que la mère de Gabor a cousues pour elle. Elle n'a pas d'autre souvenir de la mère de Gabor, rien. Si elle retrouvait son visage, comprendrait-elle quelque chose de lui qui lui a toujours échappé ? Mais rien. Dans ce souvenir lointain, elle est accroupie et elle joue seule. Elle lance les petits cailloux et les rattrape. Elle tente des lancers de plus en plus difficiles sans laisser tomber les pierres. Elle est très habile. Marucca pense qu'elle aussi maintenant est une des petites pierres lancées en l'air, des petites pierres du bord des chemins. Retomber dans les mains agiles d'une enfant est un beau destin pour une pierre des routes. Qui sait où elle, elle retombera ? Il n'y a plus de main pour la rattraper.

Il faudrait inventer le chant de la pierre et de l'enfant.

Il faudrait à nouveau ramasser des petites pierres sur les routes d'ici. Il faudrait.

Masio a remonté son châle sur ses épaules et il a posé sur elle une couverture ancienne, la couverture de l'aïeule. Il faut qu'elle ait chaud et que la grande fièvre chasse tout de son corps. Il s'installe non loin et attend son réveil.

Donato Scarpa maintenant pense au corps des femmes. Il se revoit adolescent quand le moindre jupon lui faisait battre le sang dans les veines et qu'il était capable de suivre une belle jusqu'à ce qu'elle le chasse… ou l'embrasse. Plus loin encore dans ses souvenirs, il remonte aux guets qu'il faisait avec deux autres garçons comme lui, affamés des choses du sexe. Ils avaient dix ou douze ans, il ne sait plus. L'un d'eux avait parlé du lavoir. Il disait que parfois les femmes s'y déshabillaient parce qu'elles avaient trop chaud à force de frotter le linge, et que de toute façon on leur voyait les seins parce qu'elles étaient penchées et… Les guets au lavoir… comme c'est loin… comme il les avait oubliés… Dans la nuit Donato sourit. Oui il avait deviné les petits seins des toutes jeunes femmes et les seins gonflés, lourds, des femmes plus mûres. Mais non, les femmes ne se déshabillaient pas. Il n'avait pu repaître ses yeux avides que de leurs épaules nues, de leurs bras, de leurs cheveux qu'elles repoussaient d'une main mouillée quand une mèche venait gêner leur travail. Et tout son jeune corps connaissait l'émoi quand même.

Il les avait écoutées. Au lavoir, les femmes parlaient et parfois, oui, elles parlaient du sexe, à grand renfort de rires et d'expressions qu'il ne comprenait pas toujours. Il avait découvert la liberté des femmes entre elles et cette nuit, il entend à nouveau ces rires puissants qui semblaient les délivrer de toute morale. Quand il rentrait, il se souvient, il ne pouvait plus soutenir le regard de sa mère de toute la soirée et la nuit, il n'en pouvait plus d'imaginer ce qu'il n'avait pas pu apercevoir.

La première fois qu'il avait vu sa Grazia, oh ! il se rappelle, elle était tout émue de la représentation à laquelle elle venait d'assister. Et sa poitrine se gonflait sous le tissu léger de sa robe de soirée. Elle avait l'air si pure. Virginale et hardie à la fois. Il avait été sous le charme d'emblée.

Elle était venue avec sa tante, son oncle et ses deux cousines. Ses parents ne prisaient pas le théâtre. Il avait déjà rencontré l'oncle, un homme féru de textes et de culture. Ils s'étaient tous retrouvés à la sortie du théâtre et l'oncle l'avait congratulé. La grâce et le rayonnement de cette jeune fille. Et avec ça, son regard franc, sa hardiesse tranquille. Le sourire qu'elle lui avait adressé d'emblée, il le revoit encore.

Il n'avait eu de cesse de la revoir et la revoir encore. Elle, elle était tout simplement conquise et ardente. Elle avait attendu les rendez-vous, avait tout bravé pour le rencontrer. Sa liberté, elle la voulait et elle l'avait prise. Lui se retenait devant sa hardiesse. Mais elle, elle l'aurait poussé à bout. Il avait vite demandé sa main car il savait qu'il ne tiendrait pas longtemps sous le feu des baisers qu'elle lui donnait, prodigue. Il avait compris qu'elle ne savait rien des choses du sexe mais elle avait le don de se laisser emporter par les élans magnifiques du corps et lui ne résisterait plus longtemps à la pression de ses jeunes seins contre sa poitrine, à la fièvre de sa bouche offerte. Les parents avaient fini par céder devant la détermination de leur fille. Elle les avait menacés de s'enfuir. Ils avaient préféré le mariage au déshonneur. Mais jamais jamais ils n'avaient accepté cette défaite de toutes leurs ambitions pour elle. Il en souffrit et en fut humilié puis, devant sa joie à elle, rayonnante, il les oublia.

Leur première nuit fut une découverte. Elle s'offrait avec une telle candeur et une telle impudeur qu'il en fut bouleversé. Aucune femme ne l'avait fait frémir à ce point.

Donato soupire dans la nuit.

Quand les Italiens qui rentraient l'hiver au pays parlaient des Américaines, c'est cela qu'il avait entendu dans leurs voix quand les verres de grappa avaient fait leur effet. Il avait souri. Ce n'était pas la peine d'aller jusqu'en Amérique !

Maintenant il se demande Est-ce que ce qu'on raconte des Américaines est vrai ? Est-ce qu'elles ont cette belle liberté ?

Cette nuit, oui, il aimerait encore à nouveau frémir. Cette nuit, il ose se le dire.

La main d'Elizabeth Jónsson hésite. Elle n'ose pas se poser sur l'épaule de Sigmundur.

Dort-il vraiment ?

Quand Sigmundur a posé la brosse sur sa coiffeuse, il est allé entrouvrir la fenêtre comme tous les soirs. Un signe de plus. Il ne la touchera pas cette nuit. Ce geste-là, il le fait quand ils ont fini de faire l'amour et que le sommeil vient leur apporter sa fraîcheur. Jamais avant.

Maintenant elle voudrait tant qu'il vienne à elle, qu'il la caresse comme il sait le faire, comme elle aime tant qu'il le fasse. Il a donc suffi d'un prénom et tout s'arrête ! Elle qui pensait mener leur nuit à sa guise, de récriminations en caresses et plaisir attendus. La voilà encore plus irritée. Décidément cette enfant morte leur collera à la peau toute leur vie ! Mais ils ont tout ! tout pour être heureux maintenant ! elle est loin leur Islande et tout ce qu'ils y ont vécu ! Qu'ils oublient, mais qu'ils oublient ! est-ce donc si dur d'oublier le malheur ?

Sigmundur ne dort pas. Bien sûr qu'il ne dort pas. Et ce n'est pas à Rósalind qu'il pense, c'est à son fils. Décidément il ne connaît pas ce garçon. Pourquoi est-il resté aussi loin de ce fils tout ce temps ? Il l'a considéré comme "le fils de sa mère", totalement américain, bien loin de son histoire à lui, de son enfance. Et maintenant il se dit que, dans le fond, ça l'arrangeait. Que son fils ne s'approche pas trop de la plaie de l'enfance miséreuse et glacée d'Islande. Comme si c'était une véritable maladie et qu'il ne fallait pas que la contagion le gagne. Comme s'il s'était lui-même considéré en pestiféré ? Restés gravés en lui, leur passage aux contrôles sanitaires, les regards jetés sur leurs papiers. Est-ce cela que traque toujours Andrew sur Ellis Island ? Sigmundur se rappelle qu'il avait vite compris que pour les Américains, l'Islande ce n'était rien. Ils ne savaient même pas où était située cette pauvre île de rien du tout… loin, dans le froid, c'est tout.

Sigmundur songe dans la nuit. Les gens d'ici ne savent pas la beauté de la neige par certains matins, même si le froid vous coupe le sang. Ils ne savent pas la beauté et la luxuriance si brève des fleurs l'été, ce sentiment que la lumière est un cadeau, qu'il faut le recevoir de tout son être, sans rien gâcher. La lumière, ça vaut tout l'or du monde là-bas. Doucement maintenant il revient au souvenir de sa petite sœur. Il lui faut toujours du temps pour apprivoiser cette zone de la mémoire. Le prénom, lâché tout à l'heure si brutalement dans leur chambre à coucher, l'a atteint quand il ne s'y attendait pas. Le vin aidant et cette soirée "sur le fil", il était privé de ses défenses habituelles.

Il la revoit. La petite Rósalind avait quelque chose de lumineux et elle riait beaucoup, c'était ça, oui c'était ça qui la rendait si précieuse, à chacun. Avec ses frères, ils n'ont jamais parlé d'elle, après. Une fois arrivés en Amérique, ils se sont jetés de toute leur vigueur dans la vie nouvelle qui s'offrait à eux. Il ne regrette rien, non rien. Mais cette nuit, il se dit que le sang poursuit son chemin, que la lumière de Rósalind a atteint aussi son fils et il en est inexplicablement soulagé.

Elizabeth dort-elle vraiment ?

Il se tourne légèrement. Elle repose, le dos tourné. D'ordinaire, il ne résiste pas à ce dos et épouse sa courbe chaude en ne laissant entre elle et lui aucun espace vide. Parfois elle maugrée dans son sommeil, dérangée en plein rêve avant de se coller encore plus à lui et quand il sent la rondeur de ses fesses contre son ventre, il l'enlace, respire l'odeur de son cou, de ses cheveux, cette odeur toujours plus vive dans le sommeil et le monde entier lui paraît à sa juste place.

Mais cette nuit, il se lève doucement et quitte la chambre.

Dans son atelier, Andrew tente de garder, malgré la fatigue, toute sa concentration. Le sommeil court mais profond qui l'a englouti après les caresses savantes de Hazel l'a délivré quelques heures de ses pensées.

Un repos.

Maintenant il pense à la préparation de ses bacs. Depuis déjà quelque temps il n'envoie plus ses films à Rochester pour qu'ils soient développés. Il a réussi à installer son propre laboratoire ici. C'est ici qu'il a vu apparaître les corps des jeunes femmes qui leur avaient fait découvrir les plaisirs du sexe à lui et à Matthew. Il se rappelle comme il était content et fier de ses premiers développements. Et elles donc ! Mais jamais il n'avait demandé à Celle qui lit de poser pour lui.

La pensée que Hazel est sans doute dans les bras d'un autre client lui traverse l'esprit pendant qu'il finit son whisky. Pour la première fois, il trouve cela étrange, il pense crument au corps qui se vend de cette façon si lucide, sans aucun jeu. C'est la façon qu'a eue Hazel d'en parler et de le faire qui lui met le mot "commerce" en tête. Il mesure la cruauté silencieuse et implacable de ce commerce de la chair. L'esclavage n'est pas si loin. En même temps quelque chose de lui répugne à assimiler la douceur et la frivolité habituelles de ces étreintes à quelque forme d'esclavage que ce soit. Mais Hazel, avec son parler abrupt, a éclairé les choses. Il ne pourra plus être aussi désinvolte. Décidément cette nuit !

Andrew soupire. Sa pensée va vers Matthew. Avoir une impression de trahison, dans ces conditions, c'est ridicule ! et pourtant. Il ne sait plus s'il arrivera à lui écrire comme il en avait l'intention.

Il en veut sourdement à Hazel, sait qu'elle n'y est pour rien mais lui en veut quand même et en même temps il ne peut se défendre d'une forme d'admiration pour sa force, sa dignité. Lui en vouloir pourquoi ? Parce qu'elle sait ce qu'elle fait et ne le cache pas ? Ou parce qu'elle a si bien compris où il en était de son propre désir qu'elle a su l'amener à la jouissance et au seul apaisement qu'il pouvait prendre ? Oh il a horreur que le sexe soit une source de problèmes et de questionnements. Avant, il en jouissait et c'est tout. C'était bien. Est-ce que ce temps est irrémédiablement fini ?

Andrew regarde la pellicule. Là, il y a toutes les images qu'il a été capable de prendre aujourd'hui. Et il sait très bien ce qui a changé profondément en lui. Il s'apprête à commencer le travail du développement. Il retarde le moment où le visage d'Emilia Scarpa apparaîtra. Il l'attend et le redoute. Il en finit par presque souhaiter que les photographies soient ratées, que tout cela se noie dans la brume de cette nuit, que le sommeil l'accable et que demain… demain…

C'est alors qu'il entend les coups frappés à la porte.

Personne ne vient jamais ici. Il pense à sa mère. Ah non ! Si c'est elle, il sera incapable de supporter ses demandes et ses récriminations. Mais aurait-elle seulement frappé ?

C'est son père qui est dans l'encadrement de la porte lorsqu'il ouvre. Il a à la main sa bouteille de whisky et deux verres. Comme Andrew reste interdit devant lui, Sigmundur lui tend les verres.

On n'a jamais beaucoup parlé ensemble, toi et moi…

Andrew s'est effacé pour le laisser entrer. Il pense On n'a jamais parlé du tout…

En voyant son verre vide sur la table, son père sourit Je vois que tu as déjà commencé…

Andrew ne dit rien.

Sigmundur est resté debout. Ici, c'est le domaine de son fils. Il ne connaît pas grand-chose à sa passion. Il a juste accepté de payer il y a quelque temps un appareil comme on en fait maintenant, plus petit, qu'on peut transporter facilement, et le matériel pour développer ce qu'on appelle les "pellicules", il a retenu le terme. C'était il y a quelques mois, pour l'anniversaire d'Andrew.

Alors cet appareil, tu en es content ?

Andrew ne se sent pas la force de faire la conversation, comme si de rien n'était. Si son père est ici, en pleine nuit, il y a une raison. Sigmundur n'est pas du genre à ne pas savoir attendre le matin pour les questions normales. Alors qu'est-ce qui l'amène ici, où il n'a jamais mis les pieds ? est-ce sa mère qui l'envoie pour lui faire la leçon, pour le pousser vers la charmante Lucile Lenbow ?

Il reste silencieux. Il regarde son père comme il le fait rarement, et Sigmundur lui rend ce regard. Puis sans attendre d'y être invité, il s'assoit, verse le whisky dans les verres et levant le sien il lance À l'Islande ! Il a à ce moment précis le même sourire un peu moqueur que Ruth et la même lueur dans les yeux. Andrew cogne son verre contre celui de son père À l'Islande !

J'avais à peine dix ans quand on est arrivés, avec ta grand-mère et tes deux oncles, mes petits frères. Et c'est là, toujours présent. Comme si le temps n'était pas passé. Nous étions nous aussi des émigrants.

Andrew a le cœur qui bat fort soudain. Sigmundur poursuit.

Et pauvres. Si pauvres… La traversée avait été un cauchemar. Nous, les enfants, on s'en sortait parce que sur le bateau tout était prétexte pour nos jeux. On s'est liés avec d'autres enfants, comme nous. Et qu'importaient la saleté et la faim, on jouait quand même. Moi je prenais mes deux petits frères et je leur racontais tout ce que j'imaginais de l'Amérique, ça me donnait de la force de les voir écouter, émerveillés. J'y croyais encore plus fort. Mais pour ta grand-mère ce voyage fut un enfer. Elle ne supportait pas d'avoir laissé notre Rósalind sous la terre, là-bas, et elle maintenant qui voguait sur la mer, loin, si loin, de jour en jour plus loin. Je la regardais et j'avais peur quelquefois qu'elle veuille rejoindre Rósalind. Mais c'est une forte femme et elle a tenu. Pour nous. Pour la vie.

Andrew reste debout. Silencieux. Il écoute son père. C'est cette nuit que viennent les paroles qu'il a tant attendues. Cette nuit.

C'est sans doute aussi l'idée de revoir notre père qui lui donnait de la force, pouvoir partager son chagrin de mère peut-être, mais tu vois à notre arrivée, elle a eu un moment d'hésitation. Et moi, ça m'est resté en tête. Je n'en ai jamais parlé à personne parce que ces choses-là... Une hésitation, oui, comme si son propre mari, elle ne le reconnaissait pas. Il avait tellement changé. Deux ans, c'est pas beaucoup mais ça peut vous transformer un homme. Deux ans d'Amérique, sur les chantiers, à terre. Lui qui ne vivait que sur la mer. Il a été de ceux qui ont pelleté, creusé, transporté la terre pour construire et construire encore. Il était devenu encore plus sec et son dos s'était un peu courbé, il était jeune pourtant. Alors elle nous a poussés en avant vers lui, comme pour se donner un temps, être sûre que c'était bien lui. Nous, on était intimidés par ce grand gars, on n'osait pas trop approcher. Et puis il y avait tellement de monde, de brouhaha, de cris, d'appels, dans toutes les langues. C'est lui qui a fait le pas. Il nous a enveloppés tous les trois de ses bras et j'ai senti combien ils étaient durs et combien il était maigre mais son regard, ça, son regard je l'ai reconnu tout de suite. Des yeux de mer bleue, si clairs. Ça a laissé à notre mère le temps de se reprendre. Elle a tendu les bras à son tour, il s'est redressé et ils se sont serrés. Au-dessus de nos têtes. Nous étions gênés, mes frères et moi.

Sigmundur boit lentement le whisky. Andrew s'est maintenant assis sur le bord de la table. Tête baissée, il voit tout ce que lui raconte son père. Cette photographie des parents s'étreignant au-dessus de leurs enfants, il aurait tellement voulu la prendre.

Ruth et Bjorn Jónsson. Ruth, toute jeune et déjà tant de souffrance et d'épreuves. Il a le cœur plein d'amour pour elle, pour eux deux, Ruth et Bjorn, qui s'embrassaient au-dessus de la tête de leurs enfants. Maladroits sûrement et empêtrés de joie et de douleur mêlées. Il boit un peu de ce whisky que son père a choisi avec soin. Dans sa bouche, le goût tourbé réchauffe et creuse une grotte comme pour préparer tout son corps à recueillir les mots précieux de Sigmundur.

Dans la pièce où les bagages attendent que des mains les prennent et les emportent à terre, Gabor a maintenant ouvert l'étui qui garde son violon. Il sort l'instrument et le pose près d'Emilia. Les doigts d'Emilia passent de la peau du jeune homme au bois du violon. Elle caresse les deux, passant et repassant de l'un à l'autre. Gabor laisse le frémissement que ces doigts délicats lui procurent l'envahir. Il laisse les images venir derrière ses paupières.

Dans ce temps d'apaisement qui lui vient après leur étreinte il est envahi d'une confiance sans borne.

Pour elle, pour la musique, pour la vie.

C'est un de ces moments de grâce où la vie retourne à son essence même. On est vivant. Simplement. Et on le sait dans la moindre fibre de son être. On est présent, absolument, et c'est une bénédiction. Ni église ni dieu. Un moment où l'infini est délivré à l'intérieur de soi et c'est une œuvre humaine, rien qu'humaine. Une œuvre de chair.

Gabor, lui qui n'a été habitué ni à la douceur ni à la bénédiction, vit cela. De tout son être. Il ose laisser venir, d'un espace profond à l'intérieur de lui, l'inconnu qui l'habite. Sans peur. Il y a en lui la mémoire des bras qui l'ont tenu tout enfant et il l'ignorait. Cette douce puissance, il serait bien incapable de la nommer. Mais il ressent. Il y a en lui l'attention absolue qu'une mère porte à celui qu'elle a fait naître. Et une plénitude sans limite à sentir le monde autour d'eux, sans crainte, parce qu'ils forment, eux deux, un monde. Ils sont une île paisible dans l'océan. Le ciel est immense et l'immensité est bonne. Rien de tout cela ne s'oublie.

C'est dans le corps. Pour toujours.

Les caresses d'Emilia ont éveillé cette part de lui engloutie.

Rien que pour cette quiétude sans borne, cela valait la peine de laisser les siens partir sans lui, au risque de ne plus jamais les retrouver.

Emilia le regarde et il contemple la délicatesse de ses paupières, le brun mêlé au noir de ses yeux. Dans ce regard il se repose de toutes ses errances.

Elle l'a voulu tellement fort qu'il s'est laissé emporter par quelque chose de plus grand que lui. Pour la première fois, il n'a pas été le maître du jeu. C'est elle qui a mené leur étreinte. Elle qui n'en avait jamais connu aucune avant lui. Comment peut-elle ainsi n'avoir peur de rien ?

Il regarde sa bouche et il désire encore la sentir contre la sienne. Il désire encore Emilia contre lui. Il comprend par tout son être ce qu'est la chair. Ce mystère sans nom qu'on approche avec des rites et des peurs. Il comprend que la chair mène au plus profond de soi. Il n'y a pas de mot. Il n'y a pas de langue. La chair se suffit à elle-même. La joie qu'elle donne est sacrée et ce sacré-là n'a besoin ni de dogme ni de signe de croix. La seule prière est dans la caresse menée justement. Une main qui caresse justement un corps est une main que la sagesse la plus ancienne guide. La sagesse de celui qui apprivoise qui apprend et découvre en même temps qu'il se risque à faire. Et rien ne peut se réfléchir avant.

C'est la main qui pense.

Gabor approche lentement sa main du corps d'Emilia. Elle l'attend. Leur entente est là. Il sait qu'il ne se trompera pas, qu'il peut oser. Le corps d'Emilia parle une langue archaïque et secrète à sa peau à lui, à ses doigts qui la touchent sans hésiter, à son sexe qui saura la pénétrer et trouver le rythme que son corps à elle attend. L'intelligence la plus ancienne et la plus intime est à l'œuvre. La chair est sans limite.

Et Emilia est un être de chair et c'est cette chair qu'il veut. Ce qui se passe entre eux ne peut passer que par le corps et il ne veut pas la lâcher. Jamais.

Il embrasse l'intérieur de sa paume. Elle prend sa main, la retourne et l'embrasse aussi. Ainsi jouent-ils, gravement, à répéter la caresse de l'un sur l'autre. Comme un écho. Combien de temps ainsi passent-ils aux gestes les plus délicats et les plus enfiévrés, vibrant d'un corps à l'autre.

À nouveau Gabor pénètre le corps offert d'Emilia. Cette fois, elle le laisse faire. Le rythme de leur étreinte n'appartient plus ni à l'un ni à l'autre. C'est un rythme accordé.

Bientôt ce sera l'aube. Esther est complètement réveillée. Elle a sorti son carnet. Elle écrit, avec soin. Elle s'est assise sur son lit et elle espère de ce jour qui vient quelque chose de neuf. Qui sait ce qu'elle va découvrir dans cette Amérique ? De savoir qu'Emilia et son père seront avec elle, elle a le cœur gonflé de gratitude. Elle n'est plus seule. Des mains tendues. Voilà ce qu'elle écrit Des mains tendues. Ce ne sont plus les mains des morts qui la soutiennent. Enfin il y a à nouveau des mains vivantes maintenant et elle se sent prête à les prendre.

Le souvenir de son seul amour s'est éloigné, comme emporté par le sommeil où elle a à nouveau été engloutie quelques heures. Qu'il soit mort ou vivant aujourd'hui qu'est-ce que cela change ? Elle n'a pas suivi le chemin qui fait quitter la vie, elle. La part d'elle qui veut vivre a été la plus forte cette nuit. Une fois encore.

Dans cette Amérique, personne ne l'attend mais maintenant elle sait qu'ils seront trois à descendre et ça change tout.

L'envie d'imaginer coupes et vêtements nouveaux lui revient lentement. Elle a observé les uns et les autres sans en avoir l'air. Elle, ce qu'elle sait voir, ce sont les corps sous les vêtements et s'ils sont à l'aise. Tant de tissus venus de toute l'Europe. Elle voudrait toucher les étoffes, les palper de sa main de connaisseuse, soyeuses ou simples et rudes, brodées parfois d'entrelacs compliqués, de points qu'on se livre de mère en fille. Elle repère les draps épais à la lourde tenue, les soies, les laines. Elle ignore le nom de certaines étoffes qu'elle voit enroulées autour des épaules des femmes ou tenant les bébés fermement contre la hanche des mères. Tant de costumes différents. Jamais elle n'aurait imaginé voir un tel foisonnement.

Elle imagine les patrons nouveaux et les tenues nouvelles dont elle songe à habiller ces Américaines dont on vante le corps souple et sans corset. Elle est venue avec fils et aiguilles, avec toute son invention de couturière que plus rien ne retenait dans son pays, et le désir de se mettre au travail est là, à nouveau.

Le lit d'Emilia est toujours vide. Où la jeune fille est-elle partie ? Esther continue à écrire. Dans le silence de l'écriture elle entend les mots à l'intérieur d'elle. C'est sa langue. C'est un rempart fragile mais sûr. Personne jamais ne pourra lui enlever sa langue, où qu'elle soit. Elle écrit et c'est un trésor. L'idée lui vient que dans cette grande ville de New York il y a forcément des gens qui parlent aussi sa langue. Pourquoi n'y avait-elle pas songé avant ? Se dire qu'elle pourra la parler avec d'autres à nouveau. Le sourire est là, déjà, sur son visage. Parler sa langue c'est vivre avec soi-même, bien présent dans le monde. Et c'est bâtir comme une chaude maison autour de soi et de celui avec qui on parle. On peut ouvrir la porte, entendre les autres langues tout autour ou la fermer pour respirer juste dans l'espace des sons connus. Cette liberté-là est précieuse. Elle écrit et elle pense à la parole qui va d'un corps à l'autre, qui se perd dans l'air. Elle écrit qu'elle veut à nouveau ce partage-là.

Elle les cherchera, ceux de son pays. Emilia l'aidera. Le jeune photographe aussi. Il doit savoir toutes ces choses et peut-être même qu'il connaît un lieu où elle pourrait trouver des livres dans sa langue. À Adana, elle allait chez un homme qui en possédait beaucoup. Il lui en prêtait et elle pouvait lire tranquillement chez elle. C'est cela qui lui a donné de l'audace. Que les auteurs soient morts ou vivants cela n'avait pas d'importance. Elle conversait avec eux, à sa façon. Les livres aussi ont dû être brûlés. Mais la langue, elle, reste. Et la langue dure plus longtemps que les corps, plus longtemps que le papier. Et elle continue à réunir.

Oui, le jeune photographe l'aidera. De toute façon, il va s'attacher aux pas d'Emilia. Et même si Emilia n'est pas pour lui non plus, il va insister à sa façon, en aidant. Esther connaît les stratégies qu'ont les amoureux pour tenter leur chance. Mais Emilia, ah Emilia, elle n'est ni pour lui ni pour l'homme au violon. Emilia n'est pour personne. Esther revoit la toile rouge, la voile gonflée de vent. Elle est là, Emilia. Seulement là. Ce n'est pas une fille à marier. Et c'est toujours celles-là que les hommes veulent.

Elle ferme son carnet. Elle est à nouveau dans l'attente du jour et de ce que réserve l'existence, la sienne, celle des autres.

Il faudrait qu'elle se lève. Elle veut savoir si ses jambes la portent. La tête lui tourne un peu alors elle reste assise au bord du lit. Elle attend.

Son regard commence à bien discerner les formes des dormeuses. L'une est allongée dans les bras d'une autre à quelques lits de distance. Ce sont deux sœurs aux longues tresses rousses qu'elle a déjà remarquées. Ainsi même dans la nuit elles ont besoin l'une de l'autre pour trouver la paix du sommeil. Elles font partie des jeunes femmes qui se sont embarquées pour un mariage ici. Si elles sont restées cette nuit, c'est que personne n'est venu les chercher. Esther revoit leurs visages si jeunes, des fronts têtus et des yeux sombres étonnants avec leur peau si claire.

D'où viennent-elles ? La langue qu'elles parlaient lui est inconnue. Elles portent de larges pantalons noirs étonnants qui leur donnent une allure plus libre que les femmes encombrées de jupes. Quelle va être leur vie ici ? Elle qui écoutait les confidences que chuchotent les femmes quand elles essaient les vêtements, elle ne comprend pas qu'on puisse ainsi se livrer au mariage en traversant l'océan, sans rien connaître du futur époux, de la famille dont il est issu. Qu'est-ce que cela peut donner comme vie ? une autre question lui vient. Est-ce que dans le fond ne rien savoir de l'époux ou de l'épouse rend plus libre ? Est-ce que cela permet de vivre mieux, libéré de tout le passé ?

Les visages endormis, confiants, des deux jeunes filles la bouleversent.

Elle pose son carnet sur le lit, se lève tout doucement. Elle retrouve son aplomb et ça la rassure. Lentement elle se met en marche. La respiration des dormeuses l'apaise. Elle repense aux contes de son enfance. Il y en avait un qu'elle aimait particulièrement. Il lui revient ici.

Dans le conte, tous les enfants s'étaient endormis ensemble d'un seul coup dans un royaume et rien n'y faisait, on ne pouvait pas les réveiller. On sonnait les trompettes, on jouait du tambour, on les secouait. Rien. Alors était arrivée une enfant sage. On disait qu'elle était sage parce qu'elle en avait l'air, c'est tout. L'enfant sage avait demandé une pelote de laine, puis elle avait demandé qu'on rassemble tous les enfants endormis dans un grand cercle. Elle avait une autorité grande avec une toute petite voix. Elle avait enroulé la laine autour d'un doigt de chaque enfant. Cela avait pris du temps car il y avait beaucoup d'enfants et pendant tout ce temps elle avait demandé aux parents de chanter une berceuse et peu importait que ce ne soit pas la même. Les berceuses sont douces et lentes et le réveil des enfants devait être doux et lent. Quand tous les enfants avaient été reliés par un doigt elle avait dit Maintenant le jour neuf ! et elle avait légèrement tiré sur la laine qu'elle tenait en main. Tous les enfants s'étaient réveillés en même temps. Les parents en pleuraient de joie. Bien sûr ils avaient serré leurs enfants dans leurs bras et les enfants ne comprenaient pas ce qui se passait. Ils pensaient que c'était le matin et se demandaient pourquoi ils étaient tous sur la place du village. On chercha alors la petite fille sage. En vain. On se demanda si ce n'était pas une enfant du village voisin mais quand il s'est agi de la décrire, les descriptions de chacun étaient si différentes qu'on s'y perdit. Enfant, elle aimait beaucoup ce passage où les descriptions de la petite fille étaient si différentes les unes des autres. Jamais personne ne sut qui elle était ni où elle avait disparu.

Mais depuis dans le village, à chaque fois qu'un enfant était pris d'un ennui tel que ses yeux se fermaient, les parents essayaient vite d'inventer quelque chose pour voir dans les yeux de l'enfant l'étincelle de la joie de vivre revenir vite vite vite… Et finalement le village tout entier vécut bien plus joyeusement… C'était le village du jour neuf.

Ici aussi.

Esther marche lentement dans les allées des dormeuses et elle se dit que chacune est venue chercher le jour neuf. Elle n'a pas de fil à passer autour de chaque doigt mais elle chante une berceuse très bas pour que le réveil de chacune soit doux et lent.

Hazel attend. Elle est à nouveau en bas. Andrew est parti. Elle, elle reprend l'attente habituelle des nuits. Dans le salon, elle est la seule à ne pas être montée. Aucun bavardage. Tant mieux. Elle sort rapidement son livre. Une clochette discrète avertit toujours de l'arrivée d'un client. C'est l'heure creuse.

Bientôt elle pourra rejoindre la chambre qu'elle partage avec la toute jeune Emma. Emma qui s'écroule sur son lit tant ses heures de travail l'épuisent. Ronde, douce et câline, elle attire une clientèle insatiable d'hommes mûrs ou vieillissants. Ils la gâtent et elle a encore les yeux d'une petite fille devant un bijou, des dentelles. Pour combien de temps ? Cette jeunesse-là se flétrit vite et alors… la maison vous congédie. Sans état d'âme. Quand elle le peut, Hazel lui parle d'avenir mais elle voit bien que la jeune Emma ne l'écoute pas. Elle dort dans un bon lit, mange à sa faim, ne subit aucun mauvais traitement, elle n'en espérait pas tant quand elle a frappé un soir d'automne à la porte, elle qui venait des taudis insalubres de l'*east end*. Elle s'était enfuie d'une vie où il fallait qu'elle subvienne aux besoins d'enfants que sa mère faisait au gré de nuits embrumées d'alcool. Les derniers temps les hommes de passage se trompaient volontiers de lit et elle s'en défendait comme elle pouvait. Le jour où sa mère l'avait obligée en la traitant de mauvaise fille et pire, tellement pire, elle avait pris le parti d'en finir avec tout ça. Ici, c'était un palais pour elle et elle y prenait ses aises. Alors l'avenir… Hazel sait tout cela. Les confidences se sont faites au fil des heures passées ensemble. Elle voudrait tant qu'Emma se rappelle ses conseils quand elle sera rassasiée du soulagement.

Elle a fermé son livre. Cette nuit elle n'arrivera pas à lire. Le souvenir de Matthew, ravivé par la présence de son ami, revient lui froisser le cœur. Elle en veut à Andrew. Qu'avait-il besoin de la demander, elle ? Ne peut-on la laisser en paix ?

Si on s'approchait d'elle maintenant, tout près, tout près de sa bouche on entendrait la phrase qu'elle se répète et qui la calme, toujours la même. Je m'appelle Hariklia Antonakis je n'oublie pas mon nom Je m'appelle Hariklia Antonakis je n'oublie pas mon nom Je m'appelle Hariklia Antonakis je n'oublie pas mon nom…

Hazel c'est pour les autres, c'est le prénom d'une héroïne de roman qui l'a emportée loin de tout il y a des années, quand elle découvrait tout juste l'ivresse de la lecture. Ici, elle vit à l'abri de ce prénom. Elle n'a que de vagues souvenirs de l'île où elle est née, elle a grandi ici, dans la misère d'ici. Elle ne pensait pas que quelque chose de son île s'était glissé dans sa voix quand elle parle. Andrew lui a parlé d'un accent. C'est la première fois qu'on le lui fait remarquer.

Un jour elle partira de cette maison. Elle économise autant qu'elle peut. L'argent de Matthew, elle n'en a pas voulu. Être installée par un homme dans cette ville, dans une maison confortable, ce n'est pas son rêve à elle. Elle veut arriver seule à construire sa vie. Elle veut ne dépendre d'aucun homme. Jamais. Et elle veut ouvrir une petite pension. Un endroit paisible où les femmes qui arrivent de loin pourront trouver un havre de paix. Les prix seront modestes. Elle n'aura qu'une seule aide pour commencer. Elle choisira une femme de confiance. Elle aimerait qu'elle soit de son île et que la nourriture rappelle les saveurs lointaines. Dans sa pension, il y aura aussi des livres parce qu'ils vous emportent et vous reposent de tout, parce que parfois ils vous conduisent même là où vous pensiez qu'en vous il n'y avait plus rien. Tous ces auteurs, ce sont les parents, les frères, les sœurs et même les amoureux qui manquent. Mais avant, avant, elle veut retourner là où elle est née, sur cette île qui revient parfois lui caresser le visage dans ses rêves.

Hariklia Antonakis a aimé Matthew, son cœur généreux et plein d'élan. Elle s'en est défendue mais elle a aimé sa jeunesse et sa fraîcheur que sa situation à elle n'entamait même pas. Elle sait qu'il souffrait de la savoir ouverte à d'autres corps, d'autres hommes. Une cruauté. Il ne pouvait pas comprendre qu'elle continue.

Elle, elle a appris à n'être qu'un corps qui capte ce que l'autre corps attend, parfois même sans en avoir conscience. Elle a su tout de suite pour Andrew. Il cherchait Matthew bien plus qu'elle. Il cherchait leur insouciance partagée. Que lui est-il arrivé pour qu'il ait besoin de venir jusqu'ici ?

Hariklia soupire. Dans son soupir il y a le vent qui balaie soudain l'île où elle est née, qui secoue violemment les palmes si tranquilles un instant avant. Mais elle ne le sait pas. Elle marche dans le salon silencieux. Je m'appelle Hariklia Antonakis je n'oublie pas mon nom…

Emilia Scarpa est traversée d'un frisson. Que vont-ils devenir ? La terrible question qu'elle a tenue loin d'elle toute la nuit est là. Elle se glisse entre ses jambes avec la main de Gabor. Emilia ferme les yeux, serre très fort les paupières. Elle ne veut que sentir la main de Gabor, ses doigts qui l'explorent délicatement. Oublier tout le reste. Mon Dieu la découverte de tout ce plaisir ne peut pas s'arrêter à cette nuit. Elle ne pourra plus ignorer cela et elle ne pourra plus s'en passer.

Gabor colle sa poitrine contre la sienne. Elle attend que sa bouche s'empare à nouveau de ses seins. Elle attend délicieusement qu'il réveille à nouveau son corps ensommeillé. Gabor connaît et aime le corps des femmes. Il a appris les subtilités des caresses, suspendre un geste, reprendre quand il sent que c'est le moment attendu, embrasser, mordre, effleurer. Avec Emilia tout lui vient sans qu'il y pense. Le corps d'Emilia est une bénédiction pour l'amour. Il la sent vibrer et se tendre, se laisser aller et attendre. Il la sent abandonnée à ses mains à son corps à lui comme jamais il n'a senti une femme. Il ignore que la terrible question tente de se frayer pourtant un chemin dans la tête de la jeune femme, qu'elle combat.

Bientôt dans l'ardeur qu'il a réussi à éveiller à nouveau, elle oublie tout. À nouveau elle prend la tête de Gabor entre ses mains et l'embrasse longuement, son corps tout entier répondant au rythme que lui impose le garçon. Qu'il n'arrête pas. Qu'il l'épuise. C'est tout ce qu'elle demande.

Le sommeil d'Elizabeth Jónsson est tourmenté d'un étrange rêve. Elle tente de marcher mais une neige dense et brillante gêne chacun de ses pas. Elle se dit que ses chaussures si fines ne sont pas faites pour ça. Elle aurait dû prendre ses bottes fourrées, ses confortables et si jolies bottes fourrées qu'elle aime tant retrouver à la saison froide. La seule paire de chaussures qu'elle ne décide pas de changer chaque année. Elles ont coûté un prix exorbitant mais les enfiler est déjà un délice. Pourquoi ne les a-t-elle pas chaussées avant de se lancer dans cette équipée ? La route semble si longue devant elle. Elle sait, dans son rêve, qu'elle va chercher quelqu'un, qu'on l'attend, elle doit se hâter mais c'est impossible, la neige l'emprisonne et le froid grimpe jusque dans son dos.

Sa main, derrière elle, cherche comme à l'habitude le corps chaud de Sigmundur. Elle ne rencontre que le drap froid et cette sensation de froid nourrit le rêve. Pourtant Sigmundur était là, sur la même route, près d'elle mais il s'est mis à marcher si vite, sans se retourner, à grandes enjambées. Elizabeth a peur, comme une toute petite fille. Elle ne reconnaît plus rien. Plus de rues plus de maisons, rien que la neige, à perte de vue. Elle aimerait appeler mais sa voix, comme ses pas, semble étouffée par la neige. Elle passe sa main sur son cou. Est-ce le contact de sa propre main sur sa peau qui l'a réveillée ?

Les yeux grands ouverts dans l'obscurité de la chambre, elle voit encore la neige. Il faut un moment pour que le rêve la laisse redécouvrir les formes familières autour d'elle. Les rideaux sont soulevés par le vent. La fraîcheur a gagné par la fenêtre ouverte. C'est sans doute la cause de ce rêve, se dit-elle. Elle est encore étreinte par une angoisse sourde. Sigmundur n'est pas là. Peut-être est-il descendu fumer son cigare ? C'est son remède, accompagné d'un verre de son très bon whisky, quand un souci le taraude. Cela faisait longtemps qu'il n'en avait pas eu besoin.

Mais quelle sottise de lui avoir rappelé cette enfant morte ! Elle s'en veut, se lève pour fermer la fenêtre. Renvoyer Sigmundur à ce passé si dur est bien la dernière chose qu'elle aurait dû faire. L'idée qu'il puisse être dans la tristesse à cause d'elle la mortifie. Elle sait que dans ce cas il est inutile qu'elle tente quoi que ce soit. Sigmundur se mure. Il faut attendre. Et attendre, elle sait si mal le faire. Elle se déteste d'avoir ainsi brouillé leur paix.

Alors son œil est attiré par une lumière, sur le côté. C'est l'atelier d'Andrew qui est éclairé et Elizabeth ne peut empêcher à nouveau la morsure de la colère. C'est plus fort qu'elle. Mais combien de temps encore va-t-il s'échiner sur ses photographies de miséreux invendables ? Combien de temps va-t-il ainsi gâcher tout ce que la vie lui offre et ses chances de devenir vraiment quelqu'un ? Ah si seulement cette jeune Lucile Lenbow pouvait le ramener à la route raisonnable et heureuse qui pourrait être la sienne. Comme ils seraient tous comblés. Ce serait si simple.

En se remettant au lit, Elizabeth Jónsson a retrouvé sa vivacité. La colère l'aide à chasser l'angoisse du rêve. La voilà qui se met à échafauder des stratégies pour conduire son fils dans les bras de la jeune fille. Inutile de compter sur les parents de Lucile, elle les a jaugés rapidement : gentils mais bon ! ce n'est pas avec eux qu'elle pourra livrer sa bataille. Ils ne lui seront utiles en rien. Ils ont réussi et c'est déjà miraculeux, à faire une enfant à la beauté calme, bien élevée et douée, intelligente, certes un peu petite mais avec une grâce ma foi qui fait du défaut un charme supplémentaire. Leur position dans la société est belle. Elizabeth se rassérène à ces pensées. Comment orienter le choix d'Andrew ? Si son ami Matthew était là, elle pourrait essayer d'en savoir plus sur les goûts de son fils. Il est si secret. Elle songe à écrire à Matthew. Lui a choisi une voie raisonnable. N'était-il pas question qu'il épouse une jeune fille de Livermore ou de Los Angeles ? ou c'est le fils Aberlack peut-être. C'est l'âge où les fils et les filles se marient. Qui pourrait lui venir en aide ? Son Andrew est si lointain.

C'est le visage de Ruth qui lui revient en tête alors que le sommeil la gagne. Ce geste qu'elle a eu, si intime, de caresser la joue de la jeune fille. Bien sûr, Ruth. Andrew l'écoute, elle ! Elizabeth est même parfois jalouse de leur entente mais maintenant… maintenant c'est une alliée de poids.

Elizabeth prend l'oreiller de Sigmundur, elle respire son odeur, se réchauffe en le tenant contre elle. Bientôt elle se rendormira.

Dans l'atelier d'Andrew, Sigmundur continue à parler. Ce qu'il raconte, c'est ce qu'Andrew connaît de tous les émigrants pauvres qui un jour débarquent à Ellis Island. Ce qu'il apprend par contre, c'est le désespoir de son grand-père Bjorn Jónsson, qui peinait dans une ville où le regard est toujours borné par les pierres, où le vent n'a plus ce goût âcre et salé, où les odeurs familières de la mer ont disparu. Un monde que ne connaîtrait jamais sa petite Rósalind. Jamais Ruth ne lui en a parlé. Le père de Sigmundur était un homme pour toujours amputé d'une part vive. Et lui, son fils aîné, il avait lutté pour décupler de vigueur. Pour compenser ce qu'il sentait de cet anéantissement qui pouvait gagner toute la famille. Et d'abord sa mère Ruth.

Sigmundur enfant s'était donné pour tâche de seconder sa mère, de l'épauler autant qu'il le pouvait à la maison. Bjorn rentrait harassé. Mais lui, lui, il avait été présent tout le jour, il ne la quittait pas. Ensemble ils faisaient des petits travaux pour gagner l'argent qui manquait toujours. C'est là qu'il s'était promis de gagner assez d'argent pour ne plus jamais connaître ça. Beaucoup sans doute ont été dans son cas. Tous n'ont pas pu parvenir à asseoir une aisance aussi confortable que la sienne. Lui, il était bon pour commercer, savait repérer vite la valeur des choses. Ruth lui avait confié les achats pour la maison. Elle, elle avait du goût et le palais fin. C'est elle qui lui a fait apprécier la première le vin alors qu'ils étaient entourés de buveurs de bière. Elle avait compris qu'il avait du talent. Oh pas un talent qui fait l'admiration, rien de remarquable. Le commerce n'attire pas en soi l'admiration. Et c'était bien pour lui, de progresser sans se faire remarquer.

Il a su acheter et vendre. Il a su parler aux gens, les écouter et comprendre à demi-mot ce qu'ils voulaient. Le commerce, c'est ça. C'est apprendre à connaître le désir de quelqu'un. Et après tout, il en avait fait son art.

Sigmundur regarde Andrew droit dans les yeux et il ajoute Il n'y a pas à en rougir.

Il se tait. C'est le moment, pour Andrew, où il faut parler. Ce moment qu'il a sans cesse repoussé, pensé et repoussé encore. C'est maintenant.

Père j'ai toujours eu un grand respect pour votre activité. Je sais que vous menez vos affaires avec une intégrité qui fait souvent défaut ici chez ceux qui s'enrichissent…

Mais ?

Sigmundur a l'œil ironique. Il coupe court aux compliments. Avec un sourire amusé, il repose sa question Mais ?... Il attend…

Mais je ne souhaite pas prendre votre suite.

Voilà. La chose est dite. Sans reprendre son souffle. Andrew n'en revient pas. Si peu de mots pour dire ce qui l'occupe depuis des années. Voilà.

Montre-moi tes dernières photos, celles que tu as faites aujourd'hui.

J'allais les développer quand vous êtes arrivé, père. C'est long…

J'attendrai. Et Sigmundur ajoute On est bien ici…

Sous le regard de son père, Andrew a du mal à retrouver la fluidité habituelle de ses gestes. Mais Sigmundur a appris à mettre à l'aise celui dont il veut connaître le désir. Il boit lentement le whisky, baisse les paupières. Sa présence massive a quelque chose de bon, de rassurant au milieu de toutes les émotions qui ont bousculé la nuit d'Andrew. Peu à peu, sans qu'il s'en rende compte, la chaude présence de Sigmundur fait son effet. Andrew retrouve son calme et se met au travail.

Donato Scarpa a les yeux rivés sur la nuit. Que sait-il vraiment de son corps d'homme ? Il a vécu avec une vigueur et une joie que peu connaissent. Jusqu'à la mort de Grazia, il a été un roi.

Son corps, toute sa vie, a été son instrument, il a suivi les mots là où ils voulaient bien le mener. Il a senti comment une phrase parfois, parce qu'elle est dite avec une part de soi où loge ce qu'on a de plus fort, de plus intime, de plus secret, a une puissance qui va bien au-delà de ce que les mots expriment. Oui, il a senti quand il provoquait chez les autres ce frémissement mystérieux qui porte chacun au-dessus de lui-même, un temps. C'est cela qu'il a cherché. Toute sa vie. Ces moments-là. Une grâce.

Et c'est bien ce corps, le sien, qui procure cela.

Toute extase est une œuvre de chair.

Il n'y a pas d'esprit sans la chair.

C'est comme ça. On est un être humain et c'est comme ça. Pourquoi ne le dit-on pas dans les églises ? dans tous les lieux sacrés ? On le vit au théâtre et on le sait. Au fond de soi on le sait. Ah oui, on peut leur reprocher à eux, les comédiens, de trop y tenir, à leur corps, à son apparence, à son état. Mais c'est parce qu'ils savent, eux, même les plus obscurs, ils savent que le corps, finalement, c'est tout.

Et lui depuis la mort de Grazia, il a fait comme s'il oubliait ça.

Bien sûr, il sait toujours se donner le plaisir d'un vin capiteux, ou d'une bouffée de son tabac préféré, chaud en bouche, parfumé. Il sait apprécier la bonne nourriture et même les excès parfois et leur jouissance. Mais ce qui fait vibrer la part inconnue, secrète, au plus profond de soi, ce moment où on est vraiment roi de sa vie avec sa reine dans les bras, ça, il l'a abandonné.

Plus jamais il n'a cru que le frémissement mystérieux de tout l'être pourrait avoir lieu avec une femme, à nouveau.

Cette nuit, pour la première fois, il doute.

Est-ce que cela n'est attaché qu'à une seule personne, un seul autre corps ? Et après, plus jamais ?

S'il avait vraiment cru que la chair avait sa propre liberté, est-ce qu'il l'aurait retrouvé, ce frémissement merveilleux qu'il avait connu avec le corps de Grazia ? Il a finalement manqué de foi dans la vie. Se dire qu'elle peut être plus forte que ce qu'on appelle amour, il n'a pas osé. La peur de devenir une bête. Si le souvenir de celle qu'on a aimée n'empêche plus la grâce de ce moment, on a déchu ? On n'est plus un être humain digne du mot amour ? Oui, il a eu peur de ça.

La belle main de Donato Scarpa passe de son grand front à ses cheveux qu'il lisse d'un mouvement appuyé en arrière, comme pour se laver le crâne de toute pensée. N'en garder qu'une. Celle-là. Vivre réclame une liberté plus grande que celle qu'il s'est octroyée.

Il revoit le visage rayonnant de Grazia dans l'amour. La plénitude de joie que ce visage offrait. Elle habitait son corps sans crainte depuis la première étreinte. Il avait été émerveillé de sa liberté. Dans ses bras à lui elle laissait advenir cette part d'elle sauvage et innocente à la fois. Elle ne retenait rien, elle vivait pleinement l'amour. Le ventre de Donato se serre et à l'évocation si vive de sa Grazia, il sent à nouveau le durcissement de ce sexe qui cherche à vivre. Encore. Oui, il est un homme de chair. Ainsi a-t-il été créé et il n'y a pas à rougir devant la chair. La laideur, c'est de ne pas oser lui donner sa part. La chair confinée, niée, ne donne que des œuvres ratées. Et la vie même peut être une œuvre ratée.

Donato Scarpa sait, cette nuit, que Grazia ne pourra pas l'aider plus qu'elle ne l'a fait en lui offrant ce visage rayonnant.

Alors il revoit le visage de sa fille, libre et sauvage aussi, les cheveux dénoués, et il comprend jusqu'au fond de lui ce qui l'a tant bouleversé quand il l'a découverte ainsi.

Elle aussi.

Comment un père peut-il accepter cela de sa fille ?

Lucile Lenbow a joué sans discontinuer. Pour elle toute seule. Pour son rêve d'amour qu'elle sait déjà amputé de sa plus belle part. Andrew Jónsson a le cœur ailleurs. Inutile de se raconter des histoires. Pourquoi le veut-elle, lui, alors que d'autres jeunes gens, tout aussi séduisants, parfois même plus, l'ont courtisée sans qu'elle sente qu'ils soient retenus ailleurs, dans une part d'eux-mêmes à laquelle elle n'aurait jamais accès ? Car c'est bien cela qu'elle sent.

Si elle poursuit ce rêve, elle avancera. Elle a suffisamment de ténacité pour cela. Mais la part d'Andrew qui est ailleurs restera une part manquante. Et elle sent bien que cette part est liée à une autre femme et à Ellis Island.

Et alors ? se dit-elle, les mains posées sur le clavier, immobiles.

Doit-on tout avoir de celui qu'on aime ? Doit-on accéder à son être tout entier ? est-ce que l'amour ne peut pas accepter la part manquante ?

Certes, ce n'est pas le rêve qu'elle a poursuivi jusqu'ici. Comme ses petites sœurs aujourd'hui, elle attendait que l'amour lui apporte tout. Cette nuit, elle sent qu'il faut s'affronter à autre chose.

Andrew Jónsson l'a touchée si profondément qu'elle se juge capable d'envisager une union autrement. Après tout, c'est celle qui est capable de durer qui gagne. Elle revoit le regard d'Andrew, la tendresse de ce regard sur elle. Cela pourrait lui suffire. Si elle s'impose, elle parviendra peut-être un jour à se faire aimer vraiment.

Et sinon, est-ce un sacrifice ? Le mot lui fait horreur. Un jour, elle a entendu ses parents se disputer. Elle était petite. Sa mère reprochait à son père son "penchant trop penché" comme elle disait pour les bons vins et son trop grand intérêt pour son journal. Il y passait le plus clair de son temps. Et il avait dit Je t'ai sacrifié mes voyages. J'ai accepté ta sacro-sainte vie de famille, Louise. Le vin et le journal c'est ce qui me fait vivre. Alors tais-toi.

Et sa mère s'était tue. Elle avait quitté la pièce et avait découvert Lucile, près de la porte. Elle l'avait prise par la main sans un mot et elles étaient montées à l'étage. Ses petites sœurs n'étaient pas encore nées. Sa mère l'avait couchée, l'avait embrassée et lui avait juste murmuré Ce n'est rien d'une voix très douce et lasse qu'elle ne lui connaissait pas.

Parfois, plus tard, elle s'était demandé si elle avait rêvé. Ses parents avaient poursuivi leur vie agréable et mondaine. Les jumelles étaient nées.

Cette nuit elle se demande comment on peut dire Ce n'est rien.

Les voyages, son père ne les a pas faits. Il envoie des journalistes les faire pour lui aux quatre coins du monde. Leur unique voyage familial, c'est pour la maison qu'ils rejoignent près de la mer aux vacances. C'est tout. Elle n'a jamais osé aborder cet épisode ni avec lui ni avec elle. Mais le mot "sacrifice" et le "ce n'est rien" sont devenus une boussole dans sa vie, sans qu'elle y prenne garde.

Elle, elle ne demandera jamais à un homme de sacrifier ses rêves pour une vie de famille. Elle a trop vu ce que ça donnait. Une vie lisse et en apparence paisible. Dessous, les sables mouvants où l'on peut toujours être englouti si l'on n'y fait pas attention.

Lucile Lenbow veut marcher sur la terre ferme. Elle ne veut aucun sacrifice. Si elle parvient à accepter la part d'Andrew qu'elle n'aura jamais, alors elle aura gagné une autre liberté. Celle de vivre avec lui.

Si l'on voyait les yeux de Lucile à ce moment précis, on verrait leur éclat. Intense. Et on pourrait se demander si c'est l'absence de sommeil, les larmes ou la joie qui lui donnent cet éclat.

Le visage d'Emilia Scarpa est là, face aux deux hommes, le père et le fils, dans l'atelier d'Andrew. Sigmundur est frappé tout de suite par la hardiesse et la beauté de la jeune femme. C'est dans sa façon bien campée de se tenir, dans sa retenue même. Comme si toute sa force était en réserve et qu'elle le savait. Cette Emilia Scarpa est une jeune femme qui sait ce qu'elle veut, oui.

Ainsi donc c'est ce genre de femme qui fait battre le cœur de son fils ! Sigmundur est troublé par cette découverte. Ce n'est pas juste un joli visage, une robe élégante qui peuvent faire tourner la tête de ce jeune homme si policé. Il lui faut de la force de l'ardeur. À lui aussi. Sigmundur découvre que son fils partage avec lui l'attrait pour les femmes de caractère et oui, il en est heureux. Comme un signe du sang qu'ils partagent. Parce qu'à n'en pas douter, son fils est amoureux, pour sûr ! Son silence près de lui, la façon qu'il a de se plonger dans la contemplation de cette photographie, la tension que Sigmundur perçoit, parlent pour lui. Andrew est totalement sous le charme. Et c'est elle qui l'a mis en retard au dîner. C'est une étrange et belle chose que de découvrir de quoi le cœur de son fils est fait.

Sigmundur n'est pas du genre à craindre l'amour. Dans sa vie, il a toujours su faire la part des choses mais Andrew a le caractère emporté et entier de sa mère même s'il est loin de s'en rendre compte. Cela la conduit, elle, à ses colères mémorables mais Andrew n'est pas un homme de colère. Il vit ce qu'il éprouve sans le montrer. Son père sent vibrer cette nuit l'intensité sous la peau de ce fils lisse et sans histoire. Il aime ça même s'il se demande jusqu'où cela peut le conduire.

Cette nuit, il découvre aussi son talent. Cette photographie d'un père et de sa fille en dit plus que personne ne pourra jamais en raconter. Il regarde le père. Bel homme, encore dans la force de l'âge, ce Donato, même si la jeunesse est loin. Hardi sans doute lui aussi. Il voit le livre tenu par une main d'un côté et le bras qui cherche encore à protéger la jeune fille. Le regard de son fils a perçu l'écart entre père et fille. Mince, si mince mais il est là. Celui qui regarde la photographie ne peut que sentir quelque chose qui échappe. La liberté, ces deux-là sont venus la chercher ici. Mais ce n'est pas la même pour l'un et pour l'autre. La photographie le montre sans commentaire.

Et soudain Sigmundur se demande quel regard Andrew porte sur lui et sur Elizabeth. Il ressent une gêne à la pensée de ce que lui et sa femme ont pu dévoiler à ce regard aigu sans le savoir. Comme s'ils pouvaient être mis à nu par leur propre enfant. Est-ce qu'un fils, parce qu'il a ce regard, peut percevoir les choses secrètes du couple de ses propres parents ? A-t-il fait des photographies d'eux et que révèlent-elles ? Il ne se rappelle pas en avoir vu. Pourtant il se rappelle bien Andrew et son éternel appareil photographique dans des réunions de famille. Il faudrait qu'il regarde ses albums. Qu'il découvre.

Lui-même, qu'a-t-il vu du couple de ses parents ? Et qu'en reste-t-il ? Comme le temps est passé vite.

Son fils a tourné son visage vers lui. Sigmundur sent combien Andrew est heureux de partager ce moment rare avec lui. Dans les yeux d'Andrew, c'est la confiance qu'il voit et c'est nouveau. Son cœur se gonfle d'une joie inconnue. Il l'écoute parler de ses nouveaux amis. Andrew dit Ces deux-là sont des personnes étonnantes, tu sais, et il se met à raconter tout ce qu'il a appris de Donato et Emilia Scarpa. Il parle du livre aussi qui ne quitte pas Donato, cette Énéide dont Sigmundur entend le titre pour la première fois.

Sigmundur boit lentement son whisky.

Lui repense au territoire qui vient de se glisser sous ses pieds, son enfance exilée de l'Islande, sa jeunesse faite de lutte toujours, pour la vie, pour une place dans ce monde. Il écoute son fils et les histoires se superposent. Alors pour se remettre dans sa vie d'homme assuré d'aujourd'hui, il pose des questions pratiques Où vont-ils aller ? Pour faire quoi ?

Mais les réponses d'Andrew le plongent dans une perplexité nouvelle. Ces deux-là n'ont rien à voir avec la venue des pauvres islandais qu'ils étaient, lui et toute sa famille. Ainsi donc on peut venir en Amérique juste par choix. On peut choisir de quitter sa terre, sa langue et tout ce qu'on connaît. Il pense C'est plus grave et il ne sait pas pourquoi.

Le matin est proche. Les oiseaux le savent déjà, eux qui se sont envolés d'un seul coup d'aile au-dessus de l'eau. Toujours mystérieusement avertis avant la première lueur de l'aube.

Les hommes, non. Ils ne sentent pas l'appel impérieux de la lumière à venir. Il leur faut toujours attendre de voir.

Pourtant quelque chose fait se tourner les dormeurs dans leurs rêves. À bien y regarder, quelque chose appelle. Les rêves d'avenir se glissent mieux dans ces heures qui précèdent le matin. On dit "le petit matin" mais il n'y a pas de petit matin. Chaque matin porte la grande promesse. Même si elle est usée et que certains préféreraient encore garder les paupières baissées, blottis dans l'ombre du sommeil.

C'est le cas d'Elizabeth Jónsson. La chaleur de Sigmundur, son poids rassurant ne sont pas au rendez-vous du matin. Dans son sommeil elle sent encore le vide à côté d'elle et elle replie les genoux contre sa poitrine, les deux mains glissées sous son oreiller. Prolonger le sommeil, c'est tout.

C'est le cas aussi de Hazel. Elle a de plus en plus de mal à supporter l'idée du jour qui l'attend. Elle en connaît tellement bien toutes les étapes, heure par heure, et vraiment, vraiment, après cette nuit, elle n'en a plus le courage. Quelque chose s'est mis à battre dans son sang. Ce corps qu'elle a su si bien endormir pour en faire un outil, ce corps qui lui est rendu dans les rêves de chaque nuit, réclame. S'anesthésier comme elle le fait chaque matin pour pouvoir remplir sa tâche, comment ? Refuser le matin, est-ce possible ? Elle entend le léger ronflement de sa compagne de chambre. L'aider à se réveiller comme tous les jours, voir encore sa frimousse de petite fille avant que le maquillage ne l'estompe ? Et elle, elle, oublier Hariklia, la laisser seule sur son île. Entrer à nouveau dans la peau de Hazel ?

Non, ce matin son corps de la nuit résiste.

Hariklia Antonakis ne cède pas la place.

La venue d'Andrew lui a rappelé Matthew et sa façon de la regarder, de l'écouter, de la voir vraiment, elle. Les paupières encore closes, elle pense que jusqu'au dernier moment elle ne lui a pas donné son vrai nom. Dans ces heures où rien encore du jour qui vient ne s'est joué, elle le regrette. Avec lui seul pourtant elle s'était laissée aller à être Hariklia quand il la prenait dans ses bras. Il aurait été juste qu'elle lui livre son nom. Elle n'a pas son adresse, elle ne l'a ni demandée ni cherchée mais Andrew Jónsson la connaît forcément. Elle va écrire à Andrew et il fera le messager. Matthew pourra l'appeler par son vrai nom même s'ils ne se revoient jamais, quand il pensera à elle. S'il pense à elle parfois. Il pourra la nommer et, de l'imaginer, simplement, ça lui fait du bien.

C'est cela qui lui permet d'ouvrir les yeux, de repousser la couverture.

Elle se lève sans bruit, elle se dit qu'elle va écrire sa brève lettre à Andrew avant toute chose. Mais voilà, parfois on est emporté par ce qu'on ignore au moment même où on le vit. Elle est debout, elle regarde la chambre, elle voit le corps emmitouflé sous l'édredon d'Emma, elle entend toujours son léger ronflement. Elle s'approche, lui effleure les cheveux et lui souhaite de quitter ce lieu, au plus vite, avant d'être abîmée. Elle lui souhaite une bonne vie à venir. Puis elle va à sa petite armoire.

Elle marche sans bruit et sans hâte. Elle perçoit les aspérités du sol sous la peau de ses pieds, appuie le talon puis laisse faire la cheville, libre et elle sent le mouvement se propager. Mollets genoux cuisses hanches. Puis le dos, la nuque, comme si une main invisible rendait vivante chaque parcelle de son corps. Entière. Voilà la sensation qu'elle éprouve. Elle est entière. Et c'est bienheureux. Elle prend ses livres un par un, les dépose dans le sac de voyage qu'elle a acheté un jour et déposé au fond de son armoire. Ce sac en beau cuir souple lui disait, chaque fois qu'elle le voyait, qu'un jour elle partirait. Elle l'ouvre.

C'est aujourd'hui. C'est maintenant.

Elle ne prend que ce qu'il faut pour sa nouvelle vie. À part les livres, pas grand-chose. Une robe achetée aussi pour ce jour et qui attendait. Elle glisse son corps dans le tissu bleu et soupire. Ses seins, sa taille fine trouvent leur place comme si elle l'avait toujours portée.

Son corps si tranquillement savant des désirs des hommes restera entre les murs de cette chambre, de cette maison. Elle, elle part.

Dans le miroir, elle se regarde dans les yeux. Ses yeux verts la fixent et elle entre dans son propre regard. Elle se voit. La peau mate et le nez fin et long, les lèvres charnues. Elle relève ses cheveux qui dépassent en boucles des pinces et des épingles. Elle sait qu'ainsi elle ressemble aux femmes des temps très anciens de son île. La robe est d'un bleu foncé et lumineux à la fois. Elle lui fait penser à la mer, là-bas.

Elle est prête. Elle l'ignorait encore en se couchant mais elle est prête. En elle, tout était déjà prêt.

Comme tout était prêt dans le cœur blessé de Marucca. Dans la lumière qui vient, la fièvre est toujours là. La couverture posée sur elle par Masio ne la réchauffe pas. C'est la couverture tissée par son aïeule, alors qu'aucune femme du clan aujourd'hui ne tisse. Masio la conserve précieusement, comme son père l'avait fait avant lui, et les autres pères avant eux. Ce sont les hommes qui ont toujours gardé le travail de l'aïeule. On dit que c'était la première de la lignée des Oiseaux. C'est elle qui a donné au clan sa place particulière dans l'histoire de ceux des routes et tout ce qui vient d'elle a des vertus singulières. On ne prononce jamais son nom à voix haute mais sa voix résonne dans la gorge de chaque femme qui a perpétué son chant. Maintenant c'est Marucca. C'est à elle que le don est échu et il faut qu'elle le porte. Toute sa vie. La couverture tissée par l'aïeule l'enveloppe et la protège. Masio croit qu'elle peut l'aider à lutter contre la terrible fièvre. Les mains de l'aïeule ont œuvré patiemment et elle a chanté pendant qu'elle tissait. Son chant protège toujours.

Marucca recouvre son oreille de la couverture. Elle se sent encore glisser dans le lourd sommeil que son corps lui impose. Elle ne lutte plus. Dans son cœur, quelque chose a cassé. Le fil qui la reliait depuis toute petite à Gabor est rompu.

Le voyage sur l'océan, c'est là que tout a commencé. Marucca, brûlante de fièvre, sent encore l'océan sous elle, elle est à nouveau sur le pont du bateau. Elle tangue. On ne sait pas ce qui se passe quand on vogue au-dessus de tant et tant d'eau. L'océan a sa propre force et cette force-là n'est pas celle des routes. Marucca a contemplé les vagues. Quelque chose de l'océan est entré en elle. Est-ce cela qui a tout changé ? Elle tangue. L'océan est si vaste. Personne n'est à personne. Pourtant quelque chose d'elle appartient encore à Gabor. Son cœur est endolori. Les frissons ne la lâchent pas.

Elle ouvre les paupières, voit la nuit qui s'allège autour d'elle. Elle n'a pas dit les mots qui tuent. Malgré la rage et la souffrance, sa bouche est restée close. Elle referme les yeux, soulagée. L'océan peut l'embarquer. Loin.

Elle ne sait pas que Masio a sorti son couteau. Si sa fille ne supporte pas le chagrin, alors il retrouvera Gabor, où qu'il soit, et il fera ce qu'il faut. Son cœur d'homme est déchiré. Il aime Gabor comme le fils qu'il n'a pas eu. Gabor et Marucca, c'était la plus belle union du clan. Alors quoi ! il suffit d'arriver sur cette terre d'Amérique pour que tout se brouille ? Masio veut quitter au plus vite cette ville de New York. Il a besoin de retrouver la chaleur de ceux des routes. Mais d'abord il faut en finir avec Gabor et Marucca. Dans le jour qui vient, il attend le réveil de sa fille, il polit la lame de son couteau. Il se rappelle où l'enfoncer exactement dans le corps d'un homme pour que la vie cède.

Gabor a lui aussi le couteau prêt mais ce n'est pas un couteau à la lame effilée, un de ceux, court et impitoyable, qui un jour s'est planté dans le cœur de son père. Non, son couteau, Gabor le porte entre les côtes depuis qu'il a entendu la voix d'Emilia berçant Esther. La lame du désir a commencé son travail. Elle fouille dans sa poitrine, coupe chaque lien avec sa vie d'avant. Il sent l'obscur travail de l'arrachement et il ne résiste pas. Il faut que cela ait lieu. Dans la lumière qui approche maintenant d'eux, il contemple le corps nu d'Emilia. Il voudrait que chaque courbe, chaque pli de ce corps offert habite sa mémoire pour toujours. Sa main glisse sur elle, l'enveloppe lentement comme pour la contenir. Pourtant, ses doigts souples lui disent qu'on ne retient rien d'une vie, jamais. Il le sait et il lutte contre ce savoir qui a guidé sa vie jusqu'à cette nuit. Aujourd'hui il voudrait être ignorant.

De tout.

Il voudrait de tout son être ne vivre que dans la confiance immense du début de la vie quand rien n'est encore inscrit ni dans l'âme ni dans la chair, quand aucune langue encore n'est parlée et que tout se comprend par la peau. C'est ce point qu'il a atteint depuis qu'il a tenu Emilia nue contre lui.

C'est par le sexe qu'il a pu faire le voyage à l'envers. Jamais il n'aurait imaginé la puissance de la chair. Avec Marucca ce n'était que tendresse. Avec les autres femmes, jouissance et jeu.

Avec Emilia c'est revenir à l'orée du temps.

Recréer la route pour soi.

Cette aube qui vient, il voudrait que ce soit l'aube de sa propre vie.

Le sang d'Emilia a coulé quand il l'a pénétrée et son cœur à lui s'est gonflé d'amour. Il a touché son sang. De la peau de ses cuisses doucement écartées à la peau de ses doigts à lui. Puis à ses lèvres. Elle l'a regardé faire. Il a léché son sang. Il a goûté cette part d'elle. Personne d'autre que lui ne connaîtra jamais cela. Il possède d'elle ce trésor impartageable. Il pourrait tuer pour la garder. De la manche de sa chemise il a essuyé délicatement le sang entre ses cuisses et sur le tissu le sang a laissé son empreinte. Comme s'il avait besoin que quelque chose lui dise que cela a bien eu lieu. De rouge, le sang séché a pris une teinte brune maintenant.

La lame dans sa poitrine continue son travail, il la laisse faire.

Emilia, elle, veut le sentir en elle, à nouveau. Elle veut qu'il laisse ses mains sur sa peau, qu'il réveille chaque endroit de son corps comme il a su le faire toute cette nuit. Elle veut tout ce qu'elle découvre de la chair avec lui mais changer sa route à elle, non, elle ne le veut pas. Et elle sent que ce désir-là est aussi fort que l'autre.

Il appartient à son clan et il partira avec eux. L'idée qu'il la laisse, qu'il ne l'approche plus, qu'elle ne sente plus son haleine sur sa peau, sa bouche sur son corps sur ses yeux, elle ne la supporte pas. Mais le suivre, non.

Sa vie, elle la veut ici, dans cette grande ville qu'elle espère depuis longtemps. Elle veut marcher libre dans les rues et ne pas être tenue à rester avec des femmes, attendant que des hommes décident. Elle a vu ceux de son clan. Elle n'est pas des leurs. Rien ne l'attire dans cette vie des routes.

Elle veut s'installer dans la grande ville, la découvrir, l'aimer. Elle veut peindre. Libre. Et se laisser aller au flot du monde puis revenir dans son atelier, tout empreinte de l'inconnu de la ville. Et travailler. Sans souci d'heure ni de personne. C'est ça qu'elle veut. Dans le matin qui arrive, les couleurs lui reviennent. Elle voit des pourpres enflammés, c'est le bûcher de Didon, c'est le manteau d'Énée. Pour la première fois elle croise la mémoire et les formes. Elle fait corps avec le texte tant de fois lu par son père. Cette nuit c'est comme si tout ce qui avait depuis si longtemps infusé en elle pouvait vivre. Il faut qu'elle l'ait, cet atelier. Elle doit peindre. Elle doit seule décider de sa vie, ne s'en remettre aux mains d'aucun homme. Elle a quitté l'Italie pour ça. Pour être libre. Et peindre. Elle ferme très fort les paupières.

Que le jour ne vienne jamais. Jamais. Elle est incapable de faire face à la douleur qui l'attend.

Elle sent la main de Gabor prendre ses seins, les caresser, glisser vers son ventre. Rien en elle ne peut renoncer à la douceur de son étreinte.

Les yeux toujours clos, elle le serre très fort contre elle. Et au même instant, au plus profond d'elle, elle lui dit adieu. L'a-t-il senti ? Il s'écarte. C'est la première blessure.

Alors Emilia, dans un élan qu'elle ne se connaissait pas, lui prend le sexe et le guide. Et elle parle. Les mots dans sa langue viennent tout seuls. Ils disent tout ce qu'elle n'arrivera jamais à lui faire comprendre. Son désir de lui et son désir de liberté à elle. Les mots cognent contre la bouche de Gabor. Il les absorbe comme on boirait un vin qui rend fou. Et fou, il l'est à ce moment même. Lui ne dit pas un mot mais il lui impose maintenant le rythme de son propre désir comme si cela pouvait les emporter loin de tout.

C'est le moment où les couleurs commencent à ourler le monde.

Le jour de l'arrivée était voué à l'ombre et à la lumière, passant de l'une à l'autre sans souci des regards qui scrutaient l'avenir, laissant chacun se saisir, comme il le pouvait, du monde nouveau.

Il fallait que passe la première nuit, à l'opaque des paupières closes.

Aujourd'hui les destins se liront comme les lignes dans les paumes d'une main.

Aujourd'hui chacun peut voir la couleur de sa vie.

Ruth se réveille et ses yeux se posent sur le bouquet apporté il y a quelques jours par Andrew. Les fleurs sont là. Toutes les nuances de violet contenues au bout des tiges qui ploient gracieusement. Elle se rappelle, ce violet au fond des pupilles c'était ce qui rendait le regard de sa petite si délicat et vibrant. C'est cette lueur violette qui l'avait saisie à son arrivée à Ellis Island il y a si longtemps. Elle vibrait dans le regard de Bjorn, et elle en était restée interdite. Bjorn n'avait jamais eu cette lueur-là dans les yeux, elle en était sûre. Comment la couleur avait-elle voyagé jusqu'à ses pupilles ? Elle s'attendait à retrouver dans les yeux de son époux la profondeur du bleu mêlé au vert de la mer sur laquelle il avait tant vogué. Elle avait eu un mouvement de recul. Elle ne le reconnaissait pas. Elle avait poussé ses fils vers lui, le temps de se reprendre, d'accorder son regard au sien. Il avait fallu accepter ce que la raison refuse. La couleur avait migré, mystérieusement. Était-ce au moment où leur petite avait cessé de vivre ? Ou est-ce la mémoire qui avait fait le lent travail des profondeurs ? Nul ne sait. Dans la nuit de leurs retrouvailles, elle avait oublié mais dès le matin, elle avait revu la lueur violette dans le calme regard bleu qu'il posait sur elle. Elle avait caressé ses paupières, acceptant comme une merveille ce regard nouveau que peut-être elle seule voyait. Elle l'avait perdu à nouveau lorsque d'un même geste, aussi tendre, elle lui avait fermé les yeux, il y a des années.

Ce matin, le violet l'appelle, mystérieusement. Dans quelles pupilles cherche-t-il à vivre ? Elle se lève, légère, comme elle ne s'est pas sentie légère depuis fort longtemps. Elle prend son premier café en contemplant les pétales délicatement dessinés. Dans la neige et la glace parfois, il y avait aussi cette lueur, là-bas, si loin. Elle prie, pénétrée des nuances de chaque fleur, pour que la couleur ne l'abandonne plus, que désormais elle l'accompagne partout, qu'elle en discerne la teinte au creux de chaque chose. Ce serait un bienfait pour son âme. Son Islande serait là.

Dieu qu'elle a envie de parler sa langue ce matin, elle va préparer un plat pour partager avec ses voisins la nourriture et la langue communes. Ils vont venir se serrer dans sa cuisine. Ils adorent ça. Elle respire au passage le parfum des fleurs et remercie Andrew par la pensée.

Un jour lui aussi parlera leur islandais, elle en est sûre. Depuis si petit, il l'écoute avec une telle profondeur quand elle lui parle leur langue d'avant. Elle pense Il écoute de tout son être. Alors oui, il parlera lui aussi l'islandais à ses enfants. Pour que la langue continue à drainer dans la chair des Jónsson tout ce qui est invisible et qui les fait ce qu'ils sont. Le rythme de la langue, ce sont les bourrasques de neige et les hautes vagues, les landes à perte de vue et les maisons si basses que le regard les perd parfois. Plus bas encore, il y a leurs morts dans la terre qui les a vus naître et la langue les rappelle dans leur cœur. La langue les relie, eux qui sont partis, à tout ce qui est demeuré.

Il faut qu'elle parle aujourd'hui même à Andrew. Les fleurs la ramènent à la petite Lucile Lenbow. Sa grâce discrète. Tout cela forme la constellation joyeuse de ce matin. Ruth boit son café et sourit. Pour une fois elle est d'accord avec sa belle-fille…

Elle jette un regard par la fenêtre. Sa rue commence à sortir de l'ombre de la nuit. Sur les trottoirs, des taches violettes reflètent le ciel.

Lucile Lenbow caresse du bout des doigts le vert profond de la forêt peinte sur la seule toile accrochée dans la pièce de musique. Cette pièce, elle a réussi à la soustraire au goût terrible de sa mère pour la décoration. Elle a tenu à s'en occuper elle-même et sa mère a accepté. Il avait bien fallu. Elle avait déjà décidé des couleurs pour sa chambre à coucher, ne lui laissant que le choix des motifs. Elle avait commandé tissus et galons roses pour les édredons et les coussins. Elle pouvait bien céder sur la pièce de musique où, de toute façon, elle ne mettait jamais les pieds. Lucile l'avait voulue sobre. Que les murs vert pâle l'enveloppent comme une douce végétation et que cette toile, seule, l'emporte au plus profond des sous-bois.

Cette nuit, lorsqu'elle avait joué à en perdre tout lien avec la réalité, elle ne la voyait plus. Mais le vert était là, patient. Le vert veillait. C'est dans cette couleur qu'elle a toujours reposé son regard depuis l'enfance, sans y prendre garde, lorsqu'elle jouait sous le regard vert de Miss Plomberry, sa professeur bien aimée, puis lorsqu'elle joua seule, loin des yeux et des oreilles de chacun. Un jour, la belle Miss Plomberry avait dit que Lucile en savait désormais autant qu'elle et qu'à l'avenir, elle se débrouillerait fort bien seule. Elle, elle devait partir au bras de son beau fiancé et Lucile en avait été blessée, se demandant si le compliment n'était pas plutôt une façon d'abandonner le fauteuil de velours où elle se tenait toujours, entre Lucile et le tableau exactement. Le sous-bois était resté et Lucile, peu à peu, s'était passée de sa chère Miss Plomberry. Elle avait fait du tableau sa source secrète.

Toute cette nuit, c'est dans sa propre forêt qu'elle a marché, tenue entre les hauts fûts des arbres. Elle a accepté de s'aventurer dans son propre cœur, et d'y explorer les moindres recoins. Elle a osé poser le pied là où la terre se perd sous les feuilles, où on ne sait plus très bien sur quoi on marche, si on ne va pas glisser dans un trou masqué par les branchages. La musique l'a aidée. Elle est sortie épuisée de ces heures dans la pièce de musique. Miss Plomberry avait raison. Elle n'a plus besoin d'elle. La musique est son alliée.

Sa décision est prise.

Elle ne laissera aucune autre prendre la main d'Andrew Jónsson. Cette fois, ce sera elle la jolie fiancée. Et elle se sent de taille à affronter la distance que le jeune homme a mise entre lui et elle toute la soirée. Pas à pas elle approchera. Sans peur.

Elle voit maintenant la teinte des nuages qu'elle est prête à traverser.

Le temps qui vient est celui de l'opale.

Comme la précieuse pierre elle ira chercher la lumière et la réfléchira. Elle deviendra le miroir fidèle et diffracté d'Andrew, celle qui sait concentrer la couleur de ses désirs et la faire miroiter en mille points irisés. Il pourra compter sur son indéfectible soutien, quoi qu'il fasse. La couleur de l'opale ne se remarque pas et nul ne saurait la définir. Elle sait changer selon la lumière. C'est ce qui en fait le prix. Elle aussi saura.

Père et fils, les deux Jónsson, sont ensemble pour accueillir le jour et c'est la première fois. Pendant la nuit, Sigmundur s'est assoupi un moment, la tête sur ses bras repliés, épuisé de paroles. Il ne savait pas lui-même qu'il avait gardé tant de souvenirs, toutes ces impressions si lointaines, revivifiées d'être dites. Oui, tout vibre encore. La parole n'a jamais été son fort mais là, elle lui est venue toute seule. La nuit était si paisible autour d'eux.

Il s'est laissé aller au sommeil et Andrew écoute le souffle calme, puissant de son père.

Imaginer cet homme, jeune, garçon curieux et éveillé, affairé dans les rues de ce New York qu'il découvrait avec sa mère. Imaginer son étonnement, ses découvertes. Imaginer l'élan et le cran qu'il lui aura fallu pour se dégager de la pauvreté, pour apprendre, apprendre et encore apprendre tout ce qui fait cette ville. Comme il aurait aimé être là et les prendre, lui, les photographies de ce père qu'il imagine, au coin des rues, observant ce monde, le déchiffrant peu à peu. On dit "noir et blanc" pour les photographies mais Andrew connaît toutes les nuances du gris. C'est le gris qui lui vient quand il pense à Sigmundur enfant puis jeune homme. Un gris fer, celui de ses cheveux d'aujourd'hui, un gris dense qui ne laisse aucune place au doute. Une seule teinte, celle sur laquelle il a bâti sa vie et ses affaires, son royaume d'aujourd'hui. Solide. Durable. Enraciné par son mariage dans la lignée de ces fiers Américains auxquels il n'a plus rien à envier. Andrew n'ose pas mais sa main est prête à caresser la tête de ce père qui dort. Maintenant sous le gris fer de la tête endormie, il voit le blond presque blanc des cheveux de l'enfance. Les cheveux balayés par le vent de la mer là-bas. Le corps de neige et de soleil de son père.

Il n'ose pas le toucher mais lentement, il cadre et c'est le cœur battant qu'il prend un cliché puis un autre, un autre encore.

Il suffit de quelques pas sur le côté et c'est une paupière close qu'il capte, l'aile droite du nez, une pommette. Il fait vite. Il a l'œil sûr, aiguisé par la fatigue. Rien ne résiste à ce qu'il voit.

Jamais il ne montrera ces photographies. Ce sera son trésor. Pour lui seul. Un trésor qu'il gardera secret comme il gardera secrètes les paroles de cette nuit.

Il est riche désormais de l'histoire de son père, l'histoire qui le relie enfin à la terre d'avant.

Quand son père s'éveillera, lui parlera-t-il encore ou tout reprendra-t-il comme si rien n'avait eu lieu ? Il attendra. Il saura être patient. Quelque chose a commencé. Et quand les paroles ont commencé, on ne peut plus les arrêter, n'est-ce pas.

Maintenant le jour est presque là.

Andrew ne réveille pas Sigmundur. Il le veille.

Du visage de son père, il est retourné aux photographies prises la veille. Le besoin de fixer le visage d'Emilia, son corps campé ferme. Est-ce qu'il peut mieux la comprendre maintenant qu'il a écouté le récit de l'arrivée des siens ? Si seulement cela pouvait le rapprocher d'elle. Il a besoin de sentir le regard que la jeune fille tournait vers lui lorsqu'il prenait la photographie. Vers lui, uniquement vers lui. Il voudrait, oh comme il voudrait qu'elle soit là, face à lui, à nouveau, dans la nuit. Tenir sa taille, s'enfouir dans cette chevelure sauvage, la respirer. Il se sent capable de tout pour elle, si elle veut de lui. Il peut être fort dans ce New York qu'il connaît si bien. Il peut l'aider, lui faire partager sa ville, lui ouvrir les portes, toutes les portes, et qu'elle puisse faire ce qu'elle veut de sa vie. Elle est venue en Amérique pour ça. Cette vie qui n'en peut plus d'être contenue, c'est ce que révèle si bien la photographie.

Donato n'y pourra rien, son livre ne suffira plus ici mais lui, lui il pourra éviter les écueils de la ville à Emilia. Il craint déjà pour elle cette fougue qu'elle aura du mal à guider. Ici on peut tellement profiter de la naïveté et de ses élans. Lui peut lui ouvrir la route large, celle qu'il lui faut, et prendre garde pour elle aux périls. À son tour de créer un cocon paisible pour qu'elle puisse se déployer. Mais un cocon aéré, pas comme celui où il a vécu et dont il sort aujourd'hui. À eux deux ils iront loin.

Andrew chasse l'image du violoniste qui revient. Il ne veut revoir que la chevelure d'Emilia déployée et se perdre dans chaque boucle de ses cheveux. La fatigue le submerge d'une vague inattendue et il s'endort aussi, dans l'odeur rêvée de cette chevelure. Un rêve bref mais qui lui laisse une sensation terriblement vivante.

Quand il rouvre les yeux, il a le cœur qui bat encore fort. Il approche la photographie de ses lèvres et l'embrasse. Emilia et Donato Scarpa. Père et fille faits d'un autre bois. Eux deux comme portés par un souffle incandescent qui l'a brûlé, lui, au passage, lui, le fils tranquille de l'homme du froid et de la fière Américaine.

C'est la voix de Sigmundur qui le tire de sa contemplation.

Il entend Des femmes comme ça, elles te font faire le tour de la terre, fils, et quand tu rentres, tu te rends compte que rien n'a changé mais que toi, tu ne peux plus goûter à rien de ce qui faisait ta vie d'avant. Il vaut mieux ne pas trop s'approcher.

Sans le regarder, Andrew, mortifié d'avoir été surpris dans ce geste d'amour, lance C'est trop tard. Je me suis déjà approché.

Sigmundur se lève, il passe une main dans sa chevelure drue.

Il nous faut un café bien fort, viens.

En sortant de l'atelier Sigmundur s'arrête un moment dans le parc. Les oiseaux sont déjà à l'œuvre, d'un arbre à l'autre, pépiant et transportant de menus butins invisibles aux yeux des hommes. Il regarde la clarté qui s'est comme posée sur son fils. Il le voit dans cette lumière argentée comme s'il le voyait pour la première fois. Grand, mince, réservé. C'est ça, toujours ce corps réservé. Andrew, la tête levée vers le feuillage et le mouvement incessant des oiseaux lui rappelle une lointaine image de Ruth, tête levée aussi vers le ciel, juste avant leur départ. Elle aussi avait ce corps mince et tendu, réservé. Il avait vu l'argent dans les cheveux de sa mère si jeune encore pour la première fois et son cœur s'en était indiciblement ému. Elle était belle, nimbée dans cette couleur, comme Andrew son fils est beau dans la même teinte, presque transparente, un gris lumineux.

La mémoire de Sigmundur franchit soudain l'océan. Elle lui redonne maintenant les bancs de petits poissons qui sautaient hors de l'eau, tous ensemble, comme des éclats de lune avant de disparaître sous les vagues. Comme il aimait les voir ! c'était si rare. La dernière fois qu'il les avait vus, la main si menue de Rósalind était dans la sienne. Ils avaient ri ensemble des bonds des petits poissons. Ensemble. Et de se rappeler cette joie si nettement, il en est bouleversé et profondément heureux.

Avant d'entrer dans la maison, Sigmundur, debout, les yeux posés sur son fils, lui raconte les éclats de lune qui sautaient hors de l'eau et il raconte Rósalind et son rire comme l'eau qui éclabousse et rend joyeux. Rósalind, le joyau de son enfance, celle pour qui il rêvait de construire une maison où elle n'aurait jamais froid. Il avait réussi à se procurer un livre qui disait comment s'y prendre. Il avait appris à lire et celui qui servait d'instituteur de bourgmestre et de tout dans le hameau lui avait aussi appris qu'il y avait des pays où même s'il faisait froid, on arrivait à avoir chaud dans les maisons. Leur petite Rósalind avait toujours si froid. Joyeuse et fragile. Elle qui n'avait pas résisté longtemps aux hivers trop rudes et à tout ce qui manquait chez eux pour que la vie s'accroche bien aux corps lorsqu'ils manquaient de vigueur.

Elle aurait été heureuse ici.

Andrew écoute. Il comprend que son père a continué à construire du solide aussi pour cette enfant qui ne connaîtrait jamais la douceur d'une vie dont la faim et le froid sont exclus.

On ne construit donc pas que pour les vivants. Inexplicablement, cela lui serre le cœur et le soulage à la fois.

Il ne se sent plus seul héritier de cette fortune qu'il n'a aucune envie de faire fructifier. Le fardeau s'allège. Andrew veut garder dans la tête les éclats d'argent des petits poissons. Il se fait la promesse en cet instant de ne jamais les perdre. Jamais. Qu'ils s'ajoutent à son butin de cette nuit ! Son véritable héritage à lui, il est là.

Mais déjà Sigmundur pousse la porte, l'entraîne vers la cuisine.

Bientôt la bonne odeur du café chaud les enveloppe.

Sigmundur regarde son fils droit dans les yeux Il n'est jamais trop tard pour reculer, mon fils. Laisse-moi prendre en main les choses. De quoi tes amis italiens ont-ils besoin ? Nous pouvons les aider à trouver un logement confortable, à s'installer. Ne prends pas ça seul sur tes épaules.

Père, ils ont déjà un logement réservé et je suis passé voir cette nuit où il se trouvait. Emilia va faire la classe aux petits et son père est un comédien connu dans son pays, ils ont de l'argent…

Alors pourquoi ? Mais pourquoi sont-ils venus ici ?

Je te l'ai déjà dit. Ce n'est pas la misère qui les a chassés comme tous ces pauvres Italiens du Sud. Ils sont ici par envie. Par choix…

Andrew s'interrompt soudain. Il vient d'entendre les pas de sa mère dans l'escalier.

Elizabeth est si pâle quand elle entre que cela les surprend tous les deux. Elle n'a pas son port altier, et ce sourire habituel qui annonce qu'elle va très bien, que tout va très bien, que c'est un beau matin, comme chaque matin et que chacun se le dise ! Ils ne savent pas qu'elle est encore dans le blanc de la neige, que son rêve ne l'a pas quittée. Elle se sent encore environnée de toute cette blancheur et ça l'effraie.

Si elle est surprise de les trouver tous les deux attablés à la cuisine dans le petit matin, elle ne le montre pas. Elle s'assoit simplement au bout de la table, entre eux deux. Andrew s'est levé et lui apporte sa tasse, celle qu'elle préfère, peinte à la main de minuscules fleurs bleues et rouges par une artiste russe. Mais Elizabeth tourne la tasse et s'arrête sur sa face blanche, immaculée. Seul Andrew a perçu le mouvement léger des doigts de sa mère. Sigmundur sourit en lui servant du café. D'ordinaire, elle boit du thé parfumé à la bergamote mais ce matin, elle accepte le café. Elle regarde le liquide noir couler dans sa tasse. Elle veut sa chaleur, comme si le noir pouvait, mieux que tout, lutter contre la neige.

Tu veux du sucre ?

La voix de son époux la tire de sa torpeur.

Qu'est-ce que vous avez fait cette nuit ?

Père est venu dans mon atelier

Ah.

La voix d'Elizabeth s'éteint. Bien sûr, il fallait bien que cela arrive. Elle n'a donc fait que précipiter le mouvement en parlant de la petite Rósalind.

Je crois qu'Andrew a une belle carrière devant lui, Elizabeth. Nous pouvons être fiers de lui. C'est un vrai photographe.

Elle tressaille. La voix de Sigmundur a cette vibration basse qu'elle aime tant mais ce matin il s'y mêle quelque chose d'autre. Cette fierté dont il parle ?

La carrière d'Andrew était toute tracée. Alors c'est fini ? Elle n'a plus l'appui de son époux ? Il la laisse dans la neige, seule, comme dans son rêve. Elle lutte pour ne pas pleurer. Ce matin est celui d'une défaite et elle n'a même pas la force de se rebeller, perdue dans cette blancheur qui annihile en elle toute force. C'est elle que la banquise recouvre.

Elle voit que cette avancée bien droite qu'elle voulait tant, déterminée comme la route de ses ancêtres, cette avancée se perd devant l'inconnu. Faut-il donc tout voir d'un autre œil ? Cette émigration n'aura-t-elle jamais de fin et ne cessera-t-elle jamais de provoquer de l'inconnu encore et encore ? Elle n'a pas la force de tout cela. Elle, sa force, elle est dans une histoire connue, racontée, vérifiable, celle d'ancêtres courageux et sa fierté, elle est là aussi. Et pourquoi pourquoi Sigmundur et Andrew ne veulent-ils pas de tout ça ?

Dans la neige, on n'avance qu'à pas comptés.

Dans la neige les traces s'effacent et on ne sait plus si devant soi il y avait d'autres pas.

Dans la neige on ne sait plus rien. Alors à quoi bon toute cette volonté qu'elle a mise dans l'éducation d'Andrew ? Pour que tout lui échappe finalement.

Elizabeth se tait. Cette nuit, elle a rencontré la neige. Elle boit lentement le café. Il est fort. C'est bien. Dans un geste qu'elle ne retient pas, elle pose une main sur celle de Sigmundur, l'autre sur celle d'Andrew. Son époux. Son fils. Et elle, là. Il n'y a plus que le toucher pour la rassurer. Leurs deux mains sous les siennes. C'est si inhabituel que Sigmundur garde les yeux rivés sur la main de sa femme. Il s'attendait tellement à devoir batailler dur, argumenter et lutter contre les cris d'Elizabeth. Ce silence, cette main. Que lui arrive-t-il ? Il prend les doigts glacés d'Elizabeth entre les siens.

Andrew, lui, a laissé sa main glisser. Un beau mouvement d'esquive en se levant. Cette main, il n'en veut pas. Et le silence de sa mère le gêne bien plus que ses cris. Il perçoit sa fragilité et il n'est pas habitué à ça. Il pense aux aiguilles de glace qui se brise et il est envahi d'une sourde peur. Dans l'affrontement il a toujours trouvé matière à affirmer quelque chose au plus profond de lui. On ne change pas d'habitude si facilement.

Alors lui revient comme une nécessité absolue cette lettre qu'il voulait écrire à son ami. Avec Matthew, l'amitié était toujours là pour soutenir, éclairer. Comme l'amitié lui manque ce matin. Il a beau se répéter en boucle les mots que son père vient de dire à sa mère, ces mots qu'il a tant attendus, qu'il n'espérait plus, ce qui le submerge soudain, c'est le manque.

Il a quitté la cuisine avant ses parents. Il monte se réfugier dans sa chambre, s'installe à son bureau. Il écrit *Ce matin, tu me manques tellement, toi que j'ai appelé "frère". Cette fraternité qui était la nôtre…* Andrew s'arrête. Pourquoi a-t-il mis cette phrase au passé ?

À l'étage au-dessous, dans l'autre aile de la maison, Sigmundur et Elizabeth sont remontés aussi dans leur chambre. Elle a eu ce geste de se blottir contre lui et il l'a serrée. Fort. C'était tout ce qu'elle voulait. Il a retrouvé son air éperdu, cet air qu'elle avait quand il l'a embrassée la première fois. Sa fougue lui avait fait enfreindre les règles de bonne conduite du premier rendez-vous. Il l'avait désemparée, cette jeune fille si fière et sûre d'elle. Leur première soirée. Sigmundur sourit. Comme tout cela est proche finalement.

Il la déshabille et elle se laisse faire. Le froid la quitte peu à peu. Reste la blancheur de la neige qui leur fait comme un cocon où se lover. Sigmundur lui fait l'amour avec cette fougue obstinée qui va débusquer la jouissance au plus profond de cette femme qu'il aime. Les mains d'Elizabeth n'ont pas quitté sa peau une seconde depuis que leurs doigts se sont entrelacés. La peau chaude de son époux la garde de tout. Elle caresse son dos, ce dos dont l'ampleur la rassure, elle s'arrime à lui et par bribes finit par lui raconter son rêve, son terrible rêve. Sigmundur laisse les mots s'accrocher à sa nuque, à son cou, mais il ne desserre pas son étreinte. Il entraîne le corps d'Elizabeth dans son désir à lui, ne la laisse pas échapper. Toute tendue encore par le récit de son rêve, elle pleure. Lui continue, le corps en alerte. Son ventre recouvre celui d'Elizabeth et il pousse son sexe en elle. En même temps il ne cesse de l'embrasser, ses lèvres ne la quittent pas. Et peu à peu il sent que, comme libérée de tout, elle laisse son corps se faire happer. C'est un esquif à la crête d'une vague. Elle ne sait pas ce qui va se passer, accepte le vertige. Elle a fermé les yeux, elle oublie tout ce qui n'est pas la sensation familière de ce sexe qui peu à peu accélère sa pression, l'emporte. Sigmundur alors laisse échapper ce grondement qui l'a tant impressionnée la première fois où il lui a fait l'amour et tout est balayé. Qu'il l'emporte dans sa force. Qu'elle ne soit plus rien que ce creuset de sensations qui palpitent et éclatent dans la blancheur. Alors elle entend Sigmundur lui dire des mots dans sa langue, cet islandais qu'elle ne comprend pas mais qui pénètre en elle, avec la même force, la même douceur que le sexe de son époux. Ce sont des mots de neige ardente.

Marucca regarde l'anneau de jade dans le creux de sa main. C'est le matin. Elle a la tête lourde et le corps courbatu mais la fièvre est passée. Elle est assise contre un muret de pierres et Masio lui a fait un coussin de sa propre veste. Il a refusé la place qu'on leur offrait dans une des roulottes, comme il l'avait déjà refusée pour Marucca cette nuit. Les plaies, il faut qu'elles perdent leur venin en plein air.

Il a installé Marucca au soleil levant. C'est lui qui a déposé dans sa main l'anneau de jade. C'était celui de l'aïeule. Il le gardait pour les épousailles mais il a compris qu'il n'y en aurait pas, alors ce matin, il lui donne.

Qu'elle épouse la vie et l'air du matin.

Qu'elle épouse le chant du vent et des oiseaux.

Qu'elle épouse son don et qu'elle soit libre de l'accorder au monde.

Le jade la protégera.

L'anneau est trop large pour son annulaire, trop large pour son majeur, elle le glisse à son pouce.

La couleur du jade la ramène à l'océan. Elle l'a vue, exactement semblable, pâle et pourtant dense, autour d'un rocher. C'était au moment du départ. Le rocher avait un large soubassement sous la surface de l'eau. Entre la masse de pierre submergée et l'air, il y avait beaucoup moins de profondeur. La couleur de l'océan là s'éclaircissait. Elle prenait cette teinte laiteuse de végétation à l'aurore, dans la clarté naissante. Marucca avait contemplé toutes les nuances de la couleur. C'était tout ce qui était en train de se vivre dans son cœur.

La couleur du départ.

Elle était joyeuse alors, même s'il y avait dans sa poitrine le resserrement de ceux qui partent car l'océan sépare plus que les routes. Elle avait longtemps fixé le vert jade qui s'éclaircissait jusqu'au blanc de l'écume et elle avait aimé aussi l'écume. L'écume c'est le moment où l'eau et l'air se rejoignent.

Ce matin, elle se dit qu'elle peut se fondre dans l'écume, légère. Le jade de l'anneau autour de son pouce la ramènera toujours à l'océan. Elle ne se perdra pas. Elle peut maintenant être une fille de l'eau et de l'air.

Toute la nuit elle a lutté.

Elle est encore faible mais au fond d'elle le chant de l'océan est en train de se forger. C'est un chant plus vaste que celui des routes, un chant qui emporte. Jusqu'à l'écume. Elle le laisse venir. Quand il sera prêt, elle sera prête.

Debout à côté d'elle, Masio regarde aussi le soleil levant. Il écoute les bruits du camp au réveil. Il a toujours aimé ces bruits de la vie qui se remet en route. Quelqu'un encore un peu endormi se lève et va chercher de l'eau. On entend un enfant qui réclame déjà sa part de vie et de lumière, le sein de sa mère, et tout repart. Ici comme ailleurs, dans ces bruits, il se sent chez lui. Il y puise la force pour les conduire encore longtemps.

Dans le corps de Marucca les choses se remettront en route à leur rythme et s'il faut rester ici encore un moment, il patientera. L'espoir secret que Gabor les rejoigne, il n'ose pas se l'avouer.

Dans le matin, Hariklia Antonakis marche. Cela fait si longtemps qu'elle n'a pas ainsi marché dans la lumière qui monte. Les grands immeubles la cachent encore mais dès qu'on parvient à un croisement, la lumière est là, à nouveau, offerte. Elle a envie de mordre dans du pain frais, bien grillé et de boire un thé chaud, parfumé. Elle a envie de voir le fleuve. Elle a envie de voir le visage des gens qui commencent à se hâter vers leurs tâches du jour.

Finie, la tristesse du corps à peine levé.

Finie, Hazel.

Quand elle était arrivée pour se louer dans la maison close, il n'avait pas fallu longtemps à la patronne pour comprendre qu'elle apporterait quelque chose que les autres ne pouvaient pas offrir. Sa réserve, son air déterminé, sa façon de discuter de sa propre place dans les lieux, l'avaient à la fois irritée – mais pour qui se prenait-elle ? n'était-elle pas à la rue et en quête, comme les autres, de quoi vivre ? – et intéressée. Celle-là retiendrait plus d'un homme qui reviendrait, attiré par ce mystère, cette dignité, oui cette dignité, c'était le mot, qui rajoutait à son charme. Elle l'avait prise. Hariklia avait insisté pour pouvoir partir quand elle le désirerait. La patronne avait donné sa parole si et seulement si elle partait sans rien réclamer. Elle savait d'expérience que les filles ne parviennent jamais à amasser le pécule dont elles rêvent pour filer. Elle les nourrissait, et bien, tenait à ce qu'elles soient fraîches et disposes. Chez elle, c'était connu, elles ne manquaient de rien et plus d'une essayait d'entrer dans sa maison pour ces raisons. Elle prenait sa part de ce que les clients payaient bien sûr. Et sa part était énorme. Elle ne leur laissait pas grand-chose. Elle était maîtresse chez elle.

Hariklia avait compris. Elle ne dépensait rien ou presque. Si elle se mettait, comme les autres, à vouloir des extras de nourriture raffinée, de boisson, de bijoux, de vêtements et de tout ce qui pouvait laisser imaginer qu'on était libre, elle resterait prisonnière jusqu'à ce que la lassitude des hommes sonne son départ, avec une somme que la patronne donnait alors à celles qui étaient restées longtemps pour qu'elles s'établissent quelque part. Elle pouvait se permettre.

Hariklia, elle, s'était promis qu'elle n'attendrait pas. Elle partirait dès qu'elle le pourrait.

C'est aujourd'hui.

Elle doit encore aller vendre tous les bijoux qu'on lui a offerts en sept ans. Sept années de sa jeune vie qu'elle ne pourra jamais oublier mais qui lui avaient donné une connaissance du monde que peu de femmes ont à son âge.

Dans les rues, elle marche et elle sourit. Il va falloir qu'elle soit encore plus libre que chacune des femmes qu'elle croisera ici car sept années d'enfermement volontaire, ça réclame.

Elle aime entendre le froissement de sa robe contre ses jambes. Ses pas sont souples, légers. Il lui faudra de bonnes chaussures pour marcher, solides, et tant pis pour l'esthétique, ce qu'elle veut, c'est marcher. Il faudra aussi qu'elle se fasse couper les cheveux. Elle sait que c'est la mode nouvelle et tant mieux. À la garçonne. Et finis, le maquillage si savant qu'il ne se voit pas et le collier longuement choisi pour mettre en valeur sans en avoir l'air la couleur de ses yeux. Elle sera Hariklia Antonakis. Simple et libre.

Elle s'est assise dans un petit café du quartier qu'elle a choisi depuis longtemps pour sa nouvelle vie. Sa seule dépense régulière au long de ces années a été pour les journaux et les livres. Elle a étudié le marché immobilier de cette grande ville qui ne cesse de bouger et de s'agrandir encore. Dans ce quartier, les prix sont encore bas, à sa mesure, mais bientôt, ils ne le seront plus. Ce quartier commence à intéresser du monde. Elle y a repéré une maison à vendre. Grande mais pas trop. De quoi recevoir cinq pensionnaires, pas plus. Elle a calculé que cela lui suffirait pour vivre au début. Après, on verrait. Il n'y a pas une seule autre pension dans le coin, ce sera déjà ça de gagné pour s'installer. Elle sait que la concurrence peut être rude et que les coups peuvent être bas entre gens qui doivent se battre pour vivre. Et puis ici au moins, elle ne risque pas de tomber sur un de ses anciens clients, l'endroit est trop modeste pour qu'ils s'y aventurent mais suffisamment agréable pour qu'on s'y sente bien. Elle accueillera des femmes, seules comme elle a pu l'être, des femmes qui cherchent à faire leur vie dans la grande ville. Elles viendront de pays lointains ou juste de la campagne. Et elle prendra soin d'elles. Elle saura être là si elles se sentent perdues et les livres les aideront. Les femmes ont besoin de lire pour être libres et elle rêve d'apporter sa part à la liberté des autres.

Elle a assez donné aux hommes. Maintenant c'est aux femmes qu'elle veut s'intéresser.

En attendant son pain chaud, elle laisse son regard se perdre dans le tissu bleu nuit, bleu mer, de sa robe. Revoir cette mer dont elle a gardé le souvenir enfoui et précieux. Revoir les fleurs et leurs couleurs vives, les orangés et les violets, les bleus si légers et les roses presque rouges. Dans ce matin de liberté, portées par le bleu de sa robe, ce sont toutes les couleurs de son île qui embaument sa mémoire.

Entre ceux de la ville et ceux de l'île, les liens se sont tissés, invisibles, tout au long de la nuit. Les liens ont œuvré dans les rêves. On croit que la nuit enveloppe murs et gens de la même obscurité mais est-ce bien vrai ? Ce qui éclaire la nuit d'une cité n'est pas ce qui éclaire la nuit d'un lieu où l'on attend, enfermés. L'eau noire du fleuve relie et sépare.

Dans le matin maintenant les liens prennent de la puissance. À l'insu des uns et des autres. La vie frémit.

Les deux sœurs aux longues tresses se préparent. Dans leur langue que personne autour d'elle ne comprend elles se parlent à voix basse. Que vont-elles devenir si leurs futurs époux ne viennent pas les chercher ? Va-t-on les renvoyer chez elles ? Mais de chez elles, elles n'en ont plus. Rien ni personne ne les attend là-bas. Elles se sont vêtues de la même façon, leurs meilleures robes sous leurs meilleurs manteaux et surtout les châles jaunes qui illuminent la rousseur de leurs cheveux tressés lâche. Chacune en posant son regard sur l'autre réchauffe ainsi son espoir. L'agence qui les a mises en contact avec les époux pressentis a bien promis qu'elles ne seraient pas séparées. C'était leur seule condition. On leur a dit que ce serait à la campagne et cela leur a plu. Elles sont habituées à travailler dur depuis leur plus jeune âge. Elles aiment l'air frais et les paysages ouverts. Elles rêvent de retrouver des bois et des champs, des bêtes dont il faut prendre soin. Elles sont robustes et elles savent que c'est un atout dans ce monde nouveau qui se déploie.

Esther a lié connaissance avec elles. Elles l'émeuvent si fort. Elle, elle ne peut s'empêcher de ressentir une sourde angoisse à l'idée de ces deux jeunes filles confiées à des inconnus. Qui les soutiendra ? Qui les protégera si leurs futurs maris sont des brutes ou pires encore ? Elle voudrait en parler à Emilia mais Emilia est rentrée se coucher dans la lumière du matin, dès que la porte a été ouverte, sans bruit et enfouie sous sa cape, elle s'est endormie sans un mot. Elle n'a même pas vu Esther qui s'avançait vers elle. Bien sûr, quelque chose a eu lieu. Esther l'a laissée au sommeil.

Les deux sœurs continuent à discuter. Elles sont prêtes à tenter l'aventure seules. Elles ont un peu d'argent et beaucoup d'espérance. Si seulement on veut bien les laisser rejoindre la ville, elles se débrouilleront. Nul ne sait ce qu'elles ont dû traverser pour parvenir enfin sur un bateau et maintenant ici. La chance d'être ensemble les a toujours protégées. Elles ont gardé l'esprit et le corps vif de l'enfance qui les talonne encore et bientôt, pour se donner du courage, elles chantent une chanson populaire de leur pays. Elles s'attrapent par la taille et se balancent au rythme de leur chant. Autour d'elles, d'autres, éveillées aussi maintenant, sourient. Certaines tapent dans leurs mains et les deux jeunes filles rient. Elles sont ici et personne ne pourra les faire repartir.

Esther sourit aussi. Elle s'est assise sur son lit.

D'Emilia, elle ne voit que les cheveux. Elle place sa main juste au-dessus, sans les toucher. Elle ferme les yeux et c'est la voile rouge peinte par Emilia qu'elle voit derrière ses paupières. Comme si la jeune fille n'était plus que cela : une voile au rouge intense. Cela a duré juste quelques secondes mais c'est assez. Il faut que cette voile prenne le vent, que rien ne la retienne. Esther se promet qu'elle l'aidera. De toutes ses forces.

Emilia est devenue pour elle le symbole de tout ce qui doit vivre, ou revivre.

Elle commencera par lui inventer des vêtements qui laissent le corps libre et ne masquent pas sa beauté.

Les deux sœurs ont maintenant cessé leur chant et elles essaient de parler avec d'autres femmes. L'une des deux a pris un enfant dans ses bras et à sa façon de le tenir, de le bercer, on voit qu'elle a été habituée à s'occuper aussi de tout-petits. Ont-elles été des grandes sœurs ? la jeune fille a posé son menton sur la tête de l'enfant qui s'est rendormi et son regard a une douceur légère, comme si elle-même était prête à nouveau au sommeil.

Esther les contemple et son cœur s'élargit. Que cette Amérique les accueille. Qu'elle sache voir la beauté et la douceur, la force vive et la joie qui sont là, prêtes à nourrir, à irriguer le cœur du pays qui voudra bien d'elles.

Alors elle reprend son carnet. Elle dessine, silencieusement, des vêtements nouveaux, audacieux, pour toutes ces jeunes femmes vaillantes. Lui reviennent les poèmes et les contes qui ont bercé sa jeunesse à elle. L'encre de son stylo a une couleur brune, qui éclaircira avec le temps. Ses carnets c'est ce qu'elle a de plus précieux avec les aiguilles, les fils de toutes les couleurs et le pendentif de grenat. Elle saura relier les couleurs des fils à celles des vies.

Et elle saura offrir ces moments fugaces de beauté qui disent que le monde est vivable. Une dentelle légère sur un col, le pli gracieux d'une jupe qui épouse l'allant de la jambe, rend le pas aisé et libre. Puisque la vie lui a été laissée, alors elle essaiera, du mieux qu'elle peut, de mener cette tâche. C'est la sienne. Elle s'en fait le serment devant la grâce des deux sœurs. Sans s'en rendre compte, elle a commencé à tracer en quelques lignes simples des silhouettes d'enfants. Habiller l'enfance, s'intéresser à l'aisance des jeunes corps joueurs et vifs, elle ne l'a jamais fait. C'est une joie nouvelle qui habite maintenant la main d'Esther.

Gabor n'est pas retourné sur le lit de fer au milieu des autres. Il ne peut pas. Le sang lui brûle les veines. Jamais il ne pourra se détacher d'elle. Jamais. Elle a beau. Jamais.

Dans sa tête les pensées se heurtent. Il a mal partout. Sa nuque est broyée et ses bras douloureux comme s'ils cherchaient encore à la retenir.

Elle ne veut pas de lui dans sa vie d'ici.

Elle ne veut pas de lui. Il n'y a plus que ça qui martèle dans sa poitrine, dans son ventre.

Mais qui est-elle donc pour vouloir un homme une nuit, une seule ? et le rejeter avec cette violence au matin. Elle était comme folle. Il la tenait. Elle le repoussait. Avec une force qu'il n'aurait pas imaginée une heure plus tôt, dans l'abandon si confiant aux caresses. Mais où est la vérité ?

Il est trahi.

Dans son corps d'homme.

Dans son cœur d'enfant qu'il venait d'ouvrir.

À ses tempes un bourdonnement, c'est son sang qui bat. Comme il bat au bout de ses doigts. La gifler ? La terrasser ?

Il a ramassé son violon et il l'a laissée, comme elle le désirait. Debout, elle avait encore les doigts raidis, le buste penché vers lui. Et il la désirait encore, même comme ça. Elle aurait fait un geste, il aurait tout oublié de sa fureur, il l'aurait à nouveau prise contre lui et il l'aurait caressée. Sa peau aurait su parler à nouveau à sa peau à elle le langage de cette nuit de merveille. Rien ne peut vouer ça à l'oubli. Rien.

Le malheur est sans contour. Il englobe tout, obscurcit tout. Gabor a du mal à marcher. Du mal à voir.

Elle l'a renvoyé à un malheur plus vaste, un vrai pays désert et ce pays-là n'a pas de frontière. Il est jeté là, seul, avance en aveugle.

Lui, il a cru à l'aurore, il a cru à la merveille des jours clairs. Le sang d'Emilia est encore là, sur sa chemise. Ses lèvres l'ont séché. Ce rouge-là, c'était l'annonce d'une nouvelle vie qui s'ouvrait. Il a voulu le faire sien. Et maintenant. Maintenant.

La rage n'a pas encore fait son apparition. Pour le moment il n'y a qu'un poids terrible sur la nuque. Il avance tête baissée. Elle l'a repoussé loin, loin, dans cet espace de lui-même où il s'est, une nuit d'enfance, blotti contre le rien, où il est devenu ce caillou dur qui roule sans jamais s'arrêter.

Avec elle pourtant, il était prêt à s'arrêter. Il était prêt à tout renier de l'errance. Juste pour la tenir contre lui. Il a le nez collé à ça. Et son souffle dans sa poitrine lui fait mal. Partout où elle l'a touché, il aura mal désormais. Son corps sera un supplice avec lequel il faudra respirer jour et nuit. C'est au-dessus de ses forces.

Gabor a l'orgueil de qui s'est toujours protégé de la souffrance. Il ne peut pas retourner en arrière. Retrouver ceux du clan maintenant c'est aussi au-dessus de ses forces. Il mesure qu'en une nuit toute sa vie a basculé. Il n'a plus rien. Il n'est plus rien. Emilia a fait de lui le roi d'un royaume qu'il ne savait pas si éphémère. Il faut si peu de temps pour que tout chute. Maintenant il a le cœur en sang. Son corps refuse et refusera toujours d'être séparé d'elle.

En un éclair il mesure. Et la mesure n'a pas de limite.

Mais il ne la laissera pas faire. Ils sont liés. Qu'elle le veuille ou non. Il n'a pas rêvé la confiance. Il n'a pas rêvé le désir, l'accord, la plénitude. Alors pour elle c'est pareil. Forcément pareil. C'est une évidence soudain. Et il s'y accroche. Quand elle se réveillera de cette volonté absurde, inhumaine, elle souffrira aussi. Autant que lui. Elle luttera mais elle souffrira.

Et lui, il sera là. Il ne s'effacera pas. Où qu'elle aille, il sera. Elle le verra, n'échappera pas à sa présence. Elle ne pourra pas l'en empêcher. Il respirera le même air qu'elle. Elle ne pourra que se rappeler, avec la mémoire de sa peau caressée, de son corps comblé, qu'il a mis les mains sur elle et qu'elle lui appartient. Au plus profond d'elle, elle ne pourra que continuer à lui appartenir. Il arrime toute sa foi à cette pensée. Sinon cela veut dire qu'il n'y a rien, rien dans le monde à quoi on puisse croire. Il ne la lâchera pas. Jamais. Et tant pis pour la colère folle qu'elle déploiera contre lui. Elle y mettra autant d'intensité que dans le plaisir, il en est sûr.

Il découvre qu'il est prêt au combat.

Tout vaut mieux que cette boue où il s'est senti s'enfoncer. Il se battra. À l'air libre. La nuit sera son alliée. Jour après jour, Emilia craindra l'obscurité qui vient car avec elle, c'est tout son corps qui la maudira de l'avoir arraché à ses bras à lui, à ses caresses. Une nuit suffit. Une seule. Elle s'en souviendra.

Arrive maintenant la rage. Comme une crue qui aurait pris tout son temps pour gonfler. Elle irrigue tout son être, le déborde. La rage est bonne. Il sent qu'elle le fait revivre. D'une mauvaise vie, bouillonnante et âcre mais c'est de la vie.

Dans le couloir soudain devant lui il aperçoit des petits groupes d'hommes qui discutent. Certains fument. D'autres jouent au jeu italien de la scopa, accroupis près d'une fenêtre. On a laissé la porte du dortoir ouverte. Et plus loin, seul, Donato Scarpa.

La rage de Gabor cogne contre la vision du grand Italien. On dirait que l'homme a senti son regard. Il se tourne vers lui.

Que peut deviner un père ?

Il s'approche lentement et Gabor sent qu'il ne veut surtout pas que cet homme s'approche de lui, il ne veut pas qu'il lui parle. Qu'ils restent à juste distance l'un de l'autre ! Loin !

Ce que Gabor a connu de sa fille, c'est à lui. Rien qu'à lui. Il ne le laissera pas s'en approcher d'un seul pas.

Donato Scarpa pourtant approche toujours, comme rêveusement. Alors Gabor ouvre l'étui. Il sort son violon. Pour éloigner les pas de l'homme. Tout le noir de la nuit est dans ses doigts, dans sa tête, partout. Il joue pour l'obscur qui bat en lui désormais. Il joue pour s'apprivoiser.

Le visage de Donato Scarpa est assez près pour qu'il le discerne clairement. C'est son regard à elle, l'implantation de ses cheveux, les lèvres bien dessinées mais la bouche d'Emilia est plus charnue, cette bouche qu'il a embrassée et embrassée encore. Il joue pour perdre et garder à la fois tout ce qu'elle lui a offert la nuit durant. La musique sculpte les traits du visage d'Emilia, enroule une à une les boucles de ses cheveux. La musique garde la rage en respect.

Gabor improvise.
Donato Scarpa s'est arrêté.

Donato est encore plein de tout ce que la nuit a déposé en lui. Le corps des femmes est revenu dans ses mains. Il avait oublié comme la peau des femmes lui avait été une source mystérieuse et renouvelée de joie. Avant Grazia il avait connu les saisons par la tiédeur ou la fraîcheur des peaux caressées. Il se rappelle qu'il avait un goût pour certaines carnations l'automne. Sa saison préférée. Il allait vers des conquêtes flamboyantes et douces à la fois, de ces chevelures de ces teints qui rappellent qu'on va vers le sommeil lent de l'hiver mais qu'avant, oui avant, on brûle dans la rousseur et l'or des feuilles. C'est cela que la musique de Gabor lui rappelle.

Donato Scarpa écoute le jeune homme. Maintenant que sa fille n'est plus là à exhiber sans pudeur sa chevelure dénouée, le jeune homme ne provoque plus chez lui sa colère de père. C'est l'amant qu'il fut qui écoute et il peut se laisser gagner par la sensualité de la musique. Il est retourné à ses propres images. Il se laisse emporter et bientôt des rêves se mêlent aux souvenirs. Une lente attente a commencé à se forger en lui. Le corps des femmes, il est toujours là. Retrouver la douce perte de toute volonté, s'oublier dans la caresse, se laisser emporter corps et âme par la volupté. L'espace en lui a toujours été là. Il attendait, c'est tout. Et c'est là, à nouveau. Le violon s'insinue, achève le travail de la nuit. Donato se laisse aller.

Les autres hommes alentour ne semblent pas accorder d'importance à la musique. Ils attendent de partir, tuent le temps. Et puis ce n'est pas la musique entraînante de la veille, celle du désir fou de la vie, qui donne envie d'empoigner une taille de femme et de danser. C'est autre chose. Comme si la vie se mesurait à la perte et qu'elle persistait mais avec la conscience claire de la fin. Donato Scarpa voit le visage du jeune homme et s'étonne. Ce n'est pas une musique qui vient de la jeunesse. Cette musique-là ne fera danser personne. C'est la lente musique de la patience.

Donato a l'impression que c'est pour lui, rien que pour lui, que le violon joue.

Bientôt il retrouvera son Emilia et ils mettront enfin les pieds dans cette New York. Une nouvelle vie les attendra.

Mais pour le moment il est encore seul avec lui-même et sa nuit d'or. Il voudrait que ce moment précieux dure encore. Que l'or continue à irriguer ses rêves d'homme. L'or du couchant, l'or de l'automne, l'or qui n'ignore rien des ténèbres mais qui donne aux jours passés et aux nuits à venir sa lumière chaude.

Donato respire large. Il ouvre sa poitrine à l'air nouveau. Que cet air nouveau vienne faire vibrer tous ses souvenirs ensemble. Grazia est entrée cette nuit dans la belle cohorte des femmes aimées. Elle n'est plus la seule. Elle devient en ce matin nouveau, "une des". Et la place se délivre pour d'autres peaux, d'autres nuits. Une forme d'ivresse. Donato est envahi par la chaleur de cette ivresse-là.

Fallait-il qu'il vienne jusqu'ici, dans cette Amérique, pour pouvoir à nouveau rêver d'être emporté par le souffle d'une amante ? Ne plus sentir le sentiment de trahison et de honte qui a éloigné son cœur de toute femme après chaque étreinte, qui l'a envoyé marcher dans les rues et les collines et pleurer sur la tombe de la bien-aimée.

Il est libre à nouveau d'éprouver le désir comme lorsqu'il était cet enfant innocent des malheurs, prêt à tout pour toucher la peau d'une femme.

Donato se rappelle la première main qui l'a caressé, lui, le grand enfant dégourdi mais transi de peur et de désir à la fois. La femme s'appelait Livia et la main de Livia sur son sexe l'avait emmené aussi loin qu'une main de femme avisée peut le faire. Livia semblait tout savoir de son émoi et de ce qui le faisait se tendre vers elle, dans l'ardeur de ses treize ou quatorze ans. Livia était une sauvage aux mains douces. Il avait été brûlé par son regard noir, son ardeur silencieuse. Elle avait une maison isolée et les autres femmes ne la fréquentaient pas. On racontait des choses sur elle comme on peut en raconter quand une femme est seule et belle. Il n'écoutait pas. Tout ce qui est là, rappelé par la musique de Gabor, c'est cette main qui ne le lâchait pas, qui savait lentement le caresser et l'emmener à elle, au mystère du sexe pour la première fois. Il avait appris d'elle tant de choses. Comment peut-on oublier quelqu'un qui vous apporta tant ?

Ce matin, il voudrait offrir à Livia tout l'or des caresses de sa vie, lever haut les mains au-dessus de sa tête et laisser couler sur sa chevelure noire l'or de ses jours d'amour.

Donato ferme les yeux.

De quoi sa magnifique Grazia pourrait-elle être jalouse ? Aussi longtemps qu'elle a vécu il lui a consacré toutes ses caresses. L'amour peut-il exiger la mort conjointe des corps ? Aujourd'hui c'est la chair qui réclame sa part. La chair est vivante et il se dit que si l'âme a une place en ce monde elle doit être là. Si nous sommes faits de chair après tout, c'est que la chair est précieuse. La vie s'y donne et s'y reçoit. Dans la musique du jeune homme au violon il entend le souffle des mots que l'amour glisse entre les lèvres des amants. Ces mots qu'on ne prononce ou qu'on ne devrait prononcer qu'au moment où la chair se révèle dans la jubilation absolue. Donato entend la voix de Grazia. Elle est là. Et derrière elle, en écho, une à une, distinctement et toutes ensemble à la fois, il entend les voix de celles qui lui ont permis la visite de la chair. Ces voix sont si magnifiques que des larmes montent aux yeux du grand Italien. Toutes et chacune de ces voix lui parlent en sa langue. C'est la langue qui anime la chair.

Jamais, jamais il n'abandonnera sa langue, il s'en fait le serment, à cet instant même. Et s'il faut apprendre à aimer dans des langues nouvelles, il le fera mais au comble de l'intime, quand les corps palpitent quand la chair est habitée pleinement, absolument, c'est sa langue qui en sera le souffle. Et les mots accompliront le voyage vers la chair palpitante de celle qu'il tiendra dans ses bras.

La lumière de ce matin est belle dans les cheveux de Donato Scarpa.

Gabor a ouvert les yeux et il voit la couleur de l'or qui vient briller sur la chevelure sombre du grand Italien. Le soleil arrive.

Il faudra bien qu'elle ouvre les yeux et qu'elle le voie aussi, le soleil de ce jour nouveau. Emilia le sait. Elle n'y échappera pas.

Mais comment regarder le jour qui vient avec tout ce qu'elle a vécu cette nuit ?

Tout son corps est là pour le lui rappeler.

La nuit, elle veut y demeurer encore. Longtemps. Tant qu'elle y demeurera, elle gardera Gabor.

Ensuite ?

Ensuite elle ne sait pas. Tout ce qu'elle sait c'est qu'avec lui elle ne sera pas libre et que tout son être réclame la liberté. Elle sait que sa vie ne pourra être pleine et vivante que si elle est seule à décider : de travailler, de créer, d'aller et venir dans la ville, de rencontrer qui elle veut, quand elle veut. Elle ne lâchera pas prise. Elle en a rêvé, de cette liberté. Elle a tout mis en route pour cela. Le voyage, l'arrachement à leur Italie, à leur vie confortable, à la tombe de Grazia, sa mère bien-aimée, c'est elle qui l'a initié. Et même si son père s'en est emparé en homme qui gouverne sa maison, elle sait que sans elle, il ne serait jamais parti.

Et maintenant il faudrait abandonner tous ses rêves pour suivre Gabor ? Non. C'est impossible. Farouchement impossible.

Elle se redresse, s'assoit au bord du lit. Elle a le rouge de la toile encore dans la tête. Cette toile qui l'a portée jusqu'ici, le jour où son père a dit oui au grand départ.

Maintenant il y a aussi le rouge de cette nuit, de son sang. Elle se rappelle le regard de sa mère quand elle lui avait parlé d'un autre rouge, celui de San Genaro qui se liquéfie chaque année à Naples. Elle lui avait raconté la couleur du miracle. Le sang à nouveau vif porté à la lumière.

Emilia y avait repensé quand elle avait eu pour la première fois le sang qui avait coulé d'elle, elle avait quatorze ans. C'était tard. Elle savait, comme les filles le savent, par la mère ou la nourrice ou les autres plus grandes, que c'était le signe qu'elle n'était plus une enfant. Enfin. Ce sang, elle l'avait tant attendu ! Et de savoir que cela recommencerait au gré des lunaisons, elle s'était sentie appartenir à plus grand qu'elle et au monde des femmes. Elle avait repensé au sang de San Genaro. À la vie du sang. Mystérieuse.

Le sang qu'elle a versé cette nuit, il ne reviendra jamais. Une fois. Une seule.

Il a été pour Gabor. Elle frémit en y repensant. Il s'est approprié quelque chose d'elle par le sang. Elle a à la fois aimé de tout son être et détesté ce geste animal. Il était bienvenu dans la nuit profonde de leurs caresses. Mais tout en elle se cabre à l'idée que quiconque s'approprie la moindre parcelle de son corps. Elle veut rester intacte. Garder toute sa force pour créer. Le combat est rude. Et il le sera encore.

La rage commence son travail à l'intérieur d'elle. Elle n'arrive pas à aimer ce qu'elle désire. Et elle désire, oh oui elle désire. Elle donnerait tout pour sentir encore contre elle le corps frémissant de Gabor. Être sous son regard. Désirée. Désirée ô combien. Elle ne le sait pas encore mais la rage commence à envahir ce sang qui fait d'elle une vivante. Comme il lui faudrait sa mère pour lui parler, l'entendre, entendre à nouveau la voix si douce qui lui dirait les choses de la vie.

Personne ne peut l'aider.

Personne ne peut être à sa place.

Elle est seule à se débattre avec sa joie et son malheur. Extrêmes les deux.

Et c'est elle qui a tout initié.

À l'idée que peut-être elle ne le verra plus jamais, elle est prête à tomber à genoux. Ça aussi, c'est impossible. Leurs deux corps plus jamais ensemble ? Impossible. Impossible. Alors quoi ? Mais quoi ?

Les larmes sont là. Elle voudrait pouvoir, comme dans les deuils antiques, se griffer le visage, en hurlant sa peine. En s'y abîmant. Elle reste droite, assise sur ce lit qu'elle va quitter, les poings serrés.

Que personne ne lui parle ! que personne ne la touche ! elle va éclater ou s'effondrer. Emilia a les lèvres qui tremblent.

Le rouge l'a envahie maintenant.

La belle voile, où l'a-t-elle conduite ? Fallait-il qu'elle aille jusqu'à son propre sang ? Comme le regard de Gabor a été immense lorsqu'elle l'a repoussé, qu'elle lui a dit qu'elle ne descendrait pas avec lui, qu'elle ne le reverrait pas, que sa vie ici devait être libre de toute attache. Il avait encore son sourire confiant comme si une part de lui restait encore dans leur nuit, liée à leurs corps doux et unis mais ses yeux, eux, s'obscurcissaient de la perte qu'elle martelait de toutes ses forces. Elle n'avait rien prémédité. Elle avait vécu cet emportement comme elle avait vécu l'emportement dans l'amour. Son refus avait été aussi violent que son élan vers lui. C'était comme ça. Comme ça. Elle-même ne sait pas comment. Lui ne comprenait pas ce qu'elle disait. Juste quelques mots. Elle utilisait l'italien et l'anglais. Les mots sortaient d'elle comme des cailloux charriés par un courant furieux. Il fixait cette bouche qui n'était plus la même, plus celle qu'il avait embrassée. Il essayait de comprendre. Mais déjà il savait. Ses mains qui le repoussaient, la folle dureté de son visage, tout son corps qui se cabrait, ça, il n'avait pas besoin qu'on lui traduise.

Il avait essayé de dire quelque chose. Elle voyait qu'il cherchait les mots. Elle avait profité de ce moment de désarroi, cet abîme entre leurs langues, pour le repousser encore plus fort. Qu'il n'ait pas le temps de proférer une seule parole. Qu'il disparaisse avant que sa voix ne vienne lui rappeler les murmures passionnés de la nuit. Elle aurait succombé. Qu'il parte qu'il parte. De toute façon elle ne pouvait pas expliquer. Même à elle-même. C'est une force terrible qui l'obligeait à le repousser.

Mais ce regard et les bras ouverts de Gabor, elle ne peut pas les oublier. C'est dans sa chair désormais que cela a lieu. Elle ne pourra pas s'y soustraire à coup de volonté. Ce qui s'est passé dans la nuit a atteint une part d'elle qui vibre bien en deçà des langues qu'on parle et des décisions qu'on prend. C'est archaïque et c'est charnel. Purement et absolument charnel. On n'y échappe pas. Et qu'importent les langues différentes. Ce qu'ils ont ressenti les a emmenés là où rarement les hommes et les femmes osent s'aventurer, dans cette zone d'eux-mêmes, sauvage et voluptueuse, que rien ne maîtrise. Faut-il qu'elle y renonce ?

Pourquoi a-t-elle senti, comme une évidence cruelle mais implacable, qu'elle ne pouvait que renoncer si elle voulait être ce qu'elle sent qu'elle est, cette femme libre sur une terre nouvelle.

Maintenant une tension, une sensation exigeante au creux du ventre la fait revenir à elle, à son corps. Gabor, il est là, au plus profond d'elle. Il lui a fait découvrir ce que son corps recelait de puissance au plaisir. Elle a senti la douceur de sa propre peau par ses caresses à lui. Elle a senti que son propre sexe était prêt à accueillir, sans aucune peur, celui de cet homme-là. La pudeur dont on lui avait tant rebattu les oreilles n'avait plus rien à faire là puisqu'elle n'avait rien d'autre à préserver que sa joie. Et sa joie était accordée à celle de Gabor.

Emilia secoue la tête. Si elle le revoit, elle sait qu'elle ne résistera pas. Comment ? mais comment ne pas devenir folle ?

Il faut qu'elle peigne ! Il faut. Comme lorsque sa mère est morte. Peindre le rouge intense, profond. Quand elle retrouvera ses pinceaux, les couleurs, et la liberté du grand air, peut-être alors saura-t-elle ce qu'il y a au fond d'elle.

Esther s'est approchée. Elle fait comme si elle ne voyait pas le regard éperdu d'Emilia, ses mains qui serrent maintenant son bagage comme si c'était la seule chose à quoi se raccrocher. Elle lui pose la main sur l'épaule et lui parle doucement des deux jeunes filles qui la suivent. Les deux sœurs sont là, se tenant l'une tout près de l'autre. Esther explique à Emilia que personne n'est venu les chercher et qu'elles ne savent plus quoi faire. Elle a compris, d'instinct, qu'il ne fallait lui poser aucune question sur son absence cette nuit, juste la ramener ici, parmi eux tous.

Emilia a du mal à suivre les paroles de sa nouvelle amie. Écouter lui demande un effort immense. Elle voudrait qu'on la laisse. Elle ne sait plus si elle doit courir pour rattraper Gabor ou attendre, être sûre qu'il sera parti quand elle va rejoindre son père et sa route à elle.

L'insistance d'Esther l'irrite mais la voix de la femme lui parle de détresse et d'abandon. Elle parle de vie à mener et de route à faire. Ensemble. On a besoin d'elle. Il faut qu'elle aide. Esther explique que les deux jeunes filles ont peur d'être séparées ou pire, renvoyées. Elles n'ont nulle part où aller et personne pour les protéger.

Comment Emilia trouve-t-elle la force de se lever, de rajuster sa robe, de relever et d'attacher ses cheveux ? Elle dit qu'elle va parler à son père. Il y aura aussi Andrew Jónsson qui a promis d'être là et de les aider. On peut compter sur lui, elle en est sûre. Il faudra parler aux autorités pour qu'on les laisse descendre et pendant un temps, on va trouver pour les héberger.

Esther assure qu'elle a suffisamment d'argent pour payer une chambre aux jeunes filles quelque temps mais Emilia sent bien que l'argent n'y suffira pas.

Elles n'ont qu'à venir dans le quartier où déjà son père a loué l'appartement. Trouver un autre lieu à louer là. Il faut qu'ils restent tous proches.

Alors elle pense que Gabor a son clan, ces hommes et ces femmes qui l'attendent, lui, et qui vont le fêter quand il les rejoindra. Il n'a pas besoin d'elle. Imaginer leurs retrouvailles, leurs musiques et leurs danses, c'est une façon de s'arracher à lui. Une souffrance et un soulagement à la fois. C'est comme quitter à nouveau sa terre, son pays. Est-ce que désormais ce sera toujours ainsi ? Est-ce que décidément elle ne sera jamais entière ?

Esther lui a pris le bras. Cette femme tout contre elle, ses deux jeunes filles qui attendent, toutes les autres femmes qui se sont levées, espèrent, et son matériel de peinture dans ses bagages, voilà. C'est ça, le jour nouveau. Il faut s'y tenir pour ne pas sombrer, courir chercher les bras, l'odeur, la peau, tout ce qu'elle a découvert cette nuit des caresses et de l'ardeur.

Maintenant chacun est sur sa route. Toutes les couleurs sont là.

Certaines se mêleront, changeantes et nuancées. D'autres s'éloigneront l'une de l'autre, comme pour mieux se définir. Certaines brilleront de plus en plus, d'autres se terniront. Les couleurs des vies.

L'opale de Lucile Lenbow et le gris argent d'Andrew Jónsson se rapprocheront, si près qu'il y aura des anneaux passés aux doigts avec grâce et gravité. Ils s'allieront plus qu'ils ne s'épouseront en sachant qu'il faudra au gris d'Andrew, pour rester lumineux, s'approcher près, très près parfois, à s'en brûler, du rouge intense et vibrant d'Emilia Scarpa. L'opale de Lucile ne se ternira pas, elle reflétera l'absence quand il partira chercher son feu, elle reflétera sa lumière quand il l'aura retrouvée. Andrew et Lucile formeront un couple paisible qui protégera le travail d'Andrew et les nuits passionnées au piano de Lucile Lenbow.
La blancheur infinie qui avait creusé son chemin en une nuit dans les rêves d'Elizabeth Jónsson se réchauffera au gris fer, dru de son époux. Il

aura repris pied dans son histoire, celle de l'île lointaine au climat si rude et aux geysers brûlants. Le gris fer viendra ourler le blanc de son épouse d'une trace d'ombre, bordant la blancheur de limites rassurantes. Ils ressembleront au tableau qu'il avait acheté et qu'il lui offrira enfin. Elle le contemplera parfois longtemps.

Autour d'une autre île, lointaine aussi mais chaude, Hariklia Antonakis trouvera la profondeur du bleu et sa joie. Ce bleu-là sera celui d'une femme qui marche librement dans les rues et sur les plages dès le matin. Elle en prendra grand soin et le ramènera jusque dans les rues de son nouveau quartier à New York avec un petit flacon empli du sable gris de son île. Jour après jour, il soutiendra ses rêves. La présence d'Hariklia, discrète et avisée, éclairera les vies qui trouveront bien plus qu'une chambre et un repas dans la pension qu'elle ouvrira. Dans le quartier, elle aura vite fait de lier connaissance avec une vieille dame qui l'aidera pour les langues du Nord qu'elle ne connaît pas. Ruth s'installera parfois dans la cuisine de la pension pour un café avec elle ou ses pensionnaires. Hariklia lui fera découvrir des poètes et la vieille dame lui en sera reconnaissante. Parfois elle lui parlera d'une petite fille au rire espiègle et Hariklia l'écoutera. Parfois, le gris argent d'Andrew l'accompagnera.

Il ne sera jamais question de la nuit où le bleu et le gris avaient dû traverser une étrange brume ensemble.

Les couleurs peuvent être détrempées par des pluies vastes venant parfois de contrées lointaines. Il y aura ainsi une terrible bourrasque qui entrera un jour d'hiver dans la belle pension, avec un homme. Son prénom se mêlera aux larmes que ni lui ni elle ne pourront retenir. Hariklia lui tendra un livre. Son livre. Alors Matthew la remerciera en l'appelant par son nom, son beau nom de vagues et de ciel lumineux. Son vrai nom. Leurs voix chuchoteront des mots. Les mots seront serrés entre les pages du livre. Ils y sont encore. Lui se sera marié et nous ignorerons tout de la couleur de sa vie. Il ne reviendra jamais.

Hariklia aura la main de Ruth sur la sienne pour s'apaiser et retrouver sa force tranquille.

Il y aura des couleurs dont on perdra la trace. Celle d'un homme qui écrivit une longue lettre. Il n'avait pas quitté son bureau de toute la nuit sur l'île d'Ellis Island. Il écrivait qu'il ne continuerait pas à traiter les gens de cette façon. Il avait compris ce qu'on attendrait de lui et il ne le voulait pas. Cet homme-là cherchait sa couleur. Nous ne la connaîtrons pas mais nous pourrons imaginer qu'elle sera traversée de hachures et d'ombres. Parfois la couleur est à ce prix. Il est là, parmi nous, sûrement, et nous nous demandons si son visage est amer ou apaisé.

En un matin nouveau, ils ont mis le pied à New York.

L'homme fatigué par sa nuit de veille regarde, de la fenêtre de son bureau, le grand Italien magnifique qui a retrouvé la prestance d'un dos droit et d'une poitrine ouverte. Un détail le frappe. Il n'a plus en main le livre à la couverture rouge. C'est sa fille qui le tient. Lui avance, portant les bagages, la tête haute. À ses côtés, la jeune fille. Elle regarde droit devant elle. Ils ne parlent pas.

Le rouge tient Emilia vivante et ferme mais son cœur est broyé. Il appartient aux mains longues et passionnées du jeune homme qui suit bien loin derrière, perdu dans le cortège de ceux qui sortent des bâtiments. Lui ne la perd pas de vue mais elle l'ignore. Elle le pense parti déjà rejoindre ceux qui l'attendaient, loin d'elle et de cette nuit qu'elle a voulue unique.

Elle ne se retourne pas.

Il la suit, encore enveloppé de la chaleur de leur nuit.

Il ne la laissera pas. Jamais. Il restera dans son ombre. Mais il faudra bien qu'un jour, elle le voie, qu'elle sache qu'il est resté pour elle, qu'il a décidé de vivre désormais la vie de ceux qui demeurent. Pour elle. Elle est la seule qui a fait vibrer en lui la confiance. Son cœur s'est ouvert et rien ne l'empêchera d'être là où elle sera.

Il a son violon. Avec ça, il sait qu'il peut gagner sa vie. Pour le reste, il ne sait rien.

Esther marche en arrière. Elle regarde les dos qui la précèdent, bien droits ou la tête un peu rentrée dans les épaules, comme se protégeant de l'avenir. Chacun va tenter de trouver place dans ce nouveau monde. Comme elle. Elle a hâte de sentir une terre solide sous ses pieds. Elle avance. Elle attend le lieu et le moment où elle pourra ployer doucement les genoux et prier. Elle priera pour Emilia et Donato. Elle priera pour les deux jeunes filles à l'avenir incertain. Elle priera pour les vivants. Et les morts lui donneront force parce qu'elle les a aimés et qu'elle continue à aimer. La seule façon de continuer à être vivant. Elle veillera sur Emilia parce qu'Emilia échappera toujours à ce qu'on sait du cœur des hommes et des femmes. Elle restera une énigme et elle, elle prendra soin de cette énigme.

Sur un terrain vague, là où la ville n'est qu'une lisière, un groupe se met en route. Marucca a le regard de celles qui n'attendent plus. Son chant a une puissance nouvelle.

Les émigrants ne cherchent pas à conquérir des territoires. Ils cherchent à conquérir le plus profond d'eux-mêmes parce qu'il n'y a pas d'autre façon de continuer à vivre lorsqu'on quitte tout.
Ils dérangeront le monde où ils posent le pied par cette quête même.
Oui, ils dérangeront le monde comme le font les poètes quand leur vie même devient poème.
Ils dérangeront le monde parce qu'ils rappelleront à chacune et à chacun, par leur arrachement consenti et leur quête, que chaque vie est un poème après tout et qu'il faut connaître le manque pour que le poème sonne juste.
Ce sera leur épreuve de toute une vie car lorsqu'on dérange le monde, il est difficile d'y trouver une place.
Mais leur vaillance est grande.
Il y a tant de rêves dans les pas des émigrants qu'ils éveilleront les rêves dormants à l'intérieur des maisons. Cela effraiera peut-être des cœurs endormis. Des portes resteront closes. Mais ceux qui

espéraient confusément, ceux qui sentaient que la vie ne doit pas s'endormir trop longtemps, regarderont à la fenêtre. Ils entrouvriront leurs portes et leur cœur battra plus fort.

Les émigrants annoncent que c'est un temps nouveau qui commence.

Un monde où pour mener et le souffle et le pas, il n'y a plus que la confiance.

Ils apportent avec eux le monde qui va, le monde qui dit que les maisons et tout ce qu'on amasse n'est bon qu'à rassurer nos existences si brèves.

Un monde qui est prêt à apprendre une langue nouvelle, même si la peur de perdre sa langue première fait vaciller les sons dans les gorges.

Un monde qui sait que rien n'appartient à personne sur cette terre, sauf la vie.

*Crète – Nieul-sur-Mer,
avril 2017-mars 2019.*

REMERCIEMENTS

Je tiens à remercier Laurent Vidal, professeur d'histoire à l'université de La Rochelle et auteur notamment de *Mazagão, la ville qui traversa l'Atlantique* (Flammarion, 2005) et *Ils ont rêvé d'un autre monde* (Flammarion, 2014) pour toute la documentation qu'il m'a généreusement fournie et pour nos éclairantes conversations.

Mes remerciements vont aussi à Thomas Plançon, docteur en histoire, pour ses précieuses indications concrètes concernant Ellis Island.

Et merci à M. Paul Veyne pour sa traduction de l'*Énéide*.

DU MÊME AUTEUR

Romans, nouvelles, récits

ÇA T'APPRENDRA À VIVRE, Le Seuil, 1998 ; Denoël, 2003 ; Babel n° 1104.

LES DEMEURÉES (prix Unicef 2001, prix du livre francophone 2008 Lituanie), Denoël, 2000 ; Folio n° 3676.

UN JOUR MES PRINCES SONT VENUS, Denoël, 2001.

LES MAINS LIBRES, Denoël, 2004 ; Folio n° 4306.

LES RELIQUES, Denoël, 2005 ; Babel n° 1049.

PRÉSENT ?, Denoël, 2006 ; Folio n° 4728.

PASSAGERS, LA TOUR BLEUE D'ÉTOUVIE (photographies de Gaël Clariana, Mickaël Troivaux et Stephan Zaubitzer), Le Bec en l'air, 2007.

LAVER LES OMBRES (prix du livre en Poitou-Charentes), Actes Sud, 2008 ; Babel n° 1021.

LES INSURRECTIONS SINGULIÈRES (prix littéraire des Rotary Clubs de langue française, prix Paroles d'encre, prix littéraire de Valognes, prix du Roman d'entreprise, prix du Scribe et prix des Mouettes), Actes Sud, 2011 ; Babel n° 1152.

PROFANES, Actes Sud, 2013 (grand prix RTL/*Lire*, prix Participe présent 2015) ; Babel n° 1249.

OTAGES INTIMES (prix *Version Femina*, prix Libraires en Seine), Actes Sud, 2015 ; Babel n° 1460.

L'ENFANT QUI, Actes Sud, 2017 ; Babel n° 1624 ; Actes Sud audio (lu par l'auteur), 2017.

Jeunesse
Parmi lesquels :

SAMIRA DES QUATRE-ROUTES (grand prix des jeunes lecteurs PEEP 1993), Flammarion Castor-Poche, 1992 ; Flammarion Jeunesse, 2018.

UNE HISTOIRE DE PEAU, Hachette Jeunesse, 1997 ; Thierry Magnier, 2012.

VALENTINE REMÈDE, Thierry Magnier, 2002 ; nouvelle édition, 2015.

LE RAMADAN DE LA PAROLE, Actes Sud Junior, 2007.

VIVRE C'EST RISQUER, Intégrale (comprend quatre ouvrages parus aux éditions Thierry Magnier : QUITTE TA MÈRE, 1998 ; SI MÊME LES ARBRES MEURENT, 2000, prix du livre jeunesse Brive 2001 ; LA BOUTIQUE JAUNE, 2002, prix Leclerc du roman jeunesse 2003 ; UNE HEURE UNE VIE, 2004), Thierry Magnier, 2013.

PAS ASSEZ POUR FAIRE UNE FEMME, Thierry Magnier, 2013 ; Babel n° 1328.

Albums
LE PETIT ÊTRE (illus. Nathalie Novi), Thierry Magnier, 2002.
PRINCE DE NAISSANCE, ATTENTIF DE NATURE (illus. Katy Couprie), Thierry Magnier, 2004.

Essai
ET SI LA JOIE ÉTAIT LÀ ?, La Martinière, 2001.

Textes poétiques
NAISSANCE DE L'OUBLI, Guy Chambelland, 1989.
COMME ON RESPIRE, Thierry Magnier, 2003 ; nouvelle édition, 2011.
NOTRE NOM EST UNE ÎLE, Bruno Doucey, 2011.
IL Y A UN FLEUVE, Bruno Doucey, 2012.
DE BRONZE ET DE SOUFFLE, NOS CŒURS (gravures de Rémi Polack), Bruno Doucey, 2014.
LA GÉOGRAPHIE ABSENTE, Bruno Doucey, 2017.
L'EXIL N'A PAS D'OMBRE, Bruno Doucey, 2019.

Théâtre
MARTHE ET MARIE, chorégraphie Carol Vanni. Création Théâtre du Merlan, Marseille, 2000.
L'EXIL N'A PAS D'OMBRE, mise en scène Jean-Claude Gal. Création Théâtre du Petit Vélo, Clermont-Ferrand, 2006.
JE VIS SOUS L'ŒIL DU CHIEN suivi de *L'HOMME DE LONGUE PEINE*, Actes Sud-Papiers, 2013. Création Théâtre du Bocage, Bressuire, 2015.

OUVRAGE RÉALISÉ
PAR L'ATELIER GRAPHIQUE ACTES SUD
ACHEVÉ D'IMPRIMER
SUR ROTO-PAGE
EN NOVEMBRE 2019
PAR L'IMPRIMERIE FLOCH
À MAYENNE
POUR LE COMPTE DES ÉDITIONS
ACTES SUD
LE MÉJAN
PLACE NINA-BERBEROVA
13200 ARLES

DÉPÔT LÉGAL
1ʳᵉ ÉDITION : AOÛT 2019

N° impr. : 95405
(Imprimé en France)